Spatial Thinker
The Crisis and Joy of Space

空想者
空间的危机与愉悦

Spatial Thinker
The Crisis and Joy of Space

空想者
空间的危机与愉悦

杨宇振 著

重庆大学出版社

图书在版编目（CIP）数据

空想者：空间的危机与愉悦 / 杨宇振著. -- 重庆：重庆大学出版社, 2025.4. -- ISBN 978-7-5689-5156-2

Ⅰ. I267.1

中国国家版本馆CIP数据核字第2025Q5V372号

空想者：空间的危机与愉悦
KONGXIANGZHE: KONGJIAN DE WEIJI YU YUYUE

杨宇振 著

策划编辑：张慧梓

责任编辑：李桂英　　版式设计：张慧梓
责任校对：王　倩　　责任印制：张　策

*

重庆大学出版社出版发行
出版人：陈晓阳
社址：重庆市沙坪坝区大学城西路21号
邮编：401331
电话：（023）88617190　88617185（中小学）
传真：（023）88617186　88617166
网址：http://www.cqup.com.cn
邮箱：fxk@cqup.com.cn（营销中心）
全国新华书店经销
重庆升光电力印务有限公司印刷

*

开本：889mm×1194mm　1/32　印张：13.5　字数：293千
2025年4月第1版　2025年4月第1次印刷
ISBN 978-7-5689-5156-2　定价：58.00元

本书如有印刷、装订等质量问题，本社负责调换
版权所有，请勿擅自翻印和用本书
制作各类出版物及配套用书，违者必究

前言　空间和人的存在

（一）

空间和人的存在有什么样的关系？大多数人每天在"一公里城市"（或者几公里城市）里往复来回，这是日常生活的空间。在某些时间节点里这种节奏发生变化，但又很快地回归日常状态。还有一种，是在自己的房间里旅行，通过阅读和思考，在各种文字时空中行走，超越被限定的物理和社会空间，进而反观自身和身外世界的状况。

生命时光就在空间中，在不断重复的行动中和偶尔的变奏中耗损和逝去。能期待和实践一种空间——它不仅是物理的空间，它还是观念的、社会的空间，能够使得人的生命更加自在和值得吗？它关切一个关键问题，也就是，在深度劳动分工的世界里，专业与职业（作为个体介入社会实践的主要方式）和社会变动有什么样的关系？怎么才能够具有一定的能动性？怎么才能够在空间危机与愉悦的辩证矛盾中获得前进的动力？

（二）

　　建筑学被划分在工科，这是特定社会阶段的产物。这里的建筑学，指的是广义的建筑学，包括作为学科的城市规划、建筑学和风景园林。任何一种知识，本质上是总体中的局部，都带有后来被划分为自然科学、人文与社会科学的内容，只是偏向和构成比重不同。同时，由于不同社会阶段的状况，某一类知识很可能脱离最初的内涵而"变性"。比如，哲学的本质是追问人存在的意义，但在某些特定时期，它成为一种国家控制意识形态的工具，成为解释和美化权力合理性、合法性的工具。

　　什么是建筑学的本质？从来就是一个没有人能够说得清楚的问题。所谓"技术和艺术"的结合，是一种视野狭隘的自欺欺人。所有的造物都是技术和艺术的结合，如果其中的确还有点艺术成分的话。因此这个定义不能解释建筑，更何况它完全缺失了人的维度。维特鲁威提出的"坚固、实用、美观"犯了同样的毛病，哪一种被造出来的物，不涉及坚固、实用（某些物的不实用是另外一种层次的实用）、美观（或者丑）呢？它只是带了点人的感受在其中，却带来更大的混乱，因为美观是审美问题，和所处的社会阶层、个人经历，尤其是社会状态相关，没有唯一的答案——就如女子的肥胖，在唐代是推崇之美，在今日却有着许多药物来减肥，成了一种难堪和焦虑；或者喇叭裤、牛仔裤在一个时期是"流氓"的表征，在另外的一个时期是"时尚"的代表；或者某种"经典"柱式、"经典"大屋顶，在某些阶段是权力的象征，在某些阶段却又是被严厉批判的对象了，当然它可能不是直接对"美"的批判，而是对"道德""意识形态"的批判而转而贬低美，可见美有极强的社会属性。

什么又是城市规划的本质？人们常说它是对一定时期里城市土地利用、功能分区、交通和重大建设项目的安排；它向外连接着国民经济与社会的发展，向内构造着城市的生产、生活的空间形态。这同样只能是特定时期的一种解释，往往是计划性的生产型增长时期的产物。另外的一类讨论，谈及城市规划处理社会的公平公正、环境和经济发展问题，处理城市的物质形态、经济功能、社会影响和政治需要。但这样的解释过于宽泛、无所不包而失去有效性。前后两个定义，是两种社会状态下的解释。前一种倾向于把它当作物质空间生产的工具，后一种具有一定整体认知，但在文明化和精细化的进程中可能失去它原本有的力量和歧路亡羊。

建筑学终究是关于空间和人的存在状态，是关于两者间关系性的产物。在当下的社会阶段，建筑学应该划入人文社会科学。它要处理的已经不是快速的建造——无论是作为被计划的建造还是作为大规模商品的建造，它要转向关注"空间与社会"的关系性问题，进而在这一理解的基础上，在某种主体认知意识下生产"社会空间"——不是上一个阶段的"物质空间";或者说,不是想象和安排一种统一的生活方式和绘制一个没有人存在的物理空间,但并不放弃原来的技艺。它出发的基础在于理解社会的政治、经济和人的状态,理解自身是整体社会中的一部分构成,它的所有实践在根本上都是社会性实践而不是"闭门造车",只在原有狭隘的学科范围里比画姿势。它要且急需充分向哲学、社会学、政治经济学敞开,在向它们的学习中更新学科的属性和内涵,进而使培养出来的学生具有社会的观察力、人的温度和介入社会实践的能力,而不是空间建造的工具。它的新的创造来源,完全在于"空间的社会生产",而不是仍然在自我圈围的学科边界内浇筑混凝土。

任何的变革都涉及利益的冲突、价值观念的变化和知识结构的转换。这是一条艰难的、有着各种矛盾和冲突的道路,却是一条面向未来的必要的路径——建筑学终究是关于空间和人的存在状态,是关于人存在空间生产的观念、知识和技艺。

(三)

列斐伏尔曾提出一个问题,怎么能建立一种空间,使儿童、青年不要过早地成人化?成人意味着定型、成熟和终点,而儿童和青年有"无可比拟的财富"和丰富的可能性。这种空间要能够促进人性的发展，而不是使人成为纯粹的工具和僵化存在。他说，"这些问题已经预设了一种颠覆性的思想，去颠倒成人的'模型'，推翻父亲的神话，罢黜作为'终结'的成熟"（《都市革命》）。

或者，列斐伏尔的这个问题也可以倒过来说。对于成人而言，如何抵抗定型、不过早成熟和快速走向终点，如何能够生产出一种空间，使自身的存在还有持续发展的可能，成为一个关键问题。这一空间首先是社会性的生产，但另外的一端，还在于个体的自发性，如何在结构性的社会状况下寻得新的可能和存在状态。

这本小书是我对专业（建筑学和城市规划）的思考、对前行者思想的学习和辨析、对个体存在与空间情境的书写，以及关于日常实践状态的部分文字，是日常生活里的阅读、行走、观察、思考和写作的产物。或者说，它们是我在空间中的一种存在方式和一种抵抗。它在日常的焦虑中增加新认识，在困境中得到愉悦。这些"非正规写作"是日常生活的一部分，是日常生活的印迹和某个角度的映射。

目录

Part1 空间危机的生产

建筑学的边界 / 002

建筑、爱与造梦 / 006

学科转向的象征 / 011

建筑学的致命危机 / 014

社会分工与建筑学 / 017

建筑学的困境与出路 / 023

建筑学"干"的问题 / 028

乡村的剖面（一组） / 032

  乡村到此一游 / 032

  乡村土地的神灵 / 034

  一半是城市，一半是乡村 / 035

  作为都市避难所的乡村 / 037

  乡村社会的死亡与重建 / 039

城市文化两束 / 043

规划理论历险 / 048

历史山水与当代城市 / 060

发现问题的两种机制 / 069

学术视野与基本问题

  ——写在《国际城市规划》40周年 / 072

作为资本积累的旅游 /079
一段人与城市的历史 /083
困境中自由探索的空间 /090

Part2 空间、阅读与思辨

叔本华说概念与直观 /098

现代悲剧：尼采122年 /106

列斐伏尔论城市隔离 /109

列斐伏尔论幸福形式 /112

阿伦特之问：新经验与近恐惧 /115

布迪厄谈国家、全球化与不幸 /118

哈维：社会过程与空间的生产 /129

战斗的理论：为什么读齐泽克 /131

城市五书：从格迪斯到卡斯特 /138

虚构的传统不能治疗精神疾病 /146

空间与治理：共享城市的困境
　　——读《城市暴力的终结？》/151

永远别回来：1933年柏林城市一瞬 /161

繁荣和不安之书：在文字空间中行走
　　——读《海洋女王：里斯本的历史》/172

Part3　空间情境与记忆

山地字典 /180

世间的网 /184

童年与自然 /188

消失的巷子 /192

故乡的依恋 /195

数字化劳动 /202

青年的颓丧 /209

读书与忧伤 /214

蜷缩与奔跑 /217

更新的人生 /220

妈妈 /223

最高级 /225

什么是"地方"？ /227

在房间里旅行 /230

消失了物的温度 /233

"幻"释与"全"释 /235

排行榜化的日常世界 /240

语言的蛊惑和操弄 /243

信息群与焦虑 /248

消息灵通的困扰 /251

网络信息时代的恐惧 /255

Part4　日常空间实践

阅读建筑　/260

超越阅读建筑　/269

惊奇安顺城　/276

远距离与近探索　/289

乡村建造通讯两束　/293

建筑公共性的愉悦　/299

造物者的乐趣与困境　/310

成都观矶崎新展：掠影与思考　/319

从北到南　/329

空间之间　/361

现代建筑迷恋　/384

代后记　非正规写作的乐趣　/411

致谢　/417

Spatial Thinker
The Crisis and Joy of Space

Part1

空间危机的生产

空想者
空间的危机与愉悦

建筑学的边界

段义孚讨论历史过程中空间和人存在状态的关系。他问，在新的时期，"空间的再整合是最终答案吗？规划者和建筑师似乎这么认为，因为20世纪后半叶之后的建筑趋势就是把客厅和餐厅合二为一，并最小限度地将家里的厨房和餐厅区域分开。剧院里，撤掉舞台的台口和幕布已成为时尚，这使得舞台前端成为观众席，观众和演员可以同在一个世界里"（《人文主义地理学》）。段义孚谈的是空间边界拆除和重新整合后带来人存在状态的变化，空间要更加社会化。

一个学科的内涵决定了它的边界，看起来似乎是显然的事情。但它不由自己决定，或者说，学科是社会劳动分工的结果，而劳动分工状态随社会变迁过程转变，不是固化的形态。

以建筑学为例。20世纪五六十年代的欧美国家、七八十年代的日本和紧随其后的"亚洲四小龙"、90年代中期以后的中国大陆、巴西、印度、南非等，以及近十年一些东南亚、北非的国家，进入快速城市化和大规模建设阶段。建筑学和城市规划作为政府和资本的工具得到高强度应用，于是被就业市场"青睐"。20世纪八九十年代后的欧美国家建筑学和城市规划发生新变化，在有限的建设量下，为了维持学科发展产生各种不同的"转向"。在普遍状况中，"转向"不是主动行为，而是被迫的进程。但其中还得两说。一种是被动实践，迫于现实需要的缓慢被动改变；另一种是在批判性认知下的改进。后者微弱的力量推动着学科内在的和质的变化。

进而，出现了一种奇特的建筑学状态：讲物的建设的建筑学和泛学科化的建筑学。在国际讲台上，两种建筑学的语言很大程度上不能互通，也相互不能理解，因为它们关心的目标和处理空间的方式不同。这样判断失之偏颇，它们之间仍然存在技术应用的交流。但还有另外的一种状况，在被制造出来的流行词语的掩盖下（如国家话语、环境话语、历史话语等——具有某种不容置疑的"高尚"的正当性），为了各种不同目的，构造一种表面的、庸俗的建筑学。两种建筑学都在这个大帽子底下喧嚣涌动，但稍微近一点看，是言行与实践的分裂，是宣传话语和行动的分离。

城市建设与建筑历史、设计（规划）和技术是传统建筑学和城市规划的核心构成。在新的阶段它面临至少两层挑战，一是作为一个学科如何面对社会分工和生活的复杂化，以及人的不同需求；二是原有的知识构造介入社会的困境。两个问题是一个硬币的两面。新时期建筑行业中出现了一些新动向，如视觉传播的影响，通过空间图像、影像传播（转化为一种先在的观念）反过来主导空间的生产，进而城市设计特别是建筑学加入了视觉形式的竞赛。在咨询领域，建筑设计的策划变得日趋重要，以应对市场和技术的复杂性。大型工程项目建造中，不同工种通过数字平台的协作渐为常态。建筑技术和材料在应用中快速进步，但主要是在建设企业，不在高校教育体系内（有大学校长谈到高校已经落后于企业）……还可以罗列下去，但没有太大意义。这些罗列只在讲，学科的内核和边界都发生着变化。

持续推进的劳动分工细化和复杂化，使得任何一个专业和专业中的任何个人都难以理解整个生产链的状况——不要说在过去的二十多年时间里，作为学科的建筑学和城市规划分异越来越大；即便就是在一个学科内部中，各个不同领域相互之间也难以沟通，就如汪洋大海中的一个个孤岛。对于个体而言，通常只能稍微认识自己所处相邻位置、上下游层级的一般性关系。其中的关键问题是，如何面对这样的现实和人的困境？因为难以理解稍微大一点的状况，如何能够产生行动的主动性、合理性和有效性？一个判断是，劳动分工的深化和神话将继续下去，学科的分割和知识的分隔将继续下去（在高度不均衡发展的世界中——意味着分工的应用传递和空间转移），但面临新时期人工智能的严峻挑战。人工智能发展快速冲击着旧有的学科知识模型和边界。

人文社会科学领域是各类技术分工可能的交流空间和交汇处、"公共广场"；是学科之间邂逅的空间，进而产生相互作用后的发展——同时当代人文社会科学本身面临如何与具体现实相结合的问题。建筑学的人文和社会科学转向，不是否定和放弃传统的建筑学，而是在它基础上的更新和发展。抱着些希望，人文社会科学转向，也许可以一定程度抵抗"口号式"的宣扬、表面化的言说和困在专业中的狭隘——这些今天普遍的顽症。

在《建筑理论导读——从1968年到现在》（英文版出版于2001年）的最后一页，作者说，建筑学远不是理论上呈现出来的高度概念化的运用，它也许最重要的还是一种能引起人的多种感觉的体验；建筑师越是能够理解建筑引起即时情感的过程，设计才更具有社会性和走向成功的可能；它越来越远离传统建筑学关于复杂功能、序列、规模、节奏、装饰的命题。作者最后说，"未来10年或20年之后的设计原则将很可能与今天所遵循的看上去完全不同。可以说，我们正在进入一个建筑理论的全新阶段"。

2024.4.27

◈ 建筑、爱与造梦

（一）

20世纪20年代一位在重庆的军阀，用很多时间、精力和金钱，建造了精致的西洋样式房子，房屋雕梁画栋，院子里有游泳池和网球场。有人问他，在战争频发的年代，就不怕房子被敌人占据吗？军阀回答说，只要对方坐在厅堂里，赞一句这个房子真不错，我就满足了。不清楚这位痴迷者是爱建筑还是爱显摆，或是珍惜自己投入的一切。或许这几者不容易分得清。20世纪二三十年代的四川，因为熊克武设下的"防区制"导致军阀割据和相互进攻，大大小小打了四百多场战争。一个可能的结果是，房子也许还没有来得及修完，这位军阀就被迫四处逃窜。兴许对他而言，房屋建造的过程本身就是一种满足。

历史上类似的例子数不清。最知名的大概是印度泰姬陵。莫卧儿皇帝为纪念美丽妃子而建造，据说最后忘记初衷，从"念妃"转移到为完成一个"伟大"作品不惜投入，以至于亡国。亡国是一系列交互的国际、国内社会矛盾冲突的结果，拿一件建造的事情来说导致亡国，那是"道德故事"。但也说不定。秦始皇也有建筑之爱，只是表达方式不同。他雄心勃勃，常年不在长安待着，而是云游四方登高鸟瞰国土。他胸中有宏大的国土空间规划，在北边规划建设了绵延万里的长城，以防范游牧民族的闪电战；向南、向东规划建设了全国高速公路"驰道"网，以传达政令、运送军队和收取粮财。他大修宫殿，据说把蜀山都砍秃了来修建数不清进数的阿房宫。他是爱建筑、爱权力实践的结果，还是爱权力的彰显？或许这几者并不容易分清。但权力更迭之时，宫殿建筑往往作为权力的表征被摧毁，所以阿房宫被烧，也成了被指责导致亡国的对象。

那什么是建筑之爱？建筑之爱能讲出来吗？建筑之爱是建造者对建筑的爱，还是建筑对人的关照呢？建筑之爱是爱那建筑物，爱那建筑的象征，还是爱那建筑实践背后的权力感？在一个流变的年代，一个"坚固的东西都烟消云散"的年代里，拼命抓住旧有的"经典"以抚慰焦虑的、无处依托的心灵，成为媒体炒冷饭却屡试不爽的操作。物是这样，人也是这样。在另外的一个方向是"每一个人（物）都可以闪亮十五分钟"的网红运作。它只需要几个关键词、几张精心打扮的照片、一小段有调性的短视频，就能制造和生产读者不自觉的幻境。

用心的建筑都有其可爱之处，每一个人观看和使用建筑都有他的不同之处。从最微小处说，建筑之爱就在于两端的连接，在于建筑的具体生动和亲历者的使用之间。从这一点上说，它就是一种物，需要作者用心和用者会心。建筑之爱的根本仍然是人之爱。

（二）

《盗梦空间》里有一个场景，一些平常的人在一起用药后进入深度睡眠，被狠狠打几下脸都醒不过来，他们的梦连接在一起。电影说，"他们到这里是为了做梦"。

它想说，梦中世界更有吸引力，他们沉浸在梦里世界，他们不愿意回到物理的、现实的苦难世界。电影中主角的妻子就是这样的一个人，因为梦中太过于"真实"和"美好"，以至于她真以为存在这样一个世界，而且更愿意生活在那样一个绝然排他的、两人共同构造的理想天堂——于是纵有温度的肉身一跳，留给主角在现实困境和梦中无尽的惊悚和虚空。

但这样说有失公允。当两个人可能共同做梦的时候，或者说，在梦中有各种交往的时候，它毫无疑问已经成为现实的一部分。这也是为什么主角想方设法要构造精妙的梦中场景（它和现实有关又完全超越现实，需要有超级想象力的造梦场景师，电影中称为"architect"），在"被盗梦者"脑子里植入想法（通过一系列的叙事、情境和行动，当然必然受到所谓"潜意识"部队的抵抗和反击），再回到物理的世界中改变行动决策。从这一意义上讲，梦中的行动就是现实的行动，它的目的在于"使之确信"，或者说，在不同程度上"洗脑"或"换脑"，根据所需目的在梦中植入或灌入或塞入目标信息，消灭潜意识的抵抗和反对，进而醒来后按照梦中的指示（他会很真诚地认为是他自己的选择）行走和行动。从这个角度看，梦就是一个冷酷的现实，它不是梦。

但谁是"盗梦者"呢？梦绝不单纯，当它互联时，或者更准确地说，互联后所有人毫无抵抗能力地被侵入。

现实和梦有几种关系。第一种是现实不想做梦，现实警惕着梦的危险，但现实终究抵抗不过梦的刀锋锐利，不做梦的现实很快就会被淘汰和抛弃；或者也可以说，梦的霸权要求现实入眠和做梦。第二种是现实连入梦境，极少的人握有造梦和盗梦特权后获得巨大利益，最大多数人在现实中逐渐坠落沉沦，却不知不觉已经是"被盗梦者"。社会被梦重构了。第三种是绝大多数人在共同的梦里联合起来，抵抗被盗梦、被灌输——但它大概已经是乌托邦，因为每个人的梦已然透明和在造梦者的完全掌控之中。他们能回到物理的现实世界里去抵抗这种状态吗？可能性也许大一些，因为梦里太绝然、清晰、明亮和严厉。

今天收到邮件，一位学生来信说经过几年的学习，他对什么是建筑却越来越困惑。他的问题在于建筑与数字环境之间的关系。他说，数字手段越来越发达，能够产生虚拟环境以使人们感到与真实的环境没有差别，那么在这种情况下什么是建筑呢？原来老的建筑概念是否还适用？如果没有了建筑的物质性，那么建筑学和计算机科学有什么区别？是不是它们两者会合二为一？如果仍然存在差别，那么传统的建筑学怎么面对当下的使用者需要一个虚拟的、数字的"shelter"（庇护所）且是之前它的知识范畴不能覆盖的。

我的回答大概就是上面的那些。首先必须意识到数字或虚拟世界不是中立客观的世界。数字与互联网是一种神话和梦境，它是尖锐利刃。当下的建筑（学）作为一种现实，如果不连入梦境就只有死亡。连入梦境意味着它本身的、根本性的质变，也构造着新的社会（行业）关系和结构。它终将要变化，只有变化才能存活，是不是叫建筑学并不重要，名词的指代是有意图的社会游戏的结果。

但是，难点在于，对于绝大多数人而言，"他们到这里是为了做梦"。他们宁愿抛弃物理的现实，可能是一个深陷困顿的世界，沉浸在似乎可以获得抚慰的梦境，但却失去了可能的抵抗能力。

2023.9.13

◈ 学科转向的象征

（一）

这是个疯狂建设的年代。

在《后现代的状况》中，戴维·哈维用了一张他多次提及的漫画：一个怪物野蛮吃掉各种差异的旧区，等距拉出的一模一样的公寓。这其实不是漫画，而是现实，是日常生活中发生的、四处可见的状况。恒大住宅在全国的超级复制，是当代中国空间生产最典型和最野蛮的模式，是当代中国城市规划和建筑史的一部分（但它大概率不会被写入积极书本）。

1972年美国伊戈住宅被炸毁，查尔斯·詹克斯戏称它代表了"现代主义建筑的死亡"。"许家印被采取强制措施"，作为标志性的事件，象征了建筑数量型超级增长阶段的死亡。

（二）

但建筑数量型超级增长推动了建筑学的繁盛。或者说，房地产繁荣推动了建筑学的增长。在分税制、住房制度改革和房贷制度的共同作用下，住宅商品在日渐冷酷的竞争中精细化（劳动分工的深化和细化），生产者寻找可能的突破口。

盈利从开始的基于住房本身价值销售，转向基于金融、土地（区位）、政策、供应链、信息差等共构的一揽子条件状况。

它们联手构成的复杂资源矩阵，是利润真正的来源（这是亨利·列斐伏尔讲的从"空间中的生产"转向"空间的生产"的一例）。

在"信心不断增长"的状态下，超级加大杠杆，扩大债务成为最直接扩张的方式。房子的使用价值只能是成为撬动杠杆最开始的点。政府的开发公司在操作模式上没有本质不同，只是享有不同条件和负有指定责任（此间涉及未有涉及的建筑师与权力的关系）。在这种情况下，建筑学在走向繁盛中不断受辱。但在它的内部，却洋溢着一种自得自满的状态。

是房地产推动城市规划和为建筑学的繁盛提供了应用空间，不是建筑学本身的思辨和理论生产。在这一快速城市化的进程中，建筑学更多是数量上、技能上的增长，而不是质量上的发展（城市规划看上去和建筑学已经分异，但并无本质上的不同。它更靠近权力，列斐伏尔讲的，更有官家属性，建筑学更接近市场）。

（三）

两种"死亡"有差别。一种是"死亡"后的新生，一种目前仅仅是趋向死亡，未来状况不可知。

查尔斯讲的"现代主义建筑的死亡"，是当时批判精神的指向和普遍表征。20世纪70年代的欧美城市上空，到处飘浮和游荡着"反叛的幽灵"。在欧洲有情境主义国际的无情揭示、在CIAM（国际现代建筑协会）中有青年人对"父权态"的反抗、有塔夫里对建筑学的深刻剖析和尖锐批判。在美国纽约，埃森曼、弗兰普顿和一拨年轻人一起，远离学院派，成立IAUS（建筑与城市研究所）另立旗杆；对，另立旗杆。这样的故事不是特例，它在历史过程中不断地出现。从古典绘画到印象画派、超现实主义、立体画派等，从古典建筑（艺术）到分离派（这个名字坚定地代表了一个立场）到后来的包豪斯等，是对已经僵硬、顽固状态的坚决抵抗和热切探寻新的可能和路径。

  从他山之石的经验上说，"许家印被采取强制措施"，对于建筑学而言，作为一个象征性的符号，表征着是到了一个该转变的时期了，表征着在建筑学内部操作的旧方式的死亡和对新可能的热切和焦虑的呼唤。

2023.9.19

建筑学的致命危机

电影《时间规划局》构想了一种以"时间"为核心的社会结构。普通人的生命被限定在 25 岁,生命时间成为一种商品,如果要活下去,只能通过劳作或抢劫。工作定价权(也是生命的定价权)在富人手中。在严控的桥的另一端,富人们拥有无尽时间,亦即生命(因此几百年了还可有光滑面容),可以用来赌博、购买豪车与"慷慨"赠予。富豪的时间——不断的货币数值增量来自对普通人及其劳动的严格管理。《阿丽塔:战斗天使》中则构想了以"空间"为核心的社会结构。上等人住在悬浮的空间站,普通人和机械改造人住在混乱庞杂的地表城。上下两个截然不同的空间由一大根粗壮的传输钢索连接。上层的人"仁慈"地为下层搏杀胜出者提供"晋升"机会——作为一种治理术;故事就在争着进入上层的博弈中展开。

电影来自现实和映射现实。近几十年来这类主题的电影越来越多,但显然不是开始于近期。1927 年的经典电影《大都会》表达的也是类似情景和社会结构。在这几部电影中,造成二元社会混乱的原因在于各自元中少数人的不安分和由不安分带来的二元间"非正式"往来。治理混乱的手段就是彻底隔离二元社会,从观念、经济和警察来强化和维护二元社会结构,让各自元的社会各安其位,不可反观自身。建筑生产是社会的构成,建筑术是社会治理和资本积累的构成。

在过去的一百多年间（对于某些地区来说可能是几十年间），广义建筑学（涉及建筑生产所需的所有知识、技术及应用）与其他学科一起共同造成社会的不平衡发展，已成为社会主要矛盾和致命危机。市场大好，建筑学是大规模复制的技术；市场冷淡，建筑学转变成刺激消费、生产"景观社会"的工具。于是建筑学心安理得安于其位。塔夫里却说，"危机正日益严重地冲击劳动的资本分配，同时也反映到建筑领域……由于经济领域的缓慢变化，比如建筑界在结构上已经落后于时代……如果禁锢在樊笼中，无论怎样出众的表演都是徒劳，而建筑师们就关在这个天地中，在允许的一些通道之间绕圈子"。

还有一种状况是建筑学部类内的极化，少数人掌控资源已是普遍现象，尽管他们本身四分五裂。建筑评判、教育理念、重要机构执掌到资源分配都显现类似《阿丽塔：战斗天使》中的二元社会状态趋势——技术创新（或伪创新）往往是横扫一切的"葵花宝典"。其中，掌控媒体的人是内部生产者，常经由媒体传播放大和强化"上层建筑群体"的理念、形象姿态与话语；通过自知或不自知的技术操作，掩盖或彰显某些状况或意图。媒体也就成为真实与观念之间的关键旋钮。它通过对真实的抽取（怎么抽取和抽取什么本身就成为问题），加放到真实世界中，重构了一个蒙面的超真实。下层只有通过媒体构建的虚拟空间来想象和观望悬浮的空间站。19世纪末20世纪初，"分离派"还有生存的空间，还有生产新建筑的可能；而今天大多只能在学科内部自言自语自我封号，以寻得自激快感和弥补不能介入社会的空虚和疲软无力。这不免让人想起电影《甲方乙方》中疯人院里那位自得其乐、"只买贵的不买对的"的摇头晃脑者。

列斐伏尔曾说，社会如果只有量的增长而没有质的发展，很快就会变成怪物。建筑学会成为怪物吗？建筑学不是处理人与社会时间和社会空间关系的学科吗？还就只是纯技术的工学？弗兰普顿曾论断现代主义（建筑）的光辉时期已经过去了。现代主义的光辉在于它对僵化的古典体系的质疑和对新道路的探索，在探索中散发出隐隐光芒。这一过程指向对现实社会的经验与批判，对理想社会的思考、想象和创造性实践。只是那时革命者大多是体系外人，如政府职员霍华德、生物学家格迪斯、受非正规教育的柯布西耶等。在当代高度分工的、已然结构化的社会中，如何能"分离"，如何能反观自身，如何产生内部的张力，一种生的灵动张力，就成为建筑学发展的致命问题，否则，"无论怎样出众的表演都是徒劳"。

2020.6.16

（原文发表在《世界建筑》2020年第5期）

社会分工与建筑学

人和地方亲密无间关系的解体直接生产了"X学",建筑学是其中的一种。此外,还有如文学、数学、物理学、化学、历史学、政治学、经济学、社会学、人类学、美学、工程学、生物学、地理学、法学、语言学、医学等等。"X学",是指现代社会分工后的分科知识生产,原本从地方社会生产与再生产中归纳出来的知识与技术,要被整合到一个更大的系统中;原本地方知识阶层普遍享有的普遍知识,作为一种原本内生性的需要和生产,要产生爆炸性的变化,要融入外部世界当中,要划分为不同的专科门类由不同类属不同层级的人来研究和承传,要成为外部体系支配的一部分。内生性要消亡,吸收外部性成为进步的需要和表征。

社会分工的深化是知识与技术分化的基础,也是其基本问题。社会分工在空间广度上的蔓延和在内部的日益细分生产了一个庞大的、繁荣的、蒸腾的、狰狞的文明,也生产了处于深度局部的无数碌碌个体。普遍意识的四分五裂孕育着一个四分五裂的世界,孕育着一个可能的人类的悲惨世界。在一路高歌、风光无限的进程中,"X学"在地位稳固的情形下日益庞大臃肿,面对多变的"美丽新世界"有点力不从心,有点垂垂老矣的不甘。它不要被冷落,不要疲软的状态,它意识到了分科效率中的狭隘，意识到知识生产中树状结构的天生缺陷——但这已经成为它存在的基础。

要掀翻这个结构就意味着它的死亡——其实还遥远着呢，它正在盛年。只是它坐在"C位"上却感觉到问题所在，常常为之心烦和不安。它消除心烦抚顺不安的策略是把"X学"中的各类学配对——为了繁衍出更多的子类知识，允许多重配对，鼓励多重配对。它希望把树状结构转变为半网络结构以应对已然和潜在的危机，它要通过专科知识一次次的多重配对来使老树发新芽。

只是在配对过程中，谁主动谁被动往往成为问题，因为比如既可以是FK学，也可以是KF学；有时还可多种类型配对、联通和互动，形成如KFC学。它还有许多处女地（或者已经不是处女地但也还不是熟地）需要去耕作和浇灌，比如建筑政治学、建筑社会学、文学建筑学等——它们在特定时期或缺乏阳光的温暖或被绳索困束或缺乏抚爱，但终究可能还是会发育。但由于原有结构根深蒂固，母叉恒久存在，分叉间的交叉形成了新的子叉，子叉或者子子叉之间相互无通或隔离，事实上是树形结构的深度化而不是产生新的结构，是社会分工的深度细化而不是社会分工的有机整合，是改革而不是革命。

或者说，这里遇到了一种局部与整体间的关系，即"局部加总 vs. 局部作为整体"。局部加总是一揽子的工具集，经由为应对和处理不同类的各种问题生产出来的不同工具集合。问题与工具往往是一一对应，如要旋螺丝就用起子，要切割就用锐刀，要敲击就用榔头，要刷牙用牙刷。不会旋螺丝用牙刷，起子和刀等工具之间可以毫无关系，各行其是。这体现了工具的理性。通过使用工具顺序的合理安排（计划或市场）实现预设的目标，如电影《摩登时代》中生产流水线上一个拿钳子拧，一个拿榔头击。这里指涉的起子、刀、榔头或者牙刷是各种"X学"。

比如，要把一块处女地转变为可在市场上招揽客户的熟地，需要一揽子的工具集，而不仅仅是建筑学。它需要立法（土地管理法、城乡规划法、土地招拍挂法、建筑技术管理法、环境保护法等）、需要经由不同主体间财税关系划分（政治与行政安排）、金融与货币政策（贷款安排与利率调整）、土地征用（地方性法规与社会动员）、城市规划（用地性质与强度及其关系间安排）、建筑设计、工程技术、商品营销、物业管理等一揽子工具的应用。这些工具的组合不是整体，是局部的加总；生产的流程是问题在不同工具不同局部中传导应对的过程——在现代社会某些特定的阶段，局部理性的加总直接导向总体的疯狂和人类的苦难。

在这种情况下，局部怎么才能逃脱被设定的"局部"进而获得成为整体的可能？这样的问题显然有点迂腐。牙刷不用来刷牙就失去了它的使用价值和交换价值。被安排的局部、被认定的学科意味着稳定、稳妥，意味着有食可吃有地可安。为了在社会生产流水线上占有一席之地，学科要牢牢固守疆界和内部深度挖掘，按照福柯的说法，它甚至还要攻击相邻学科以求安全。列斐伏尔曾经说，某一学科往往只是把其他学科当附庸，越资深的专家越固执。

在这种情况下，不想成为被设定的"局部"就是一种自我放逐和未知前景的冒险，一种看上去是充满不确定性的高风险非理性行为。稳妥之事还是按部就班下稍有积极之象。为应对不同问题的局部之间存在不同，此局部非彼局部。如人与人之间的差别，因为社会分工的差别，此学与彼学之间存在差异。看着隔壁学科机智的处事处物方法，模仿邻居在自己的田地里耕作以提高生产率或产出好果子，却也是局部之间、学科之间可能的浪漫故事，但大多还没有勇敢到跑到隔壁家的田地里去浇灌。或者说，作为分门别类的、局部的"X"学，是现代化进程中工业化和官僚体系的产物，是民族国家的权力建构、资本积累、知识生产共构体系的一部分。作为局部的"X"学一方面需要自筑边界以防城池失守，另一方面却又得打开口子接纳其他的局部，以防持久的近亲结婚导致学科萎缩、头脑呆滞——也是学科内部开疆拓土圈占领地的一种方式。顺带提一下的是，在过去的四十年中，学科内部呈现出严重的不均衡发展，少数机构少数人拥有大量资源和大多数机构与绝大多数人挤破头去争取少数分配给的资源已经成为基本格局。

在这种情况下动词"交叉""跨"成为热词，如"建筑学+X学"或者"建筑学跨X学"。或者说，作为工具之用的学科不会停滞，作为一种知识的学科的发展却会停滞，进而意味着这一局部的坏死。可是无论如何，局部仍然是认识世界的开始和必需，学科是高效率的知识学习方式；试图通过局部的加总来获得整体却是徒然。学科间的互跨和热力交叉往往是基于本学科跟不上趟的恐惧而不是享受其中探讨未知的欢乐。局部的快感就成了一个问题。作为加总的局部的快感来自内部的自激。一方面为守住城池建构一套学科的话语体系（别人不可或难以进入），另一方面把机构、名分或头衔、资金赞助划分为三六九等，给机构和个体以攀爬的自激空间——作为一种治理术。攀爬而不是理解、改变存在的世界成为目标，因为自激带来短时的超级快感——还有下一次自激呢。

作为整体的局部的快感却在于努力成为整体的过程中。它意识到自身不足，却不通过与其他学科的"交叉""繁殖"来试图成为整体，它知道那是一条无望的道路；它骨子里嘲笑专科的划分，它知道作为局部是一种开始却不认可被设定的专科划分。它的快感在于理解人类的幸福、悲伤、恐惧、痛苦、爱恨、焦虑、虚荣和苦难。它意识到所有知识的目的在于理解人类存在的世界，改变那些使人陷入困境的状态——尽管它意识到局部，特别是作为个体能够推进改变的力量十分有限，却仍然是基本目标。它通过"形式–功能–结构""表征–实践–逻辑""模仿–重复–创新"试图去接近整体，不把整体切割成为片段和片段的组合。它经由"现象与机制""抽象与具体""增长与发展""数量与质量""中心与边缘""此在与彼在""身体与身份""公共与私密"等多维关系去研究和理解时空变化中的人类存在及其问题。它清楚地认识到，当某学科把诸如空间、形式、建造等作为自己的核心内容和话语时，那其实是圈划地里的自嗨自激行为。

然而"局部加总"已经一统天下无处不在了，作为"整体的局部"只能以一种乌托邦的形式存在。它可能的开始存在于个体的"自发性",对外部世界由衷的喜欢或憎恶;它存在于"自发性"与被设定的"X学"之间的复杂交互中,这种在现实社会实践中的"自发性"不至于泯灭和消亡。或者也可以说,这种自发性就是一种个体的存在意识,还存在有内生性的意识而不完全为外部世界所拉裂。从这个意义上讲,作为局部的建筑学除了自激以外,如何才能够有自身的存在意识就成了问题。

2020.8.26

(原文发表在《建筑创作》2020年第2期)

建筑学的困境与出路

近期在《读书》杂志上看到北大陈平原教授写的《中文系的使命、困境与出路》，谈到三十年河东、三十年河西，现在的状况和之前大不相同，国际、国内经济和政治形势发生了很大的变化，使学科的发展处在一个关键变化的节点之上。相比较"中文系"谈使命，"建筑系"或者说其他的各种系也可以谈本身专业的社会价值或贡献，但"使命"这一词在我看来还是"重"了一些，这里就暂时先略过，待以后有机会再谈。另外，也不是讲"建筑系"——陈平原教授文中实际上是谈中文学科的问题，不是学院中的管理单位。本文标题中的"建筑学"不是当下学科设置中的"建筑学"，而是吴良镛先生提出的"广义建筑学"，是关于人居环境营建的观念、知识和技术应用——从狭义层面，它包括建筑学、城市规划和风景园林等。

当代中国建筑学的困境一直存在，是个顽疾，并非2008年后的全球经济萧条和近期的中国房地产市场断崖式状况才产生。1983年《新建筑》杂志创刊，邀请多位国内学者、行业专家、技术官员和艺术家撰文，其中包括戴念慈、黄康宇、艾定增、林志群、张开济、周卜颐、华君武、张良皋等先生。处在一个历史的转折处，这一期中多篇文章讨论了建筑学存在的问题（之后这类探讨在学术刊物中不容易见到，特别是20世纪90年代中期以来）。共同的或相近的观点是，建筑学（包括城市规划，彼时两者间的分异远不及当下明显）教育的面太过于狭隘，眼光过于狭小，没有把建筑学看成是社会生产的一部分构成（从社会总体来看作为局部的学科），而是局限在学科内部的应用性和技术性操作，使得学生严重缺乏社会意识和问题追问的能力——进而是创新的能力。

戴念慈先生说，简单化、绝对化的做法，几乎成了习惯，"这实在是我们的建筑设计千篇一律、平庸无味的一个重要根源……根本源于一种公式化、绝对化的思想习惯，一种不做具体分析，单纯从概念、定义出发来寻求答案的思想方法"。吴观张先生说："建筑理论研究薄弱，没有理论上的争鸣……建筑师从理论上得不到武装，就很难坚持真理去履行自己的社会职责。"林志群先生讲："建筑高等教育内容似乎过于狭隘，学生对经济学、社会学与工程技术的外围知识太少。"周卜颐先生说："立国迄今三十多年来实行的……建筑教育制度亟待改进……把知识讲死使学生的思想僵化的教学方法应该废除。"李康先生讲建筑和规划的科学性和现代化问题，谈道："我们至今所沿用的建筑学和城市规划学的科学性较差……习惯于用静止的定性分析乃至片面的主观经验对付综合复杂的多变量条件。"艾定增先生在这一期中有两篇文章，都是对建筑高等教育问题的审视和鼓与呼，他说，"课程设计和实习，不要太强调结合实际……如果搞只见树木不见森林的所谓结合实际，表面上见效于一时，而后效往往不佳，搞教育，要从手工业方式中走出来，不要用操作上的熟练代替对学生基础知识的深广要求。……单纯的实干家易流于经验主义而故步自封，理论能引导学者发现萌芽中的新事物，把分散、零乱的感性知识上升为系统完整的力量，就能高瞻远瞩，这要求抽象与概括。"还可以继续列下去，比如汪国瑜和华宜玉先生关于风景与美学教育中的局部与整体、具体与抽象等之间的讨论等。但再引用下去就成《新建筑》创刊号的摘要了——因此还请感兴趣的读者去阅读原文。这里想说的是，1983年提出的各种问题，直到今天它们仍然"顽强"地、持续地存在。20世纪90年代中期以后的快速市场化，强化了建筑学（包括城市规划）作为政府和市场的空间工具，掩盖和隐藏了学科内部的根本性问题和困境，呈现出表面欣欣向荣的状态。

当代中国建筑学的困境是存在问题的日渐深重和状态的持续恶化。经由三十年的高速发展，已经形成某种学科惯性、群体和力量，难以从之前的增长建设型、技术应用型转向具有社会和生活维度的空间实践和教育。它的困境既体现在观念层面，也体现在具体的空间实践领域和高等建筑教育领域。1983年《新建筑》创刊号中提出的"现实关照和理论争鸣"似乎是遥远的上个世纪某个理想时期的事情——它的确也是上个世纪的刊物，但就是这几个字，在当下的刊物中也少有见到。简单化、绝对化的认识观在网络社会的信息推送下进一步强化（某种程度上网络引诱着、引导着人群的绝对化判断）；刊物文章中提出的"辩证观和矛盾的对立统一"似乎只是马列课本中的词语而已，和现实无关了。刊物中多位学者、专家热切提倡的"理工与人文共在"，理工应用中要有人文的考虑，理工教育中必须要有人文社科的部分，在学科工具化、实利化应用的状况下显得苍白无力。从这一维度看，当代中国建筑学的困境不是房地产建设的疲软＋劳动力过剩＋数量化考核＋机构臃肿化＋学术权力极化＋观念和意识的落后＋地区严重不均衡发展，它的根本仍然存在于前述多位先生的彼时讨论的议题当中。经由三十年的发展进程，它的状态顽固化了，它的困境深化了。

先谈一个基本的判断。在过去三十年里大规模建设的建筑类院校或专业（记得读过一些资料，全国有三百来家院校设有相关专业）的相当部分会在未来的几年里快速撤销和消失。即便是行业中的前端院校，它们在本学校中的位置也会迅速下降，各种相应教育资源的压缩、裁减是很可能的趋势（比如，包括本硕博的招生数量、教学和科研用房等）。录进来的学生纷纷转系、转专业，有学校从五年制改为四年制，或者改院系名字（关联上相关领域的学科），或者提出本学科结合其他学科的宽口径教育模式都是近期内可见的状况——已经在为未来寻找可能的出路。

建筑学在过去的一段时间里高度强调"科学化"、技术化的发展（以发表 SCI 文章作为表征）——它本身是学科发展的需要，但建筑学本身仍然是一个和社会、和日常生活紧密关联的学科，它的这个维度某种程度上被弱化或忽视了（它因看上去不那么科学而难以纳入"考核"的指标），它在相当长的一段时间里忽视了本身的价值和优势。在海德格尔、列斐伏尔、段义孚等人的讨论中，建筑、城市因和人的存在，和人的日常生活紧密相关而有它至高的价值和崇高性——这个光亮黯淡了。

在这种情况下，建筑学要转换技术应用型为通识教育型，使得建筑的空间认知和审美成为一种普遍学生的知识构成（至少在本科阶段）。或者说，建筑学的边界要更加宽泛，要与自然科学、社会科学和信息网络、人工智能更加紧密联系在一起，而不是技术应用（曾经有的巨大市场不会再有），不是艾定增先生批评的"结合实际"的狭隘教育理念应用。SCI 的文章可以接着发，但在事情发展的另外一端，要在制度设计上和机构改革上鼓励建筑学和相关学科的相互学习（这里不用"交叉"，因为它是个语义不明的词语；同时当下学科边界的僵化也使"交叉"难以推进），进而这意味着对教师知识结构的挑战和学科可能的转型。这是一条困难的路，其中有各种冲突，但如果不走这条路，未来大概率困境将会转化为危机。

这是危言耸听吗？您觉得呢？

2024.3.15

◆ 建筑学"干"的问题

有几位朋友谈到建筑学,说想那么多干什么,"干就完了"。那的确,我举双手同意,不"干"就不能生存和生活。任何一个职业、专业都必须"干",做投行的、坐高级行政办公室的、造汽车火箭的、搞建筑或城市规划的、街边小食店主或者下地的农民,以及从事文、史、哲等的人都得"干"——只是"干"的内容不同,关心和着急的事情不同。"干"是推动社会运转的基础。"干"的内容决定和划分了学科,但从更大的范畴看,"干"的内容在普遍情况下不受学科内部状态的支配(不排除如学科内重大突破的反转,如提出"相对论"),却存在于社会变化中的现实需要。更明确地说,是整体运动中的社会要求"你"(专业)干什么"你"(专业)就得干什么,是一定时期的社会需要决定了一定时期里学科的应用和状态。

只是有一个"怎么干"的问题。

不谈太远。尼格尔·泰勒在《1945年后西方城市规划理论的流变》中讲了两个时期,一个是第二次世界大战后到20世纪60年代左右,一个是之后的二十来年。在第一个时期,泰勒说是建筑师、规划师"大干快上"的阶段,是"使劲干"的黄金时期,"大干"是政府投资、价值理念相对统一化的结果。建筑师、规划师不需要考虑和讨论"干"的社会影响、问题和困扰,只需要构想一张美好的规划或建筑蓝图和制定、执行施工进度表——数量的增长超过社会发展的考虑。到了20世纪六七十年代，随着政府财政能力的萎缩和大部分快速退出（空间）公共品供给，以及新自由主义的兴起，原来"大干快上"的模式面临危机，为了寻得生产链中的位置（活下去），迫切需要转变——也就是说，不能按照原来的那样"干"，要寻找新的"干"的方式方法。

泰勒说，在20世纪60年代规划出现了两种转向，一种是系统规划理论（实在性的），一种是理性过程规划理论（程序性的）。不管是哪一个，总体上是试图寻得规划科学化的进程，要"干"得科学一点。它推进了学科的进程，也是必要的进程，泰勒说："按照系统理论的观点重构城镇规划的概念，带来了'建模'、'量化'（"数学"建模）以及使用计算机模拟复杂的系统这样的概念和手段——似乎这些就是（规划）'科学性'的标志。"但他十分质疑这一"干"的方式，认为由于缺乏社会的维度、政治的考量，把规划当作"科学"是误入歧途，某种程度上相关的工作是一种"伪技术主义"（false technicism）。泰勒最后谈到规划是政治和经济进程中的构成部分，在第二次世界大战后的半个世纪里，"干"产生了两种基本变化，一种是规划从设计转为科学，另一种是规划师从"专家"转为了社会沟通和协商的人。之前"干"的方式方法不灵了，转变之后的"干"却似乎有点疲软，不太容易介入社会实践的进程，不再有当年的"野蛮"和有力。

泰勒的分析是"西方"的，可以看看，但不见得有借鉴的意义和价值（是吧？）。然而几年来行业的变化大概所有人都有体会，除了那些在行业生态链顶端的、不为生计愁的人。鲁迅讲过"曾经阔气的要复古，正在阔气的要保持现状，未曾阔气的要革新"——"曾经阔气的"不太多，"未曾阔气的"会有革新的愿望和力量吗？

变革有许多方向，每个人都可以有他/她的分析和见解。提出"建筑学应该划入人文社会科学"是我的主张（不否定作为技艺的建筑学，也认为新的方向需要基于原有基础的发展和"更新"），不妨碍比如有人提出"建筑学应该理科化"（是过去一段时间的普遍状态，且实践或者"干"理科化的人活得很好），或者"建筑学应该继续像原来那样干"。这可以类比泰勒指出的20世纪六七十年代后，甚至八九十年代后多元声音的状况吗？不知道，也许这个臆想的多元和类比本身就挺荒诞。同时这只是一个方向和主张，"人文社会科学"是一个大箩筐，人文学科和社会科学还有着巨大不同。但如果建筑学划入"人文社会科学"，它可能借助自身的优势，成为"手机中的战斗机"，把自身特点和新的知识相结合产生出新的力量，可能会老树开新花。但这样的想法太工科了，不很人文。

回到前面的话。不论是什么职业、专业的人都得干，干的不同内容划分了他们。但是回过头来，他们都需要生存在空间中，活在城市或乡村里，活在去工作或回家的路上，住在楼里、屋里，他们一方面都需要在空间中和人交往交流，另一方面也要保持一点私人、独处的空间——因此，还要重说我的主张，建筑学终究是关于空间和人的存在状态，是关于人存在空间生

产的观念、知识和技艺。但这样说很干巴,我想引用段义孚在《人文主义地理学——对于意义的个体追寻》中的一段话来结束:

"离开公寓,开启一段长途旅行时,我会在门口驻足回望最后一眼。我看到:沙发上我经常坐的地方有了轻微的凹陷,那堆还没读的杂志,蒂芙尼阅读灯、樱桃木的餐桌,架子上成排的书、唱片和 DVD 光盘。令我欣慰的是,当我回来时,它们原封不动,就像在等我归来一样,只是表面覆了一层薄薄的灰尘,诉说着已逝的光阴。这种亲密的情结使我产生了另一种想法:即使我不把家视作自己,还是会忍不住有这样的感觉——停止呼吸后,那个在世间多逗留一会儿的'我'并不是这具尸体,而是我的房子,是这些独特的摆设:家具、书、画和一些小玩意儿,这才是我,在没有家之前,我也是支离破碎的。"(2022年中文版 35-36 页)

我在想,如果建筑师、规划师大部分有类似这样敏感和细腻的情感以及对人与物的共同观照,我们存在的空间大概会好一丁点吧?

2024.4.22

◆ 乡村的剖面（一组）

乡村到此一游

乡村有它曾经的无比荣耀。这种逝去的荣耀可能是当代人的一种想象，却也可能是一种真实情况。它寂寞，它单调，因为寂寞和单调在夏日午后烫热的田埂上大叫一声，有那么丁点回应的大概只有停止了此起彼伏的蝉声，可也仅就那么一瞬的打断，乡村的世界立刻又恢复了常态，只能继续在干田埂上接着走。一切按照以往进行。村庄里的每个人有如生活在一个透明的世界里，和祖先、和天地、和村里的每个人（爱的、恨的、怨的、偷的……）的关系都逃不过所有人的眼睛和碎语。农历的各个节气是行事的指南，农忙时耕地、播种、插秧、灌溉、看护、收获，农闲时便有许多"非劳动"的活动，各种节日里的大规模集体敬神，家庭里的敬祖先、敬灶神、敬佛祖……去场镇甚至更远的地方，带回来外面的、远方的信息和村里买不到的物资，但作为变奏的它们很快就陷入日复一日的重复生活。变奏是这个千年来不断播放曲子必要的一部分，否则就更寂寥了。它的时间和空间的和谐，人与自然之间的和谐，它永世轮回的和谐，是它寂寞、单调和荣耀的表征。

乡村终于还是分裂和败落了，它的荣耀转化为虚空的想象。进入现实乡村的真实体验和虚空的想象共构了充满矛盾的错乱，一种悖论。现代化是当代乡村的必由之路，这条路必然不同于城市建设的模式。有一种想象，想着回到过去的荣耀状态，那是天真、幼稚和痴人说梦。但这不是少数现象，它有着极顽固的力量，它弥散在空气之中。在乡村里"山寨"旧时的样式是到处可见的场景，它追求一种软绵绵的献媚。在这个场景背后的基本机制，是对于旧时荣耀的粗劣想象和野蛮再造，借由这种稳妥的粗劣和再造谋利——太缺乏开创未来的勇气和想象力。每一个时代都应该留下它自己的笔墨，即便是再平庸不过的时代里至少也应该有这么一点念头。如果敢于宣称恶劣"山寨"之前样式就是当代的笔墨，也就只有等着后来嘲笑和奚落当代的无知和粗鲁：这是如何可怜的一个时代？这一问题的必要前提是（冷静且热切地）期待后世能够更有批判精神和创造能力，对于这一点目前还存在着疑问。另外的一种，把乡村塑化成城市的消费地——可以用19世纪中后期和20世纪初殖民帝国对于热带地区的想象进行类比吗？进入乡村，是驶入为城市消费设置的几个点位，有如一幅北斗七星图，从一个点坐着车急急忙忙到另外的一个点，在一点停顿比剪刀手拍照走人，到此一游。这些点在消费主义威权的规训下，同样也是一种软绵绵的献媚，没有根本性差别。乡村到此一游是对乡村的异化，也是城市人的异化。完整的乡村被高度减缩成几个景点，贴上各种粗糙叙事和标签，于是真实的乡村在异化的过程中失去了它的原真，真实的乡村裂化成两个乡村：生活着的乡村和标签化、景点化的乡村。

两个乡村相互冷漠对望，没有交集。

乡村土地的神灵

二三十年前我在西南地区和福建闽南乡村调查，常常在田间地头看到很不起眼的小庙。庙子一般两三尺宽，一两尺高，披着红布条，庙门前横放着石条，或者堆放着些石头，上面有长长短短的燃着或熄了香烛的小香炉，庙子里有人形模样的石雕或泥塑；或者里面甚至就是空着。这就是守护一方的土地神庙。神仙界是人世界的镜像；神仙是世间人们的想象和编造，必定有森严等级。在孙悟空大闹天庭的故事里，可以看到拉着脸的玉皇大帝、和稀泥的太白金星、虚张声势的托塔李天王等等，还有一些如来、观音之类的权威专家陪伴在玉皇大帝左右。当然还有不遵守规范，违规放养天马的弼马温。他们都是天上有等级的神仙——弼马温官职虽小，也是天上的神仙（但他终于还是不当神仙，愤愤然下去当山大王了。在花果山陷坐虎皮大王椅望着天上云彩灿烂，云霞明灭，他会想念天庭吗？或者，他会想着那些欢快的骏马被勒回那该死的栏里吗？故事里他还是二进宫，带着"齐天大圣"的虚号去管王母娘娘的桃树了）。

在田野里的小小土地神有权力进入天庭吗？十分值得考证。据说灶神每年要下人间几次，那说明灶神也是有权力上天。从这个角度上说，土地神可能很羡慕职级相近的灶神。灶神管得细，也可能很严厉，和各家各户眼前现实利益相关，所以得的贡品多样又隆重，大鱼大肉、猪头果品。相比较之下，土地神就很可怜。有几炷香，三两个橘子就很不错了。（《西游记》里孙行者一到一个地方迷糊了，就要念念叨叨唤出土地神。他倒是对自己管辖范围熟悉得很，但这个矮个子土地神怎么就吃得那么胖？）一个心虚的猜想，土地神级别低下，管的范围狭小，那肯定有数量巨大的土地神，才能够管理广袤的神州大地。他们领不领薪水呢？还是只靠贡品或陋规？怎么处理管理效率、管理范围和管理职权大小之间难缠的矛盾呢？这对于玉帝来说是个巨大的难题，需要如来、观音等权威专家的创新贡献和有针对性的策略。天库里有钱，如来就说多设职位；天库里差钱，观音就说减少职位，这让玉帝头疼欲裂，常常怀疑出白花花的官银设玉帝神仙学院的正确性。

土地庙是小农生产方式意味深长的表征。几十年间它们渐渐消失不见。失去的不仅仅是农业的生产方式，还有对土地神灵的敬重。土地神官职虽小，和农民却很亲近。农民去田里耕作，总要顺带拜一拜，不需要很多贡品，只要一颗虔诚的心。今天虔诚的心慢慢转变成"钱程的心"，土地不再是根，是农业商品产出的机器，它本身也要慢慢变成"商品"。这是一条没有回程的路。

一半是城市，一半是乡村

"一半是城市，一半是乡村"借用了王朔小说《一半是火焰，一半是海水》的标题。小说里王朔用火焰和海水分别代表男和女，代表男女之间人生与情爱的纠缠和冲突。小说里写的是20世纪80年代城市社会处于剧烈变化开始的阶段，大量知青返城后面对从生活状态到价值观念的深层冲突和困境。80年代的中国不是一半城市，一半乡村。然而正是这个时代，拉开了城乡社会变革。

城市是经济全球化和区域化的网络节点，犹如围棋网格上的一个个黑白落子——每个子在全局中有它不同的作用和权重。城市化进程意味着大小城市连入全球和地区经济网络，同时也意味着承受这一流动网络组成的高度风险。网络的带宽、流速、流向、属性的复杂共构变化带来城市或高度繁荣或迅速掉入衰败深渊的剧烈变动。当代城市远远不再是地方的内生性产物，恰恰相反，它既是流动性的载体，也是依托于流动性网络的产物。在经济全球化过程中，一个关键的问题是，国家能够控制流动性吗？或者说，作为局部的国家如何利用和对抗全球系统的流动性？特别是，在一个加速进入全球金融资本主义和信息资本主义的时代。

答案一半是否定一半是肯定。否定的回答是，从长期角度，越来越加速和系统化的流动性使全球各个民族国家——不仅仅是发展中国家，难以抵抗洪水猛兽般的冲击，只能"委曲求全"于全球流动性的虎狼需要。这不是危言耸听，已然是当下某些国家和地区的现实状态，从当下一些小国、一些资源型国家无可摆脱的难缠困境就可以窥得面貌。国家可以宣布破产，大资产者可以坦然宣称或者暗思"商人没有祖国"。庆幸的是，另一半的肯定依托在当下城乡关系的状态——可能还有回旋、调整、处理危机的余地和空间。改革开放初期，费孝通发表《小城镇 大问题》，核心所在就是大城市成为全球流动性一部分时，如何保证国家的经济安全——小城镇发展是应对这一大问题的重要手段。它连接大城市与乡村腹地，进可攻退可守；它可以是城市资本向内流动的资产池,也可以是吸纳乡村劳动力的空间。这个观点是全球性视野的理论思辨与脚踏实地深入调查相结合的。这种关系发展的路径和模式,在相当程度上促进地区社会相对均衡发展,不同于剥夺型资本主义的发展样态。

一半是城市,一半是乡村。是的,还有处理危机的空间。但这仅是功利视角的考量。中国的乡村还是农耕文化的载体,是深层文化眷念的载体。张贤亮的小说《男人的一半是女人》,也是讲一半和另外一半的关系。"男人的一半是女人"——如果它对,反过来,女人的一半却不见得是男人,女人的胸怀要更加宽广温厚和包容。从这个隐喻出发,城市的一半是乡村,乡村在历史过程中孕育着包容着城市。从这个意义上说,一半强势的城市是当下现实,一半逐渐凋落的乡村正在成为神话,成为焦虑的根源和等待追寻的梦。

作为都市避难所的乡村

城市是避难所还是乡村是避难所历来有不同的回答。

旧时有言,"小难避城大难避乡",讲的是有突发、短暂的社会冲突或局部战争,就躲到城里;如有持续的社会变动,那就躲去乡村。躲到城里的原因是省、府、县城等官方的强防卫力量(相对乡村),可以保护城中的人群,所谓"筑城以卫君,造廓以守民"。这里的"君"是城中的官员,更广泛一点的是城中的官僚体系。它有三项基本的功用,一个是从广大的乡村腹地抽税,一个是维持地方的稳定,以及为前面两者服务的意识形态灌输(通过教育、仪式、节日、建筑等形式)。三者间有紧密的相互关系。抽了重税，容易引发社会暴乱（特别在歉收年）；要维持稳定就需要大量财政投入行政管制与军事镇压；而意识形态灌输（它也需要消耗公共财政，且往往占越来越大的比重）试图从观念上收服农民，使之认为"普天之下，莫非王土"，认为无条件服从和纳税的天经地义。因此，历史时期要推翻一个王朝，往往是针对和围绕官僚体系的治所——城展开，攻城略地，一城一城攻陷下来，特别是主要经济发达地区（冀朝鼎讲的基本经济区）的城。当拿下足够多的城时，掌握了经济和军事的主动权，王朝的更替就必不可免了。因此看来，在大规模战争时期，城市成为最主要的攻击目标，城市大难临头，为躲"屠城"，避难也就要下乡。

当代"避难"的内涵发生了转变，不再是战争的威胁。或者说，人类存在的基本问题发生变化。旧时城市转变为经济、文化、信息、服务、通信、交通中心的都市。都市成为列斐伏尔讲的人类的"第二自然"。它深陷和交互堆积有经济的全球化、产业的现代化和信息的网络化，同时是资本积累最主要领地，也是全球金融的节点，完全不同于以农业剩余为基础的城市。它是一种新时期的人类文明形态，因此列斐伏尔呼吁，人要有"进入都市的权利"，不能被它排除在外。但自然在都市中已经一点一点地死亡，新造出来的名词"都市自然景观"本质上是对自然的哀悼、怀念、模仿和人工再造，是人类想象的自然在都市中的死亡标本。有趣的是，它们也往往被标注为在都市发生紧急状况时的"避难处"。

但我想讲的是另外意义的"避难"。2008年美国发生金融危机后，都市困顿萧条且物价高涨，许多人回到乡村，在田土中劳作获得基本的生存保障。都市作为全球和区域的经济节点，已经不能够保证自身内部的稳定性（它是民族国家和城市政府权力合法性的来源之一），它随着外部流动性而变化。或者说，大大小小的经济危机威胁着都市的存在和都市中人群的生存状态。当它陷入严重的经济萧条时——"避难"就要回到乡下去。但这只是当代"避难"中的一种。都市中自然的死亡、社会繁杂和琐屑，经济的势利和紧张异化着都市中的人。一种"避难"的形式和必要，对于都市人而言，至少是暂时逃离都市"回"到乡村，去感受泥土气息和黑夜的美，去"治疗"身心和情感，而这就对要建设什么样的乡村提出根本性问题，需要深度和广泛讨论的问题。

乡村社会的死亡与重建

——以乡镇为发展空间单元

传统中国乡村社会是基于小农生产的完整体系，是相对内在自足的体系，有社会生产和生活的各个方面和整合化的复杂网络。那时没有另外的生产方式，没有后来以城市为主要空间载体的工业化、金融化、信息化生产方式。传统乡村社会的农业生产、社会组织和观念信仰交织共构形成自足的体系。这个体系在20世纪初以来受到工业化和城市化的作用而日渐败落。所有原来自足体系里的各种使用价值的生产逐渐转向交换价值的生产。作为一个体系它逐渐走向了死亡。

由一元而二元，就产生了两元之间的关系。生产要素的流失是乡村社会解体的开始。这一过程从容易流动的要素开始。

劳动力市场化、农业生产劳动产品商品化、技术和管理的市场化是逐渐演化的和可见的过程。历史过程造成农村土地的不同身份，目前变革冲突在于农村经营性集体建设用地的市场化。它是连接城乡之间的一个节点。变革的困难在于，后果难以预料。因为它涉及更大的问题，也是国家在充满不确定性的全球化中稳定发展的根本问题。推进农村土地的市场化，是城市资本下乡的一个重要通道，但同时也进一步推进乡村社会的解体和增加乡村社会的不确定性，进一步解构了乡村社会。这就是农村土地市场化的两难，从近十年的变化可以看出。

保持农村社会一定的隔离性和自主性，是国家经济与社会安全的保证。费孝通早在改革开放初期就提出"小城镇 大问题"，核心就是国家如何在经济全球化过程中保持一定的稳定性，减少受国际经济环境影响，向外受阻后可以转向内的空间，不至于出现突然性断裂和动乱。但深层困境在于在市场化的大环境下如何保持乡村社会内在的自足和发展。过去近半个世纪，尤其是90年代中期后的现实情况是所有生产要素逐渐流失导致乡村社会的日渐死亡。

不可能会退到之前相对封闭的空间中。当下的状况，是由一元而二元再归自新一元的过程。但既希望市场化，又希望在保持一定隔离性下重塑乡村社会困难重重。乡村需要现代化，不要表面的怀旧和符号化，它需要实实在在的农业产业现代化、社会组织管理现代化和观念的现代转变。但一个根本性的问题是，如何在开放和市场化过程中保持一定的自主性？这是一个需要高超技巧也是难以巧妙平衡的问题。

还有一些问题。乡村的现代化与城市的现代化有什么差别？怎么对待乡村现代化过程中不可移动的、也是和生命本底连接的自然山水和土地？如何处理城市对农村各种资源的吸纳甚至是剥削？如何保持农村的相对低流动性下的现代化？（除了世界范围内发达资本主义国家对农业的补贴之外。）低流动性意味着相对低收益，农产品价格又关系民生，这些都是两难问题。在动态流动中维持自身的差异性和相对自主性，是乡村社会重建的关键。近百年前梁漱溟提出的村自治在今天已经不现实。由于各种要素的流失，当下村庄十分有限的财权、人力和对村庄公共事务的能力难以维系一个相对自足的空间。当代乡村社会重建社会单元在乡镇，不在村庄。乡镇在新时期现代交通、通信的状况下，它的空间尺度允许农民的自组织和在地交流，同时具有一定的组织人员、财政和公共事务的能力。

建议：①适度加大对乡镇事权、财权、土地使用权的赋权，使其有更大的灵活性；②乡镇范畴内推进乡村社会的自治，促进村民积极参与公共事务的组织和管理，发展出多样化的乡村社会。财政和政策不是投入到具体的乡村建设或事务当中（这是今天的普遍状况），而是对介于城市与乡村之间的县，尤其是乡镇的赋权。增加乡镇的权限、减少对乡镇抽取；鼓励和帮助乡镇内部的公共事务的自组织和减少对乡镇内部公共事务的干预和要求；从政策和财政上鼓励乡镇完善、改进和优化公共服务设施和质量。同时需要变革之前的强垂直压力传导型模式和全面考核检查机制，转向关注乡镇与乡镇、县等水平与向上关系的政策引导和局部要素考核。这可能是必要的路径。

乡村社会的重建不是经济一元的乡村化，它需要给乡村社会赋权进而内在发展出多样的、内生性的乡村社会。从当下看，乡镇的空间尺度是一个合宜的单元。相对自主性的、以乡镇为基本空间单元的赋权建设才能够重建乡村社会，发展出不同路径和发展状态的乡村社会。这一进程需要避免把乡镇当成政策末端的执行者，需要把相对自治与对外开放结合起来，需要把政策引导与内部发展的灵活性结合起来。

2023.7.17

城市文化两束

（一）

谢谢张老师邀请，有机会和大家一起讨论城市文化的议题。……黄老师谈到20世纪70年代的一些变化。1961年雅各布斯出版了《美国大城市的死与生》是一个标志。供求关系的转变导致了城市状态急剧的变化。要理解城市文化首先要理解城市，理解城市必须把它放在更大的空间范畴——理解社会的变化对于城市的影响。如果没有大一点范围的理解，事实上，就难以了解具体的现象——容易"就事论事"，难以透过现象看到其发生发展的机制。历史过程中，地方政府从一个原有的管理型政府，转变成了一个企业型的政府。如何营销地方、销售地方，变成一项很重要的事情。而地方特质，在政府和资方的共同作用下，转变成垄断性商品。这是过去一段时间里面非常典型的状况。从早期的物的生产，使用价值的生产，转变为历史的商品化、文化的商品化。如何把地方的各种社会、历史、地理、建筑等的特质作为特殊的生产资料，生产出具有垄断性的商品，在市场上获得尽可能高的利润，是过去几十年时间里重要的文化现象。

另外一个方面是"论述"。媒体的斗争是非常激烈的。如何来定义物品，更准确地说是商品的价值？特别经由"论述"，从观念上控制人、控制消费者就成为生死攸关的事情，也成为生产高利润必要的一部分。哈维的《垄断地租》一文里面曾经提到，如波尔多的葡萄酒，它必须在葡萄酒行业里面要有垄断性、排他性的论述，有一个独占性和高品质的述说。这是20世纪70年代欧美城市里的一些普遍状况。又比如，原有的工业厂址、破旧码头（作为一种城市遗产）如何转变为新的消费区，结合地方的特色做空间的营销（往往是历史符号的虚构、拼贴），是70年代以来许多规划师、建筑师的工作。如何论述、解释这些空间生产的活动是十分重要的事情，不仅仅是物质空间自身的建造。

进入20世纪90年代中期以来，中国城市也存在这样的状况。各个大小、不同等级城市政府日益从原来的管理型转变为企业型政府，在高度竞争的状况下，必须营销城市，把城市种种特别的品质转变成可以销售的商品，营造一种某种程度上可以说是"包装"出来的地方形象（fake identity）；进而需要通过媒体放大这些特质（这个领域将充满硝烟），占领观念市场。这样的文化生产机制越来越变成城市发展必要的生产机制。

除了对前面的几位有简要的回应外，谈一点自己的想法。我把1908年通过的《城镇乡地方自治章程》，作为具有现代意义的中国城市出现的里程碑标志。如果认可这个观点，到今天为止我们城市也不过出现了110多年而已。现代城市像一个新生的年轻人，他急忙向外走，遇到全球化的邀约，在这个过程中有开放有兴奋有发展，可是他遇到危险了，必须回到乡土。或者说，城市向外遇到问题，遇到危机必须回到内部，回到还未现代化的乡土社会。对外有刺激、有兴奋和新的发展，可是这个发展充满不确定性、具有高度风险。这方面很多学者常常谈道，如费孝通先生的"小城镇大问题"等，是类似的观点。雅各布斯在《城市与国家财富》里提到了"替代性的进口"，谈的都是这样的问题：一个城市怎样有自身的经济腹地和自主性的发展，进而有自身的自主的文化发展，避免在现代化、全球化过程中成为一个被支配的对象。

接着谈和城市文化有关的四个词组：共性与个性，瞬间与永恒，过去与当代，外在与内在。共性与个性——提纲里有一个对于城市个性的讨论。要讨论个性的时候首先要理解共性。什么是当代城市普遍的共性？19世纪中后期的时候，面对快速变化的社会（和前工业社会完全不同的时空感受），波德莱尔提出"瞬间与永恒"的命题——如何在急变的社会中找到存在的意义。早上出来的时候，看到旅馆对面有一家叫"匆来匆往"的早餐店——早餐的人们的确就是匆来匆往，这个店名难道不是十分贴切地体现当代人的普遍状态吗？这个状态在200多年前已经出现了，今日只是变本加厉罢了。相对地，乡土社会是稳定的社会，静定的社会，少有变化的社会。今天"变化"变成一种常态。这种状态对城市文化有支配性的影响。

过去跟当代——过去是一个前工业社会的状况。马克思曾经谈道，新的社会，资本主义社会的发展往往是基于对过去的社会，对小农生产生活方式的一个扩张和吞噬（这是一个危机的扩散过程）。城市单元向更大的空间范围的城镇单元的扩展，就是这样的一个状态。过程中我们既改变了城市面貌，事实上也改变了农村的面貌。

城市文化今天面临的一些危机，最后一点谈到"外在跟自在"。今天城市还存在"城市的自在"吗？或者我们也可以问，城市的每一个人是否还存在"个体的自在"？人的状态是城市外在的一个表征（或者也可以反过来说），人们的自在被各种外在所切割、所拉裂。如何在外在与自在之间保持一种平衡，是文化发展的重要内涵。

（二）

城市文化作为观念和制度的产物，必须要有物质基础。黑格尔讲观念可以改变社会，马克思把黑格尔的观点倒转过来了。在很大的程度上城市文化的发展必须基于物质基础，基于城市的物质状况，这个物质基础跟城市的生产力紧密联系在一起。处于不同经济与行政等级的城市的文化状态有巨大差异。这是一种已然存在的客观状况。刚刚孙老师开玩笑说他来自广州，是边缘之地。我来自重庆，那就更偏了。地理上的不均衡发展已经是一种基本状态。党的十九大报告里谈道，我国社会主要矛盾已经转化为人民日益增长的美好生活需要和不平衡不充分的发展之间的矛盾。不均衡发展是理解不同城市文化差异的关键和根本。

关于共享与品质。前面黄老师的讲说中用了一本书《城市文化》。这里面有一个基本问题，谁的城市文化？这是需要质疑的问题，包括公共空间的问题。谁在支配公共空间？谁在支配城市文化？需要对历史有深度的认识，不能只要那一部分最高雅的文化。文化里面有不同的层面，规划和实践需要认识城市文化的各种状况，不能只是精英文化，顶端的文化。在过去的一段时间里，我们往往把这一个城市最辉煌的历史商品化，这是一些城市在过去二三十年时间里普遍的现象。对这些问题有批判性的思考。

在很大的程度上，"共享与品质"往往被挪移成一个消费主义的对象。共享单车难道不是吗？对这些问题要有批判性的认识才能达成对话的平台，才有平台的价值。

（在中国城市规划年会上关于城市文化讨论的发言）

◈ 规划理论历险

橘生淮南则为橘,生于淮北则为枳,叶徒相似,其实味不同。所以然者何?水土异也。

——《晏子春秋·内篇杂下》

"Transfer"是一个难以合适翻译的词语。在简单的意义上,它代表了某种东西从某处到另外的一处,但任何的移动,作为一种社会实践,无论是物质的还是观念的,在接受或者抵抗的过程中,在两端,在出发的一端,在落地的一端,都具有深刻的目的性和社会性意涵。我的理解,在这个大议题中,重点不是规划理念、知识和经验,而是它们的国际transfer。

为了简洁起见,我把规划理念、知识和经验综合概称为规划理论(尽管规划理论的确切内涵仍然值得讨论)。现代规划理论产生的时间并不长,是现代民族国家和现代城市建设需要的产物。它的transfer与民族国家之间的政治、经济与文化竞争紧密相关,而城市是其中最重要的空间载体。从这里开始,我将扼要探讨空间势能与规划理论的transfer、选择性的理论消费与地方现实的冲突,以及在理论的transfer过程中的媒介霸权(它已经成为关键性议题)、进一步讨论网络信息社会中的理论生产的奇观现象,最后落在作为个体的理论者的生存状态。5个议题共构的作用矩阵是认识(规划)理论(国际、地区或者国家内部）transfer 的关键。

（一）空间势能差

现代规划理论 transfer 的根本原因是存在空间势能差。这是我杜撰的名词，代表空间现代化程度的差异。"现代化"是一个概括性的名词，向来有不同理解和多样构成的内涵。但政治民主化、经济现代产业化、社会的多元和包容是它的基本构成，民族国家和现代城市是它的两个不同尺度的空间载体。18–19世纪西欧诸国的率先现代化，通过军事手段和殖民地扩张强制在他处植入"新空间"。这是西方规划理论的直接移植时期。"西方规划理论"是一个模糊不清、笼而统之的概念。西欧各国有着不同的政治制度、经济发展程度和不同的历史进程，进而也根据自身的需要产生不同的现代化治理方式和"规划理论"。比如西班牙的殖民地与英国殖民地存在着巨大差异的治理方式（规划理论是治理方式的构成之一）；比如近代在上海的（英美）公共租界与法租界，存在不同的治理方式和规划模式，进而形成高度差异的城市空间形态。但如果把眼光放长远，在过去的两三个世纪里，西欧国家与其他地区存在明显的空间势能差，是无可争议的事实，进而形成基于西欧各国各种（规划）理论向全球其他地区与国家的 transfer。

只有存在空间势能差，才存在空间规划理论的 transfer。它构造了某种历时变化的、以现代国家为单位的"中央—边缘"结构。它往往伴随着剧烈的空间的扩张与空间抵抗——今天的状态依然如此，并不只是在 19 世纪才有，只是方式更加隐蔽和巧妙。或者说，规划理论是空间生产、扩张的基本工具，它不是客观的、中立的，它具有强烈的目的性；经由空间实践形成的结果带来的是身体的经验，同时也是整体的，内嵌有理论、知识和意图，或者说，还有价值判断。它 transfer 的力度首先取决于空间势能差。直接的移植是绝对、高度势能差的结果，是武力殖民的结果；当势能差减小，立刻就存在接受方对规划理论的选择性消费。它开始意识到舶来理论的问题，有意无意根据自身需要选择理论（拒绝某些、选取另外的一些），并将选择的理论进行改造，进而既作为合法性或进步性来源的一部分，也作为指导地方性差异实践的构成。

（二）理论选择与地方冲突

当表述"地方对规划理论的选择性消费"时，它潜在地把"地方"看成了一个具有共同意志的整体。事实上，任何一个地方，内部都存在着对发展模式和发展路径的不同看法、争议，甚至是斗争。在面对新的挑战时，总有或者出于保护自身利益者，或者保护本土悠久历史文化者反对新的变化，顽强或顽固地维持、坚持之前或现有状况，人们往往称之为保守主义者。他们通常反对应用外来理论，强调对"国粹"、源发于地方社会过程的理论的学习。也总有一些激进主义者，不顾一切地要摧毁既有的社会结构和价值观念，尽管对于下一步的路子怎么走通常并没有也不能够有清晰的思路，其目的往往只在破坏而不在建设。还有一些人意识到顽固保守与激进革命路径两个极端的问题，他们持有渐进改良的模式，他们在保守主义者眼里是激进主义者，在激进主义者眼里是保守主义者，因此被概称为折中主义者。每一种主义者都试图选择有利于自身的理论来支持其社会实践，因此并不存在一个共同意志的地方整体。或者说，如果存在一个地方的整体，那是在社会过程中由各种不同利益、意志者的多样矛盾冲突所构成，同时也还是一个历时的变化过程。不同的主体有着不同的理论选择和理论消费。哪一种理论胜出成为支配性意识形态或观念，取决于具体的社会实践与博弈过程中，持有相关理论的群体的胜出。但应指出的是：第一，被选择的、消费的外来理论，能够在具体实践中起作用的理论，是经由地方变革甚至是斗争需要所修订、改动后的理论，是一种内化后的理论，而不是直接移植的教条化理论。第二，其他的理论或观念并不会就此消失，它们往往只是暂时潜藏，在某些变动的社会时刻重新改头换面出现。

地方内部的矛盾和冲突越来越不是内在性的问题，而是与全球危机紧密关联在一起。也就是说，理论选择、转换与应用的激进向左向右或者其他，并不取决于本地本土的状况（尽管它们构成结构性要素的一部分），更大程度上取决于全球或区域的整体变化（危机）对于地方的作用。近半个世纪以来，加速的经济全球化从客观上加大了地方理论选择与应用的分异。在经济向好的趋势下，原来保守、激进与折中主义者还可能在某些方面取得协调和共识。随着地方（一个不同尺度的名词，可以从现代民族国家到各个大小城市等）经济加速进入全球经济网络，带来发展，也具有高度风险，促发地方在问题和发展路径上认识的分裂（特别在2008年全球经济危机之后）。或者说,理论认识的鸿沟加大了,保守的更加保守(是当下的普遍状态,以应对外部的风险和不确定性),激进的则更加激进,社会分裂愈加明显,映射出理论的疲软无力。

(三)媒介霸权

除了与理论生产的主体、受体的状况有关外,其中(规划)理论能够高效 transfer 关键的一个部分,是过程中的媒介,它们是传送管道、沉积池,甚至是开关。(规划)理论就如某种商品,它不会自动自觉地跑到某个地方。它除了在生产地需要一整套的生产体系外,还需要经由某些运输网络、运输工具、终端机构将理论运送到地方,销售到地方,进一步植入到地方。运输网络、工具和机构是相互作用的、复杂的媒介构成,仍然值得也需要深入研究。比如,进行高等教育的大学、大学里的高等研究机构是其中最主要的一部分,但机构的运作需要合理制度,而这一制度很显然将带有地方性社会的典型特征,进而使得外来理论的引入、"消费"和应用立刻带有地方性色彩。比如,在多大程度上国家的力量、政治意识形态、自由主义的市场对大学、研究机构起作用?存在着什么样的地区差异?(高度的不均衡发展如何影响地区学术机构的状态?)历史的过程又是如何?这是一个值得问的问题、值得进一步研究的问题。这里想强调的是,地方性的机构与制度作为理论 transfer 的媒介起到的关键转换作用。

但不仅仅是机构和制度。还需着重说两类,书籍和留学生是(规划)理论空间移动的主要载体。一类是引进来(书籍),

一类是走出去（留学生）。对于第一类来讲，引进什么样的书籍，翻译什么样的书籍（以及文章）就成为关键问题——是个有目的性的选择过程，也因此是理论 transfer 的过滤器（这一过程就带有强烈的地方特点，既与地方的学术市场相关，更与国家政策导向与投资相关）。一些发展中国家有公派留学生，这些承载有现代知识与技术的留学生归国后成为地方知识体系现代化的重要部分，特别在国家现代化的早期阶段、现代化的启动阶段尤其重要。这是一个必要和重要的现代化知识供给方式。

大学、大学的研究机构、选择性书籍翻译和引进、留学生派出是（规划）理论 transfer 的重要媒介。它们的状态存在于空间势能差、强制性的理论植入、被动或自觉的理论消费（不要忘记地方有保守、激进和折中主义者的斗争存在）共构的、历时变化的状态之中。作为媒介，它们并非一定是单向传输，在很大程度上它们受到空间势能差的支配；因此在某些阶段某些领域，也可能存在反向传输。另外不得不提的一点是，语言作为传播的媒介在其中起到特定的霸权作用——以今天的状况看，英语就是一种媒介霸权。越来越多的人，特别是高等研究者使用英语（因此他们/她们可以越过翻译选择的过滤器）、在以英语为出版语言的国际刊物（占据被建构的、学术"影响因子"体系中的绝大多数头牌位置）上发表文章，进一步强化了这一趋势。在某种程度上，英语在学术层面的国际流通是伴随着经济全球化的理论全球化的表征。

（四）信息网络社会中的"学术生产"

20世纪90年代后全球加速进入信息网络社会，加速了（规划）理论的transfer，也构造了新的理论存在形态。信息网络既是一种传播的媒介，同时也是一种存在域。它加速了全球与地方社会的变迁，加速了知识与技术生产的速度。加速变迁导致现代（规划）理论无所适从。理论生产的根本来自对具体社会实践与问题的归纳、分析和判断，提出可能指导实践的方向或路径。但地方社会实践在信息网络社会的复杂关联中产生令人难以预判的变化（一种非连续性的变化，更大程度上是一种连接后的突变），时空压缩和高度不确定性发展使得既有理论不能把握社会的具体变化。或者说，原来基于连续性的、产生于局部地方的（规划）理论，难以处理信息网络社会带来的空间范围更广和连接方式更加复杂的状态。当下是个剧变的年代，也可能产生（需要）新的学术范式。20世纪70、80年代还有一波理论与学术探讨的高峰期和代表人物，90年代后呈现的基本状态是理论的疲软无力，形成某种普遍的"理论焦虑"，进而形成两种理论的生产和transfer的状态。一种是面对短时变化频繁提出某些"新概念"词语（不管是真实面对问题还是哗众取宠，销售理念），试图去抓住变化的状态。这些概念就如安迪·沃霍尔的陈述可以"闪亮15分钟"。20世纪90年代以来，加速进入信息网络的全球社会大小危机的频发，进而闪现了数量众多的新名词、新概念（如新城市主义、景观都市主义、基础设施都市主义、创意城市、知识城市、生态城市、绿色城市、信息或比特城市、全球城市等）。这些概念应对和处理变化的总体发展中的局部问题，它们可能加深了对局部的认识，但难以把握总体，事实上加剧了理论焦虑。在这种状态下的另一种极端是回到过去，回到不太远的、还能够把握的过去，把20世纪初到20世纪80年代之间的理论重新咀嚼和反复翻新（尽管历史的研究与分析仍然是认识存在世界最基础的方法和路径），通过把握曾经的确定性来抵抗当代的高度不确定性，以缓解焦虑和试图抵抗在信息网络社会中的认同危机。

信息网络社会中的"学术生产"还出现一些普遍状况。各种信息数据库、学术资料数据库的建设和开放使一般性学术资料获取比之前更为容易，但使用什么方法、立场、角度，在什么空间范围里讨论等成了问题。资料的堆积远超过对问题的思辨、理论的归纳、关系的探讨；数量化、经验性、实证性的研究远超过批判性的研究。同时，与学术全球化、等级化和严格的考核机制结合在一起，作为媒介的学术期刊在学术生产中的权重前所未有加大，它们在很大程度上控制了学术的产出和transfer。学术期刊的兴趣、视野和取向，以及对于本身在一个等级化世界中的利益考量在相当程度上支配了学术的生产和transfer。

（五）"小世界"里的存在

《小世界》是戴维·洛奇对学院圈里一群教授的讽刺小说。这里的"小世界"代表作为个体存在的学者的生境。它不是想象中的"象牙塔"，不是隔离于社会的孤立、自由的学术环境，它是社会分工的一部分,是全球快速变化的政治、经济与学术生产体系构成中的一部分。或者说,它是加剧的全球性、全国性的学术竞赛的一部分。这个"小世界"、个体研究者存在的生境逐渐被框置在(在很大程度上是被"固定"在)一个按照某种等级排序的学术宽底金字塔体系之中。所在大学有排序、所在院校有排序、所在专业有排序(一级学科有排序,二级学科有排序……)、专业领域的学术刊物有排序(影响因子排序)……从大学、学院到专业、个体研究者都有"科研实力排名"。当下已经发展出多套十分复杂的评估体系,如大学有 U.S.News 世界大学排名、QS 世界大学排名、泰晤士高等教育世界大学排名、软科世界大学排名等等(不要忘记作为学术传播媒介的英语的霸权作用)。排名既意味着声誉,也意味着可能获得的财政支持(不管是来自公共资金还是市场)、更高质量的教师和学生——尽管大学、学院、学科、个体研究者可以忽视甚至蔑视排名,它仍然是现实存在的事物,同时也影响着全球、国家教育发展的状态。

全球(国家)学术体系的高度不均衡发展是全球(国家)经济高度不均衡发展的直接表征。在过去的半个多世纪里,社会严重两极分化,学术社会同样严重两极分化,各类优质资源日渐集中在少数大学、少数机构和少数人手里。一个"顶级"的"小世界"是占据顶级大学顶级研究机构的顶级专业,成为国际级或国家级专业学会或者学术机构的成员或主席,拿国际级或国家级的研究项目、组织和主持国际顶级学术会议,在顶级国际期刊上发表文章,获得某种被普遍认可的国际级的奖——

尽管对于"顶级"的构成、概念、定义各有不同（这是一个学术话语权的博弈过程）。按照等级排序的学术宽底金字塔体系构成某种学术势能差，某些（规划）理论、概念源发于"金字塔"的顶端，再向次级、次次级……transfer，在逐渐深化的信息网络社会中，构成当下某种支配性学术状态（某种程度上，这是一种学术霸权状态）。处于次层或下层学术生境的个体研究者，他/她大概率不能摆脱高度竞争，同时也是一种高度焦虑的状态。他/她的小世界空间里四处弥漫着"考核"的强烈气味。或者说，大学之间的激烈竞争，基于全球或者国家大学排位的多种指标的竞争，将直接转化为处在这个复杂"学术生态环境"中个体的直接压力。他/她必须要去主动或被迫完成、追求这些指标。他/她面临的根本困境是，当下流行的、来自顶端的（规划）理论或概念不见得能适用于本土的、地方的状况，但由于它们代表着某种先进或前沿的状态或趋势，在研究或论文撰写中采用或套用这些理论才更有可能被国际或国内权威期刊所录用，概念的随意挪用或应用外来理论的"削足适履"成为理论 transfer 的某种状态。这是理性选择导致的非理性状态。而所在机构为了提高竞争中的各种排名乐见其成、鼓励有加，并加以数量化考核以奖优罚懒（当然，不要忘记机构里也有保守、激进和折中主义者，机构里同样存在着观念的差异、发展方向与路径不同的争议。而这三者的区分仅是为了区分和说明的方便，现实情况远为复杂）。见怪不怪的普遍现象，构成某种群体性的"学术癔症"和"学术疯癫"。乔治·斯蒂格勒有一篇精彩的小文章《校园里的一段小插曲》，鲜活展现了高等院校里在考核和晋升制度下的群体"学术疯癫",从校长、老教授、壮年(副)教授、青年讲师到大学生们的群体"学术疯癫"。

这是"小世界"面临的问题之一,也就在微观的、具体的层面影响着(规划)理论的 transfer。作为个体的、有生命时限和精力限制的研究者,还面临把生命和精力投入到基本问题、真实问题还是时髦的、短时需求导向问题的研究选择之中;是投入到自己的研究兴趣中还是转向有快速经济与名声收益的应用之中。它们当然不必然要二选一或者存在冲突,但在大多数情况下二选一的概率更大。不同的选择也就形塑(规划)理论 transfer 的形态,因为个体的人是理论 transfer 的最基本载体。

这个议题还可以继续讨论下去……

(六)规划理论历险

理论来自实践,理论的问题与价值需要回到实践中发现和产生。当下(规划)理论的问题之一在于"内卷化",在于不直面现实问题,或者在难于认识真实的状况下,向内自激。某一学科领域的理论本身是劳动分工的结果,是认识局部问题的需要。但这一类似"福特制"的学术生产架构在新时期面临挑战。新时期的生产逻辑发生了根本性的变化,尽管旧有的仍然持续在起作用。如何创造性地应对外在的各种强制性(霸权),回应于地方的根本需要(生活质量、多样性、体面……)是当下急迫的问题,是(规划)理论需要直面的现实。如何从局部出发认识由各种类型、属性差异的局部的复杂关联和相互作用构成的整体,又转回地方产生有效性实践成为争议话题。更近一点向内看，有更多难缠的结构性问题，如国家在社会生活中的作用、中央政府与地方政府间的行政结构、财税结构、国家与市场关系、土地产权模式、高度不均衡与生态环境、历史与认同、地理条件等的共构状态及其历史过程是地方性（规划）理论需要处理的对象。它的答案不能够仅从内部冲突的矛盾机制中获得，而存在于内部与外部、局部与整体的矛盾运动之中。

清末民初横跨官、学、商的知名人物张謇曾经说，治理一县至少要有一省那么大的眼光，治理一省则至少要有一国那么大的眼光，谈的其实是大认识与局部实践之间的关系。"治理"就是实践，而"眼光"就是视野和理论认识。联合国提出的"Think globally, act locally"不应该翻译为"全球化思考，地方化行动"。对于绝大多数人来讲，全球化太抽象，不是身体经验所能够把握和认识的。从这个意义上，Think globally 翻译为"整体或总体思考"可能更为妥帖，因为对于绝大多数人而言都有思考超越自身日常工作边界限制的可能，因为它应对了当下被科层化的劳动和学科分工的问题，也与每个人，至少是与每个作为理论承载、创造和 transfer 的个体研究者紧密相关。它强调越界与整合，挑战了现代劳动分工，提出新的问题：如何才能够更加整体地思考？从这个角度，（规划）理论需要走上一条历险之路。或者一个更长远的问题是，假如在未来的某个时间社会能够出现某种高度自组织状态，规划理论和规划会消失吗？

2022.10.22

（英文稿刊发在 disP 2022 年第 4 期）

历史山水与当代城市

明代曹学佺在《登涂山绝顶》中描写爬山过程和站在山顶上看江对岸的重庆城:"百折来峰顶,三巴此地尊。层城如在水,裂石即为门。"不长的二十字的诗里讲了城市、山水、历史之间的三重关系。

首先是物质的城市与山水之间的关系——坐落在两江交汇山岩上的重庆城,重重叠叠"层城如在水,裂石即为门"。其次是人与山水、与城市之间的关系,是曲折蜿蜒的登山过程,经由"百折来峰顶"——人在登顶之后的豪情和放眼四望,看郁绿大山,看奔流不息的大水,看大山大水之间磔磔的、灯影明灭的城市。最后是地点历史与社会过程的结果。区域发展过程中重庆的重要性凸显出来——"三巴此地尊"。也就是说,山、水、城和社会、历史的过程融汇在曹学佺登上涂山顶的一刻,引发他自发的情思和诗意。城市不仅是物的形态、经济的空间或治理的空间。它是整体之中的一个局部的存在。它与整体之间的协调,才能引发人的想象、思辨和创造性的活动,引发对美的经验和感知,意识到自身的存在。

冀朝鼎在《中国历史上的基本经济区与水利事业的发展》中回顾水利治理与国家治理之间的关系。他提出历史过程中由于交通不发达,区域之间联系弱,而控制某些农业发达——水利发达的地区，就有可能征服与统一全国。他把这些局部的地区称为"基本经济区"，提出秦汉时期以泾渭、汾水和黄河下游的基本经济区、唐宋元明清时期的长江中下游基本经济区，以及长江上游、珠江流域的两个次级基本经济区。在小农社会，地区的农业经济发展与灌溉紧密相关，灌溉治理——水利治理有效率，地区的农业"风调雨顺"、地区内部各亚区、城市之间的联系日趋紧密，各类物品、人员与信息运送与交换相比较其他区域有更高效能。水利——水之利就成了地区与国家治理的关键。两个基本经济区、两个亚区里星罗棋布的城市，就是地区里交通网络里的大小节点，是各类政治与经济中心。基本经济区城市群的构成历史过程中有变化，作为一种遗产，是现代城市群发展的基本背景。

冀朝鼎从"善"的角度，从致用的角度提出"水"与地区和国家治理之间的关系。在"万物有灵"的普遍意识下，传统中国发展出独特的山水文化。它是一种"观念"文化，尊崇自然山水，把自然山水看成有灵魂的存在，可以佑护、滋养或者伤害人类。"青山绿水"是理想的人居环境，"穷山恶水出刁民"是讲不良山水中人的困境。它转换为一种人文的意识和风水的理念。敬"山神""水神"（或"河神"）既是一种期望对现世利益的保护，更是对山水有一种敬畏之心和崇敬之情。看山望水择良地而居，是现世的趋利避害需求，更是希望吸收山水之灵秀，得以护佑而滋生繁衍。因此它也是一种求"善"的、求致用的文化。微观尺度的致用在于家庭、家族、村落的聚居选址，中观尺度的致用在于城市的规划与管理，大的致用在于冀朝鼎谈到的地区的经济发展到国家的治理。在历代的各类方志中，卷首中往往先列有舆图和城图，看山水、水陆交通与城市之间的空间关系；卷一就是星野、山川沿革和形胜等。理解整体格局、山水形胜历史过程一直是地方各类官员必要的知识和修养。

为求"善"、求高效率的致用，就需要求"真"，求科学知识与技术进步，研究治理江河的必要知识和切实可行、因地制宜的工程应用技术。历史过程中治理江河的经验与技术（及其丰富的文献）已经成为中华文化珍贵的遗产。或者也可以说，治理江河的文化已经成为中华历史文化中最重要的构成之一。但中国的山水文化不仅仅是观念、理念或求善、求真的需要，它还是一种独特美学，转换在写意的山水画和寄情的诗词之中。它来自现实世界的山水、人、城、乡之间的和谐之美，启发于个体对于外部变化与自身命运的思考和人生的观照；它依托画和诗的技巧形式，经由画境和诗境传递出一种情绪和感受。它在观念上和画纸上纠正现实山水的形态，试图传达一种具有主体意识的理想的山水、理想的人居环境之美，比如北宋王希孟的《千里江山图》、元代黄公望的《富春山居图》、元代赵孟頫的《鹊华秋色图》。它也借由山水之境的历史过程、四时景观和瞬间情景，传达作者或忧或悲或喜的情绪和存在意识，比如杜甫的"岱宗夫如何？齐鲁青未了。造化钟神秀，阴阳割昏晓。荡胸生曾云，决眦入归鸟。会当凌绝顶，一览众山小"；比如崔颢的"日暮乡关何处是？烟波江上使人愁"。在个体可控的空间实践层面上，山水文化转换为私家园林的治山理水，转化为盆景中的山水微缩景观，进而成为一种情感寄托。

1883年，英国人立德溯长江而上来到重庆。为了打通入川贸易的航运路线，他一路观看山水格局中的城镇，一边记录川江水文与各地的商业情况。他有自觉的比较意识。他在《扁舟过三峡》中说："在欧洲，特别是在美洲，当你凝视最美丽的风景时，那些生硬的人造工程，常常让你兴致大减……甚至作为唯美主义家乡的美丽的日本，现在也是这样；模仿西方建筑及服饰的狂热，形成笼罩在日出之岛上的黑影。但是在这里，在中国偏远的西部，人类与自然的和谐没有遭到人为的破坏……灰白的雉堞仿佛是崎岖山崖上自然的突起物，城墙顺着高山低谷的走势而蜿蜒起伏，并未显出与自然风貌相冲突的痕迹，而鲁莽的西方风格则疏于此道。"中国传统城市与天地、山水之间的和谐形态，是传统文化的突出表征，也是一个长期未有受到足够重视的表征。传统城市是一个超级巨大的人工物，这一经历多时的、各类人参与、内容复杂的人工物令人惊讶地并不与自然山水之间冲突顶撞，而是与之共同形成一幅"野中有文，文野互敬互补"的优美画面。在城外不远处的山头上修建一座白塔，是对地方风水的修补，是对山水形胜的增强，却也形成一种可辨识的人文景观；城里的大小建筑布局与尺度映射了社会尊卑的秩序；它是中国传统"尊崇自然""天地人和"的文化与存在理念的外在显现。

进入近代以来，旧的社会秩序日渐解体，原来的生产关系逐渐转型。工业化和城市化的进程改造着旧有的观念、社会和物的生产体系。城市不再是整体中的和谐局部，城市逐渐成为经济竞争的空间，资本生产与再生产的工具；市面上热销着"城市作为经济增长的机器"之类的书;城市不再首要关照和自然山水之间的关系——山水变成了"物"和商品,不再是有灵的存在,效率往往是首要的考虑。技术的进步使得人类自大起来;作为局部的城市与整体之间断裂了,蔓延的城市与城市、乡村之间日益庞大的经济交换网络试图支配一切——它们试图按照自身需要建构一个人造的、全新的"整体",也就从表征上造成了立德指出的城市与自然之间生硬、不协调的状况,而从根本上导致了人类生存的危机,从个体的精神危机到社会危机到环境危机。城市作为21世纪全球人类最主要的工作和生活的居住地,如何在原有的历史山水遗产的基础上,处理与自然、与人之间的关系,就成为一项需要重新审视的关键议题。

  第一点判断是不可能回到过去的简单的整体性中。时移世易,过去的城市与山水间和谐优美的状态是过去整体的观念、社会结构、制度、文化与技术等综合的表现。体系之不存而欲求形态的一致是缘木求鱼。但由于传统山水美学在知识阶层中已经成为一种广泛认识和"逝去的美好",进而在现代城市中模仿、复制旧时的形态就成为一种各地可见的实践。其基本策略是传统符号的拼贴,而非对于具体的山水与物质形态、空间之间关系的思辨和创造。其中的原因比较复杂,不是单一要素在起作用,比如有地方官员的大力倡导(在"恢复或强化地方文化特征"的思维和口号下),比如将各地的历史作为一种独特的、垄断的生产资料,用于生产出差异性的空间,以换得尽可能高的利润。但在深层次的层面,对于历史的眷念,试图通过复制原有的形态来缅怀、挽留旧时的文化美学,仍然是最重要的因素之一。如何将传统体系中的美好创造性转化到另外一个完全不同的现代体系中，对于一个民族文化的持续发展而言，就成为了困难而必要的实践路径。它的要点在于摆脱虚空的观念上的主张，需要回到具体的现实生活中，切实发现现实中的真实问题而不为语言和各种宣传信息的遮蔽，创造性地将历史文化（比如山水文化）与当代（城市）问题的应对有机结合起来。真实的、积极的文化存在于问题的认识、思辨和创造性处理之中。

整体性是事物发展矛盾的对立统一，是动态演化的辩证过程。过去几十年是城市快速增长阶段，历史的山水文化和现实的青山绿水没有从理念和实践上得到应有的保护和重视。"江景房""山景房"的出现，是将山水景观私有化，将山水景观商品化。山水从根本上是一种人人应享有、可享有的公共品。在历史山水的经验中，任何对山体或水体的动作（如开挖或筑坝等）涉及全体人的共同利益。城市在发展过程中人造物与自然山水之间的矛盾冲突加剧，从次要矛盾向主要矛盾转化。所谓的"主要矛盾"是多重属性各类矛盾的综合作用结果，既包含人的傲慢与自然环境的退化带来的根本性问题，包含城乡土地属性差异在市场化过程中的各类冲突，也包含在全球化过程中，在新时期将民族文化彰显化的需要，也还有社会极化过程中对公平公正的呼唤，对生产公共品和公共品（包括山水）共享的呼唤；以及当下尖锐的矛盾和紧迫危机，即在全球保守主义兴起、全球化市场壁垒增强状况下对内部市场和内部循环的高度需求。在这一状况下和发展阶段，历史山水的致用、求真、

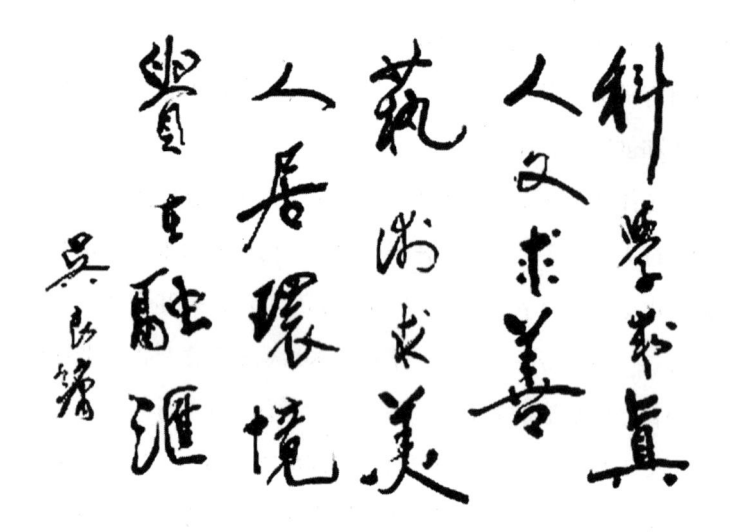

吴良镛先生题写的"人居环境贵在融汇"

求美在新的矛盾中将转换为新的、更高形式的致用、求真和求美。

和之前的状态不同，当代问题的复杂性存在于全球化进程中关联的支配性。任何一个地方已经不能在旧有的静态空间中存在，它存在于超越旧有空间领域的各类关联性之中，在动态变化的过程之中。互联网技术和网络社会的出现增强了当代社会的复杂性。面对复杂状况，吴良镛先生提出"以问题为导向"和"复杂问题的有限求解"的实践路径——在我的理解当中，是帕特里克·格迪斯"优托邦"思想的发展。从个体的角度，面对庞大的、复杂的体系无能为力，却可以将复杂问题化解为有限的关键问题，随时发现具体问题加以改进，在过程中创造性实践，经由点点滴滴的努力促成人居环境的美好。但"以问题为导向"和"复杂问题的有限求解"不能单独理解，吴良镛先生还提出"融贯的综合研究"的方法论。工业社会的方法论是社会分工的方法论，是各自为政各行其是各尽其责的方法论。深度社会分工是社会发展的具体表现，也是社会问题存在的深层的和根本的原因。局部只是局部，局部不是整体中的局部，于是社会从根本意义上分裂了（人群只能通过生产机制连接），社会群体间分裂了（人在巨大程度上只是工具）。局部运动形成的问题在局部中不能发现和认识。然而任何的实践都是从局部开始，但局部的实践需要"融贯的综合研究"，需要有整体的意识（尽管这是一个不断趋近的过程）。吴良镛先生说，"科学求真，人文求善，艺术求美。人居环境，贵在融汇"。

山水、城市还是人都是局部，是构成整体的局部，是人居环境的一部分。它们要满足从基本生存到文化审美的各个层级的需求。局部的存在不仅在于局部自身，它们相互之间的矛盾冲突和对立统一是历史和发展过程的状况。面对新时期的矛盾冲突，需要转变之前城市强势增长，忽略人的发展，忽略与自然之间、山水之间和谐共处的状况，在承传历史的山水经验的基础上，使得作为局部的当代城市、山水和人之间相互促进，"各美其美，美美与共"。在这个过程中，作为整体的人居环境如何使得人能够有"自发性"，始终是一个需要思考和创造性实践的根本性议题。

2020.8.17

（原文刊发在《人类居住》2020 年第 3 期）

◆ 发现问题的两种机制

问题发生和显现在日常生活中。微观世界里的问题大多数受动于宏观政治、经济和社会的矛盾冲突。或者说，宏观运行机制的大问题潜藏在无数微观日常生活的小问题之中，数量巨大的小问题和冲突运动汇成社会危机。及时发现日常生活的问题是基本议题，因为只有及时发现问题，才能及时应对问题，以避免重大的社会危机。

如何在变化中的、存在各种差异性的地区社会中发现问题就成了一个基本问题。各类问题层出不穷，针对不同行政等级、空间尺度的地方相同的问题权重却不同。不同的发现问题机制导致应对问题的绩效差异。发现问题的机制在根本上也是城市规划的机制之一。城市规划首先是发现问题所在（并不必然是空间问题，而是更加整体的社会问题和潜藏的危机），才进行"以问题为导向"的应对性和创造性实践。

一种是甲型机制，也可以叫网格化机制。通过数量庞大的行政机构设置和管理贯穿社会的方方面面（全方位的水平和纵向的网格化管理），通过收集不同层级地方涌现的各种大小问题信息反馈到顶端决策部门。在低等级和空间尺度小的地方，这一类型机制运作较有效。在高等级和超大尺度的地方，由于存在多层级、多功能的复杂科层结构（层级之间有冲突和权限，功能之间有推诿或连接问题；各层级之间无法做到信息透明），信息在复杂的传递过程中或者变形或者权重衰减（顶端的决策机构需要根据问题信息的权重作判断）。在一个相对静态的社会中，传递时间长、信息走形的发现问题的反馈机制也许还可以纠正；在经济全球化和信息网络社会（快速的流动性和高度的不确定性）中，对于特别紧急的，如引发社会公共安全的信息，这样的问题发现机制往往造成可能的应对延误，进而转化为社会危机。

　　一种是乙型机制，也可以称之为有限自发机制。它不完全是上传下达和下报上应的方式。它能应对的空间尺度通常较小，却相对灵活，信息传递的时空交易成本低。它能够自发处理和应对日常社会生活中暴露出来的细小问题，进而及时阻止问题的蔓延。它拥有较大自主权。理想的自发机制是把问题看作本体的一部分，而不是看成客体、它者或责任，由此它能够及时感知、理解、主动应对浮现的问题。和网格化机制对比，有限自发机制对于内生性问题较有效；却不太容易感知和应对宏观机制引发的问题——因为这些问题往往并不发源在本地，同时更多也是抽象问题，尽管它们会以各种方式显现在日常生活的具体方面（如通货膨胀对于蔬菜价格的影响）。

　　网格化机制和有限自发机制在发现问题方面各有长处。强化网格化机制，有限自发机制就萎缩衰退，也就出现臃肿的科层制和发现地方性问题与应对的迟缓；有限自发机制过度强大就会偏于狭隘，只能看到自身空间范围内的问题和缺乏更大视野来理解问题发生的宏观机制。一种可能的问题发现机制，是两者的有机结合,即在高等级空间层次的新网格化机制与中低等级空间层次的有限自发机制的灵活组合。赋予中低空间等级更多的权力,使其在内部有更大的自主性,是激发活力和及时应对地方性问题的必要;同时也降低网格化机制在中低空间层级问题发现的交易成本,使其有更多的精力来应对宏观问题——这是在全球化和信息网络化社会的必要。

2019.10

(原文作为笔谈刊发在《城市规划》2020年第2期)

◈ 学术视野与基本问题

——写在《国际城市规划》40 周年

《国际城市规划》已经办刊 40 周年，准备出一个纪念册，邀作者请写点文字，谈和刊物的交往等。想了想，我从书架上找来几本已经有点破旧发黄的刊物，摆在桌面上。其中有 1959 年中国科学技术情报研究所主编的《建筑及城市规划快报》（1–7 期），有"文化大革命"时期的建筑、规划、园林革命刊物，有 1977—1979 年还是作为"内部资料"的《城市规划》，有 1979 年同济大学建筑系城市规划教研室编的《城市规划资料汇编》（封面印有"内部资料·注意保存"）、有 1979 年北京市规划管理局科技处情报组主编的《东京》《伦敦》《华盛顿》，仍然是"内部资料"。以及分别在 1979 年、1983 年出版的《城市规划译文集 1》《城市规划译文集 2——外国新城镇规划》。

当然还有 1979—1986 年间的《城市规划研究》（共 19 期）。1986 年第 2 期最后一页的"致读者"栏中谈道："我国实行开放政策以来，全国各地从事城市规划工作的同仁外事活动空前频繁，急需开辟一个专门园地交流国外城市规划的政策、理论、科学技术；同时又与城市规划学术委员会主办的《城市规划》、《城市规划》（英文版）形成系列。为此，经住房和城乡建设部批准，本刊自一九八六年下半年（第 3 期）改名为《国外城市规划》"。

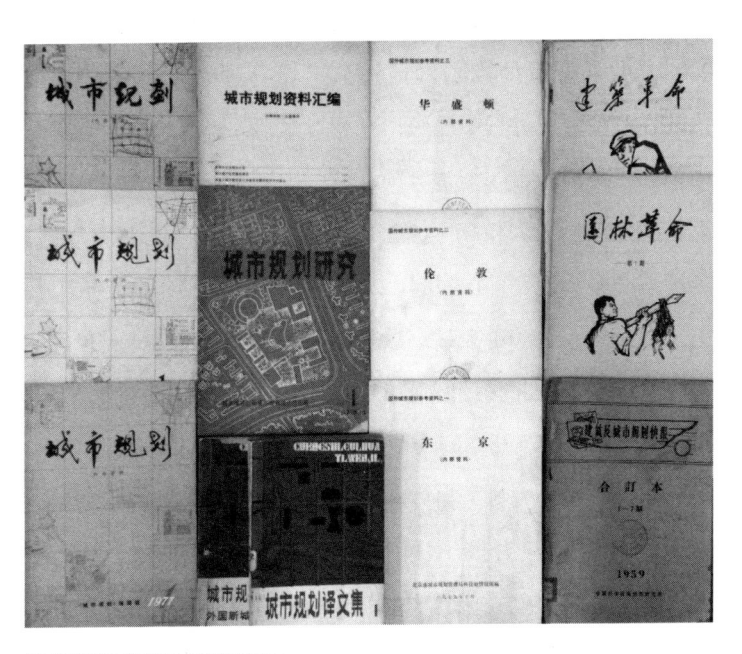

读书期间的各种专业刊物封面

我1990年入学重庆建筑工程学院建筑系。就学期间翻阅的主要国内规划刊物就是前面提到的《城市规划》《城市规划汇刊》（后改为《城市规划学刊》）和《国外城市规划》（后改为《国际城市规划》）。几十年间，国内这样的规划期刊格局，虽略有变化（如有《城市发展研究》、《城市问题》、《规划师》、《现代城市研究》、各地的规划刊物等），但并无太大变动。2008年我从哈佛大学设计研究生院（GSD）访学回来后，深觉内陆在改革开放过程中已经出现相对东部的闭塞状态，便主动申请加入中国城市规划学会国外城市规划学术委员会。记得接下来的几年中，学术委员会的年会活动多次和《国际城市规划》年度编委会活动安排在一起。2009年学术委员会年会在重庆召开（那年的主题演讲人是萨斯基娅·萨森），我在会上有一个报告。次年第一期的《国际城市规划》刊发了报告的完整论文《焦饰的欢颜：全球流动空间中的中国城市美化》。我很感谢学术委员会和刊物的安排。另外还要感谢的是《城市规划学刊》，2009年刊发了《权力、资本与空间：中国城市化1908—2008年》。2014年学术委员会在南京大学开年会，我也有一个报告，次年《国际城市规划》第一期刊发了报告的完整论文《兼容二元：中国县镇乡发展的基本判断与路径选择》。就如书法和绘画一样，每个作者、研究者不是每一次都能够写出自己相对满意的作品或论文。对这几篇文章，我自己还比较用功，也略有喜欢；感谢刊物提供了传播的机会和平台。

在历年学术委员会和刊物的活动过程中，认识了很多有智慧的同仁，在后来的学术或者非学术的活动中有所往来，如赵民、张松、张天新、周江评等各位教授。2010年在深圳的年会，会议主题是"全球化视野下的中国范式：城市发展与规划"，邀请了彼得·霍尔和约翰·弗里德曼做主题发言。彼得·霍尔因为英国大雪的极端天气，飞机不能起飞，通过视频做了讲座。如果我的记忆没有错，在2009年到2013年，弗里德曼参加了大多数的年会，从头到尾都坐着仔细听讲。这几年间年会的活动积极而热烈，这和委员会主任的支持，特别是委员会的秘书长黄鹭新同志充满能量的工作是分不开的。我还常常记得他戴着会议的胸牌，在会场上下忙活的样子。非常愕然他在2013年突然去世。2017年国外城市规划学术委员会年会征文，我撰写了《理解中国城市的另一种视角：危机应对中的规划变迁》，文中谈道："通过阅读、评述弗里德曼和黄鹭新等的著作（纪念他们的一种方式），揭示不同的理解现代中国与城市规划变迁的两种视角（尽管很显然两者关注点不同，弗里德曼更关注中国的城市和人本的问题，黄鹭新等更注重讨论城市规划应对国家政策的讨论）；第二，认为在这两重视角外，还有一种较少被关注的视角，即从'危机应对'的角度，来看城市规划与国家与地方问题等之间的关系。危机的短时快速出现，使得各种规划穷于应付不断为应对大小危机制定的政策，'短期行为化'成为普遍状态。"

《国际城市规划》有一批资深的各国学者，或者作为主要作者，或者协助组稿，如前面提到的彼得·霍尔、约翰·弗里德曼，以及曼纽尔·卡斯特、萨斯基娅·萨森等。德国的克劳斯·昆斯曼教授也是其中的一位。他长期为《国际城市规划》

撰文、组稿，内容包括欧洲的空间规划、城市设计、德国工业区的更新、德国中小城镇发展、意大利的城市与区域规划、创意城市等；以及根据自己多年对中国的观察，提出对中国城市化和城市规划的意见和建议（就如彼得·霍尔、约翰·弗里德曼）。昆斯曼教授75岁时，我曾经撰写过一篇短文，现摘引一小部分如下。我想其中欧洲的社会进程与教育间的关联仍然很有启发和警示作用。

昆斯曼教授通过历经多年的体验、观察、任课和规划咨询来认知中国规划的状况。由于有在欧洲（德国）和中国的不同经历，他常把两者进行对比。欧洲的现代化先行，欧洲城镇化过程中的许多问题已经突显，欧洲也采取了一些行之有效或不那么有效的措施；在城镇化进程中的中国，和欧洲有着不同的文化、政治背景、不同经济进程的中国，能够向欧洲、向德国学习什么？这是他经常思考和讨论的问题。他也常常提醒欧洲的多样性，欧洲各国间的差异性，欧洲不是平板的一块，国家与国家之间有着不同的文化和城镇化的进程。在较近的一期《国际城市规划》中，他读到有作者讨论欧洲的城市设计学科设置，但缺乏对于欧洲各国间差异性文化的考虑而提出商榷意见。在和昆斯曼教授的交往中，感受到他批评英语在学术研究和传播中的霸权作用。我们谈到学科交叉的状况，他说，即便是在德国，也常是各个学科自身是一个island（既意味着不可侵犯的领域，也意味着需要保护的边界），学科间的融合来往并不容易；即便在一个学科内，理论研究者与实践者之间也普遍存在着难以沟通的状况。

　　大概在2012年底，昆斯曼教授发来一份他关于欧洲规划教育的演讲稿，从总体格局讨论欧洲的社会进程与教育间的关联使我深受启发，在这里稍微再简述这一份很有价值和现实借鉴意义的讲稿。昆斯曼教授讨论了欧洲高等教育受到新自由主义的巨大影响。比如，受美国成功故事的吸引、知识成为市场化的商品、大学成为知识加工厂、促进"精英"大学的发展、优先发展科学而不是人文研究、优先发展研究而不是教育、大学越来越大以及成为城市的"灯塔"、大学民主的衰退（1968年法国革命的"遗产"）、大学内基金和职位的竞争、排名热和引文索引热（有利于英语作者和出版者）、新认证过程（助长了公共部门的官僚风气）等。所有这些形成了校内很少将规划作为一门严肃的科学学科来看待。在发展过程中，①趋势上精英大学是这一游戏中的赢家；②英语课程和大学占主导地位，英语成为霸权语言；③各种新增学位的出现；④在经济方面，教育已经成为一种商业行为、一种商品（认证过程就是新浮现的商业行为）；⑤知名院校在竞争中的胜出，学校间极化的出现；⑥大学变成公司；⑦市场化日趋重要。昆斯曼教授认为，这一方案实际上是制造了一个新的"学术工人阶级"（主要由本科生构成）。

　　2009年《国际城市规划》刊发创刊30周年的纪念文章。其中陈峰先生的文章具体又深刻，我愿意在这里抄录他文章中的要点："1.广泛、多元地研究和介绍国外城市规划，为我国城市规划转型和重塑提供全方位借鉴;2. 从我们自身的问题和需求出发了解和认识世界,始终保持宏阔的全球眼光和敏锐的中国问题意识;3. 严谨梳理和确切解读国外概念和思想,力求思想的原真性和知识传播的准确性;4. 在注重专业性和学术性建设的同时,彰显思想性;5. 领略规划名家及其思想,呼唤中国本土城市规划理论体系和高层次规划人才。"[1]陈锋先生文章的题目尤其好——《在认清世界真实图景的基础上把握自身》。在充满高度不确定的时代,如何"认清世界真实图景"是一个难题,是一个基本问题,也是空间实践必要的基础。在过去的四十多年间,《国际城市规划》为中国城市规划界"认清世界真实图景"提供了一个及时和必要的窗口,始终没有离开"专门园地交流国外城市规划的政策、理论、科学技术"的宗旨。

随着国际经济、政治格局的变化、互联网社会的兴起,学术传播方式的变化,国内原本作为国际学术交流、学术资讯沟通的刊物普遍遇到了新挑战,《国际城市规划》也在其中。一方面,如何把握国际层面的规划运动,扩展国内同仁的学术视野,可能仍然是刊物很重要的社会功用之一。另一方面,基于全球规划运动的视野,对于基本问题的探讨和批判性思考,进而回到本国本地区自身的实践,是刊物的一项重要职责。我想,拓宽学术视野与思考基本问题其实是一个事情的两个方面,是相互依托的两个方面。作为《国际城市规划》长期的读者,我很期待。

---

[1] 陈锋. 在认清世界真实图景的基础上把握自身:纪念《国际城市规划》创刊30周年[J]. 国际城市规划, 2009, 24(S1):20-24.

◈ 作为资本积累的旅游

旅游是为感知差异性的主动的身体运动,从此地到彼地,从人工到自然,当下到历史、城市到乡村、此国到彼国,或者返之的运动。因此它存在着二元关系,即此在与彼在的关系。此在或者彼在,分别是一种自然、历史、地理、社会、生活方式等差异性的交互集合,这种差异性不能独立存在,必须在相互依托的关系中存在。对他者的经验感知和思考是认知自身的一种重要路径,旅游开启了这样的一种可能。

当下这种二元关系处在一种更大范围的、支配性二元关系中,即马克思指出的资产者和无产者的二元对立关系中存在。在资本主义的生产方式下(泛滥的新自由主义作为其一种主导形态),此地或彼地的独特性和差异性往往成为生产旅游商品的生产资料,以斩获垄断地租,进而却失去了原真的独特性(能否用本雅明的词语"灵韵"来表达?),这一源自地方生产的结果,成为我曾经称之为"千篇一律的多样性"的状况。通常的情况是,资产者通过对拥有彼地、自然、历史、乡村资源的无产者、小资产者的空间剥夺,在人为地强化它们的独特性同时(实质上是消解了差异性、摧毁了独特性),解构了地方社会,也生产了社会分异和不正义。

如何抵抗这种不正义于是就成了一个尖锐的社会问题。生产不正义的根源在于资本主义的生产方式。如何抵抗这一生产方式？历史上从托马斯·莫尔到卡尔·马克思到大卫·哈维等提供了可能的路径和回答。历史过程中一种普遍的模型是"社群主义"的组织和实践：通过局部空间中的反资本主义来抵御总体的资本主义。很显然，当下无论是在理论还是实践中都遇到了困难。一种可能的路径，也许还在于更多人的批判性认知和内省性思考，追求使用价值而不是无止境追求交换价值，不是顺从于市场逻辑构造出来的一整套的概念和解说——进而我们的实践决定了我们的未来，也就是马克思曾经指出的，一个自由探索我们个体和物种潜能的世界。

但是这样的讨论过于宏大，隐藏了关于"旅游"的一些具体问题。其中的一个就是，对于相对落后地区（一个复数和多层级构成的名词），由于其"落后"而成为旅游地点。"落后"意味着现代化并未完全摧毁之前的状态（包括历史遗迹、生活方式、社会构成等），还存留有一种和现在其他地方比较而存在的差异性，因而得到资本青睐，游客光临。经由资本对于这些"差异性生产资料"的空间生产和再生产，日渐消灭地方。或者，更准确地说，是生产了"符号化的地方"，可用于传播的"地方"。这是容易理解的过程，因为它就是现实每日各地发生的状态。但是不容易理解的是，如果这样的方式需要批判，那么什么才是"应该"的路径？什么才是真实的地方？或者说，理应实践的地方？地方还会存在吗？是为了保持"原真的独特性"而完全保留空间的历史标本，还是限制地方的发展以维持和销售差异性？如果资产者对于拥有独特性资源的小资产者的空间剥夺是一种空间不正义，那么，小资产者由于受到限制而不能获得发展的机会是不是一种不正义？这些问题都需要进一步探讨。一种可能的方式是，地方并不只是作为生产资料进入资本积累的过程，而是作为共同利益者和生产者，群体共享分配，并利用分配建设新地方——只是这一建设更应重视生产端的能力而不是消费端的美化。

其中也涉及"差异性"的生产问题。早期现代社会中的"差异性"更多来自生产，是各种不同的、多样的生产过程塑造了地方的历史、社会和景观状态，不是其他。前工业时期地方的历史事件、社会过程、社会构成、生产生活方式、空间景观、物质形态等共同构成其差异性，这一差异性在不断地被消费中融化、削弱——它停止了生产，不能再生产；它只能依靠当代的再诠释存在、对原材料的再生产存在——这即是一种生产的过程，只是被迫遵循了一致的规则而失去其独特性和差异性。

当代的困境是，地方的生产往往不再是内生的——内生的生产是差异性的来源，而是被迫进入资本的全球化、地区化的积累循环中。资本按照其降低交易成本、提高交易利润和总量，尽可能扩大市场的基本原则塑造地方、生产地方。地方于是成了生产程序中的不同节点（节点即是它的身份），如"金融的地方""技术创新的地方""提供原材料的地方""来料加工的地方"等等。从这一意义上讲，生产的内容即是地方；不同的生产内容就是不同地方的表征。但由于资本积累的高度不确定性，也就意味着地方生产的短时变化。为了抵抗可能的危机，资本从此地方撤离，转移到另外的、可以创造更高利润的彼地方,是过去半个世纪里普遍的现象。这也意味着地方很难如过去那般,经由时间的积累形成长久的状态——这一过程就是差异性的物质和社会景观的形成过程。地方成为流动中的、不同利润率的不同类型资本的空间载体。其中立即凸显了波德莱尔在一个半世纪前提出的尖锐问题:如何在瞬间,在流变的瞬间获得永恒?地方于是成为各种流动性要素的聚合体,如航空港、火车站、高铁站、高速公路、信息高速公路、银行、ATM机、各种有线和无线通信终端、麦当劳、大型商场等。新时期的地方于是成为由这些流动性要素构成的无差异空间加上地方的历史遗迹;现代地方间的差异性于是在于流动性要素的种类、密度和规模差异叠加上其前工业社会时期的各种神话、故事、景观和残垣断壁。

这样的普遍景观降低了此在和彼在的差异程度,大大降低了旅游的丰富和乐趣。旅游变成了不是对未知的感知和领悟,对他者历史的了解,进而对自我存在状态的反思;旅游变成了对熟悉事物的他地享用。此在与彼在的差异及其二元关系,被更大范围的、支配性二元关系所挤压和消解。而现代旅游的基本功能和最宝贵的价值,恰恰是使得旅游者有可能逃离日益僵化、日益被异化的社会,在对他者差异性的体验中获得可能的心灵触动和启发,进而产生新的可能。这一空间正在日趋减小和死亡。

2016.11.14

(原文刊发在《旅游学刊》2017年第3期)

◈ 一段人与城市的历史

（一）

理查德·鲍立克出生于1903年，卒于1979年。在其人生的76年中，前30年在德国成长、学习、工作和从事设计实践。后30年在第二次世界大战后的东德国家设计机构中任资深建筑师。中间的16年，是他人生中的黄金16年，居住、工作在常被称为"远东第一大都市"的上海。鲍立克1933年漂洋过海来到上海，开始他人生的一段特殊历程。他首先是作为室内设计师、家具商在上海立足。1938年，纳粹德国因为鲍立克的布尔什维克嫌疑和他与犹太人较紧密的来往，拒绝为他更新护照。他于是沦为无国籍者，虽然后有国民政府颁发的短期旅行签证，但也只能在空间有限却又是社会内容斑斓的租界中活动，一直到他离开中国。他是一个德国人吗？他在德国的德绍出生，在皇家萨克森理工学院、柏林工大、在德绍的魏玛包豪斯学校都受过建筑学教育，在德国生活了30年。然而在35岁时，他在中国的上海租界里，成为一个无国籍的人。"为国家服务"的口号，对于一个无国籍的人来说，意味着什么？无国籍的人，又应当是为谁服务？为谋生，鲍立克持续从事室内设计、家具销售、舞台布展等工作，也偶尔为如 *Voice of China* 等英文刊物撰稿。

1943年，汪精卫伪政权接管租界，结束历时百年的上海租界；英美等国人士大量回国，原租界受到日本在物资供应和社会管理方面的严格控制；随之陷入经济的萧条，毫无疑问直接影响鲍立克的商业运营和设计事务。很可能因为这一原因，鲍立克在1943年加入圣约翰大学建筑工程系，教授室内设计、建筑设计和都市计划。虽然教职不是他最喜欢的工作，但作为仅有的两位专任教师之一，他给学生留下了认真严谨的印象。1945年5月7日，德国宣布无条件投降；8月15日，日本宣布无条件投降。鲍立克开始考虑可能的新去向，毕竟中国对他来讲仍然只是异邦；他给曾经的老师格罗皮乌斯的信中谈到"尚不能决定是否永远留在这儿"。但战后日渐繁荣的公司业务和设计业务留住了鲍立克；还有另外的一个原因，受邀参加大上海计划的工作，也在相当程度上留住了鲍立克，一直到1949年。1947年9月，他获得了上海的正式居留证。

上海都市计划委员会阵容庞大，有当然委员和聘任委员38人，以及8个专业小组构成的成员36人（关颂声同时在房屋组、市容组和卫生组）。工务局局长赵祖康是当然委员和执行秘书。鲍立克并没有在上述两类名录中，受聘的是都市计划委员会的计划委员（Planning Officer），任总图组副组长，组长是陆谦受。从1945年底到1949年6月间，鲍立克参与了大上海计划总图三次稿本的编制，贡献了他的城市理念和技术专长。

1948年2月，鲍立克写信给格罗皮乌斯，询问老师关于返回德国还是移民美国的建议。对于两个选项，格罗皮乌斯都给予了否定的回答，他建议鲍立克如果不是绝对必要，还是留在上海。但鲍立克仍然争取赴美机会却遭遇拒绝。他最终决定回到德国，在1949年9月15日拿到出境证明，随后不久离开生活了16年的上海，回到新成立的德意志民主共和国，开始投入人生的另外一段历程。

（二）

面对动荡不安的世界，理查德·鲍立克有什么样的理念？在很大程度上，鲍立克在上海的16年，更多是依靠室内设计业务和家具售卖谋生。在他给老师、朋友的信中说，那就是为了谋生。1943年接受圣约翰大学的教职，也可能是为了谋生的一种。但鲍立克并未满足于"谋生"。战后他在给老师的信中谈道，对于无国籍人士而言，大多就是去美国[1]，而那只是为了谋生。他也谈道，这可能对他并不可取，觉得自己恐怕难以融入美国的建筑师行业。鲍立克的立场是现实主义的，对于现实有批判性的观察和思考。他给包豪斯的旧友弗里茨的信中曾经谈道："我有个印象，并很确定，大多数人缺乏跟我们这个时代事件发生任何关系的愿望。如有可能，他们都想置身事外，或者希望安全地绝缘于重大的历史性变革。……他们最好待在有镀金篱笆的象牙塔观察外面发生的革命，然后以此作为他们咖啡桌前的谈资。然而，革命不会那样发生。我相信任何工作，尤其是有创造性的工作，只有试图在运动中起到积极的作用，才有意义、令人满意，而不是远离或者观察的态度。"[2]尽管

---

[1] 如邬达克在1947年离开生活29年的上海，辗转到美国定居。
[2] 侯丽，王宜兵. 鲍立克在上海：近代中国大都市的战后规划与重建[M]. 上海：同济大学出版社，2016:77.

遭到美国的拒绝是一个原因,但很可能因为这一潜在的立场,鲍立克最终选择回到德国。他仍然需要在现实中积极参与社会的生产和再生产,不希望成为一个远离者和闲谈者。

他在给弗里茨的另外一封信中谈道:"我感到吃惊的是,你跟其他人一样——实际上大多数包豪斯人都是如此——已经从原来激进的'红色前线战士',变成幼稚的美利坚拥趸……我猜你已经很久没有碰过一本马克思主义的书了。否则你应该至少有些模糊的记忆,关于生产方式、产权形式是如何决定我们的社会和政治权力分配的……如果需求不再迫切,资本主义终将死亡。"很显然,鲍立克是一位典型的马克思主义者,持有经济基础决定上层建筑的观点。他认为刚刚过去的历史的经验证明,资本主义只能走向失败,认为"进步的专政比议会民主更民主……在资本主义走向衰落的时期,民主需要一个新内容"[1]。

因为持有马克思主义的观点,鲍立克在都市计划中十分强调工业、交通对于城市发展的重要性,强调城市的生产性功能。在《工业与都市计划》一文中,鲍立克谈道:"西方各国是一个过饱和的工业货品世界,工业品的生产,超过人们的购买力,同时,在东方各国,却有半数人口是在饥寒的生活中度日……(中国)全国的经济、工业运输、商业与其他活动的整个计划,实在迫切需要。这不仅是要有远大的计划,而且先要注意区域与都市计划,因为都市是计划工业发展的新中心,所以若中国

---

[1] 侯丽,王宜兵. 鲍立克在上海:近代中国大都市的战后规划与重建[M]. 上海:同济大学出版社,2016:215.

要达到工业化，必须逐渐做到市镇统一的这一条路上去，由近来西方各国的经济证明着，要奠定区域计划的基础，唯一的可能性，就在达到市镇化……首先应筹各区分区计划（包括工业生产等），谋市镇工业发展与便利……都市计划在中国尤为重要，这意思的焦点，却就在交通和运输的计划上……中国倘若没有一个改进的现代运输制度，就是去建造现代化的工厂，也是失败的。"他接着谈道："一个城市的存在，实具有经济、社会与技术等种种因子，对于一般的计划，实在是一个基本，而对于都市计划，尤为密切。没有上面几种因子的进步和发展，没有一个城市能谋进步，不明了这种种因子，都市计划仅仅是变成一种装饰的艺术，正和五十年前在卡米诺·西特时代一样。"[1]鲍立克的理念和观点体现在他从事的都市计划教育和大上海的都市计划总图设计中。

（三）

《鲍立克在上海》是目前了解理查德·鲍立克最详尽的一本中文著作。使用各种宝贵的档案资料，《鲍立克在上海》详细描写了鲍立克前30年在德国的职业教育与实践状况，深描了鲍立克在上海的16年。它也使得我们了解1956年梁思成与鲍立克的短暂交往、圣约翰大学建筑学教育的遗产。作者说，"同济现代派精神的重要源头乃是圣约翰大学，其中主要的两位现

---

[1] Richard Paulick.工业与都市计划[J]培恂，译，南京市政府公报，1947，3(8):17-18.

代派老师黄作燊和鲍立克功不可没"[1]。鲍立克的人生在书中浮现，从在德国是帅气的、身穿深色西服、白色衬衣和打着领结的翩翩青年，到在圣约翰大学任教时已然中年模样，晚年却仍然眼光炯炯。这是一本一个人与一座城市之间历史的写作，它使得我们接近鲍立克。它细细描画了一个寓居上海的德国建筑同行的波折起伏，使得我们想象上海这座城市的过去，使得我们反思自己的人生，思考人的生命历程与社会间的关系。《鲍立克在上海》丰富了中国近代城市市政史的研究——人物与城市间的关系是其重要构成，但在过去的研究中没有受到足够重视。我们可以把鲍立克与相近年龄的沈怡（1901出生）、梁思成（1901出生）进行比对，观察其人生轨迹与国际、国内社会发展变迁、国家大事变化之间的共同和差异关系；我们也可以把鲍立克与年长的孙科（1891年出生）、邬达克（1893年出生）对比观察，思考历史的波动与人生变化间的关联。总有人遇到好时机，也有人不可避免地卷入艰难时光，但没有人总是在最好的时代，也不会有人总是在最坏的时段。上文鲍立克说，"大多数人缺乏跟我们这个时代事件发生任何关系的愿望"——但是，又有谁可能脱离时代的发展呢？有谁可能脱离这个时代建构的生产方式到日常的种种呢？

稍有遗憾的是，可能受限于历史资料，《鲍立克在上海》没有能够更深入地讨论鲍立克在大学教育期间所受的城市规划或城市设计的教育（虽然谈到他在柏林工大选修了一门相关课

---

[1] 侯丽，王宜兵．鲍立克在上海：近代中国大都市的战后规划与重建[M]．上海：同济大学出版社，2016:230.

程）；他又是如何在1943年从室内设计师被聘为圣约翰大学的教师，并进而部分的工作是教授都市计划——这是一个较大的跨度转变。虽然鲍立克和黄作燊有格罗皮乌斯作为一种关系纽带，其中的历史细节仍然有待挖掘。更重要的是，鲍立克在大上海计划中的作用需要更谨慎考察。大上海计划是赵祖康为主要负责人，由不同专业小组共同讨论制定，鲍立克作为总图组的副组长，与都市计划委员会的当然委员、特聘委员以及专业人员之间是什么样的关系，在制订计划中的作用还值得进一步讨论。书的副标题"近代中国大都市的战后规划与重建"大概不够切题——重庆在1946年制定的《陪都十年建设计划草案》是战后第一个重要的都市规划，包括了人口分布、工商分析、土地重划、绿地系统、卫星城镇、交通系统等14个部分。《陪都十年建设计划草案》是基于前期在重庆的许多重要市政学者或官员（如赵祖康等曾对之有相当了解并发表意见）广泛讨论的基础上制定的。从这一点上说，《鲍立克在上海》是正解。

2017.7.26

（原文刊发在《时代建筑》2017年第6期）

困境中自由探索的空间

（一）复杂问题的有限求解

吴良镛先生在《人居环境科学导论》中提出面对复杂世界中各种问题时的有限求解方法。这是对变化中现实问题的现实处理方式。但这一方式并不意味着问题的简单化处理。没有谁能够完全了解问题的复杂性和内在的各种关联性，及其强弱转换和变化中的各种力量博弈。所能做的是尽可能去接近真实的问题，理解问题的发生发展机制，在理解问题的基础上创造性实践。试图去掌握全部的复杂性往往导致"歧路亡羊"；或者反之，完全放弃对复杂性的认知，面对矛盾交错纠缠的状况将裹足不前或盲从而为。但"复杂问题的有限求解"不能单独成立，与吴良镛先生提出"以问题为导向"和"融贯的综合研究"共同构成处理问题的基本方法。

"以问题为导向"就是要发现关键问题。问题有不同层级、不同内涵。有些问题是宏观问题，有些是中小尺度的。有些是持久的结构性问题，有些是短时内急需处理的。某些问题在一个特定空间内是问题，在另外的空间内却不成为问题，或者问题的表象相近而机制却有根本差异。把某一（发达）空间中处理类似问题的手段直接移植到另外一个（落后）空间中，往往使得问题复杂化。"以问题为导向"的目的不仅是为认识问题，还为具体实践，为积极改变当下状况，使得向着减少矛盾、有利于整体改进的方向变化。

对于每一个个体而言，认识事物和改变现有状况都是从局部开始，但现实问题错综复杂，在动态的变化中又产生形变和主要矛盾的变化，如何能够"以问题为导向"，抓住关键问题、真实问题，就成为具体实践中的要点。之所以提出"关键问题"和"真实问题"，是因为现实过程中往往各种表象、各种流行的口号，甚至是各种过了时的规章、规定等遮蔽了关键问题、真实问题，使人在观念上受到这样或那样的蒙蔽，不能看清现实社会生产和发展中的各种真实状况，也就难以能动地认识、处理问题和创造性实践。社会发展过程中提出名词、口号、说法容易，改变具体的社会生产的机制却不容易，需要基于对关键问题的充分认识基础上的持久实践。某些概念提法或者口号的确是针对现实矛盾需要提出的，却在传播和实践过程中，由于不能够理解提出说法或口号的机制、原因，流变成就口号说口号，流变为"口号化管理"，不能将口号中的理念有效转化为具体实践的方向和内容。因此，"以问题为导向"需要和"融贯的综合研究"相结合，才能够尽可能把握住问题的本质。

"融贯的综合研究"是个根本性方法变革。工业社会以渐深的社会分工为基础，通过复杂的、高度的社会分工和分工间协作，改变小农社会的生产机制和生活方式，在提高生产效率的同时也引发深层次问题。它首先使人工具化和异化。人被高度分工的生产机制限定在狭小的工作位置之中，限定在狭隘的局部空间之中。如马克思谈道，作为社会分工的一分子，不断通过劳动，通过消耗自身去生产一个压迫自身的世界。处在微观局部的个体，如何能够认识真实问题？如何能够对问题有自发性的认识？

其中的关键在于方法的转变。也就是说，处在局部的个体不能将自身限定在局部的认识之中，需经"融贯的综合研究"，经由多角度多学科对整体状况有基本了解，对于局部与整体间的关系、矛盾冲突有批判性认识，才能够在认识的基础上有创造性实践。"融贯的综合研究"就是要破除社会分工带来的单一角度的认识（它本身就是带来问题的根本原因之一），使得人具有更丰富面貌和多维认知（人之成为人而不是"专业人"的必要），才能够在"以问题为导向"过程中有自发性的实践。吴良镛先生常引用清代陈澹然的"不谋全局不足以谋一隅，不谋万世不足以谋一时"，事实上也是"融贯的综合研究"的一种表现，实践过程中虽然是从一隅一时开始，却不能限于对一隅一时的局部，需要对整体的时空过程有一定的认知。其中，认知历史的过程是谋求当代规划与建设的必要。

（二）历史遗产与当代规划：兼谈中国西部（重庆）科学城

规划是一种能动性，是对一定时间内未来的想象和计划。规划虽指向一隅一时，却需有长时段和大空间范围的视野，以免因目光短浅、未能认识自身的特点（或者说，因此缺乏文化自觉和自信）而盲从于模仿、移植、日常琐屑，僵化于既有的、陈旧的规章规则，困顿于机构间的僵硬分工、各扫门前雪和相互推诿。规划的长远目标由发展过程中的一系列小目标逐渐达成而形成。制定规划需要结合"复杂问题的有限求解""以问题为导向"和"融贯的综合研究"，将长时段的历史文化与具体的问题相结合，将地方性实践与更大空间范围的视野相结合，将单一分工（机构、知识）与多类分工融贯结合，在共享中激发创造。

重庆地处川东平行岭谷，长江、嘉陵江交汇之区。相比平原地区，重庆在历史上自然生存条件艰难；两江交汇使重庆成为地区人群、商品、信息汇聚之地；长江三峡是打开四川盆地闭塞的通道，而重庆是经由三峡入川通道中最重要的城市。历史上的这三个地理特质的社会过程积淀形成重庆城市的文化特质：①尊重自然山水格局，在大山大水中谋求发展；②在艰难的条件下坚韧顽强、在移民过程中包容开放；③在整体中的封闭，在封闭中的开放。重庆是一座建造在山地上、建造在两江之间的城市，是一座再典型不过的山水之城。重庆地处四川盆地和西部，1891年开埠后相对川中其他地区和城市是一个开放之城，相对东部却是一个闭塞的城市。这些恒久的特点没有随历史的进程消逝，仍然影响着如今的城市发展，即重庆城市的规划与建设。

提升科学研发和应用转换能力是国家、地区与城市竞争的策略，西部（重庆）科学城是新时期提升重庆科研能力与竞争力的实践。改革开放以来,类似的"新空间"以各种形式出现,如开发区、特区、新区、高新区、自贸试验区等,通过政策差、资本、技术的密集投入等生产差异空间,激发地区活力。但科学城和其他类型的、以经济发展为目的的新空间不同,它的根本在于提供自由探索的空间,经由交流、讨论、共享和批判性思考,发现真实问题;以问题为导向,经由融贯综合研究激发创新。它同样需要通过政策差、制度差生产差异空间,但这里政策不仅是经济政策,而且是如前述重庆历史文化特点中的开放和包容,从制度和政策上减少各种限制,为科研人员的思想开放、共享和交流提供可能。它仍然需要上一个阶段通过各种量的堆积来改变空间,但它最需要的是制度性变革,以降低创新过程中的交易成本。它需要物质空间的规划与建设,但它不是把一堆科研或非科研机构如马铃薯般堆积在一起,它要从根本上打破物质空间产权属性的边界,通过政策激励、制度安排,以及各种大、中、小公共空间的规划与建设,促进思想交流,打破地处一隅的闭塞和自大,激发科研人员的自发性和对科学的激情,有如郭沫若抗战时期在重庆时写下的"豪情不让千钟酒,一骑能冲万仞关"——没有激情而困顿于日常的琐屑和各种限制,难有创新的可能。

西部(重庆)科学城中规划的真实问题,是发现阻碍科学研究的机制,在各种限制和有利条件中寻找激发创新的可能。物质空间规划不仅是为各机构划地,安排各种空间的功能,它的目标不能停留在本身规范的功能之内,而要服务于破除社会分工的诸种限制和困境，打破思想的边界，促进共享、提供交流、激励创新，同时把公共空间通过视觉的、步行的等与山水连接起来，不仅看得见山、望得见水，还要靠得近山、亲近得水，是这个城市恒久的历史文化特点在当代的延续。

2020.8.24

（原文刊发在《大学科普》2020年第3期）

Spatial Thinker
The Crisis and Joy of Space

Part2

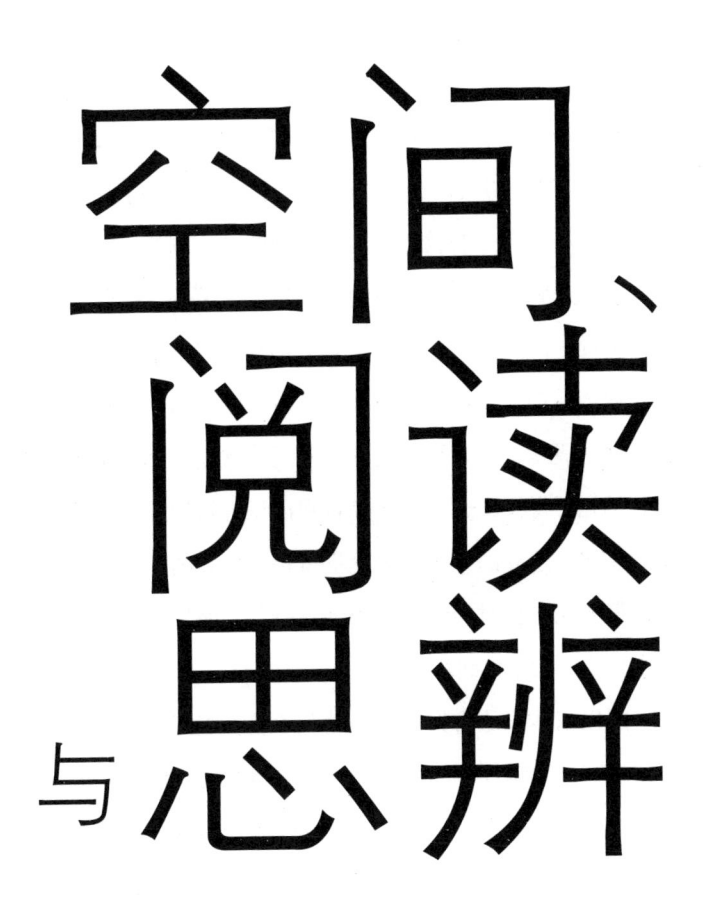

空间、阅读与思辨

空想者
空间的危机与愉悦

叔本华说概念与直观

（一）

叔本华说，概念来自直观，直观知识先于概念知识，从直观到概念需要经由抽象。从直观到概念，是认识事物的程序和方法，是一种自然的教育。但是人为的教育倒过来了，先把各种概念塞进脑子里，这样教育就制造出来偏差、扭曲的头脑。叔本华说，因为这个原因，在青少年时代努力学习、阅读，但进入社会后却表现得像个怪人，有时候像个白痴。有时候想去套用这些概念，结果却总是混乱不堪。这完全是顺序颠倒的结果，是先习得概念，最后才是直观认识的错误顺序的结果。成年后要纠正这样的"运用概念不得法所导致的对事物的错误判断，需要相当长时间的亲身历练才行"，而且它往往已经成为一个顽疾，很难以纠正。

所以叔本华认为教育的关键在于从直观开始，不能从概念开始，需要对每件事物的直观放置在概念的生成或习得之前，然后有较小的概念，再而是广大的概念。他认为要掌握概念的连续性（内在的逻辑演绎）以避免产生虚假的概念。但对于绝大多数人而言，往往走的是很曲折的路径，要到相当年龄才能"认识许多简单事情及其关联"，那就是因为教育者"向我们灌输了虚假的概念"和自己缺少亲身的经历，或者说，缺少直观的经验和知识。

叔本华说，不要一味地向孩子们灌输荒唐的见解——长大后要消除它们很困难。不要让孩子们用那些他们自己不能理解概念的字词（这在今天已经成为一个大问题了。学校教孩子用一些大词，夸张概念的词、网络的用词，他们不能理解地用上却被鼓励、被加分的词）；接着孩子们就把这些现成的概念和词语套用于直观的知识和经验，造成了对现实认识和现实的扭曲。叔本华反复强调直观的丰富性和价值，而抽象概念三下两下就概括了事情，打发了复杂的事情，表现出简洁和快速，所以，叔本华说："许多人经常终其一生都受着自己定了型的思想的压迫，这些思想也就是由荒唐的念头、古怪的想法、怪癖、狂想和偏见所组成。"他们的一生就是从概念出发，从来没有试着从直观的经验和知识中总结和抽象出概念，"正是这一原因使无数这样的人变得那样肤浅和乏味"。尽管孩子们从直观中得来的概念很少，但这根本不是问题，因为这些概念是来自直观的概念，是坚实的、有根基的概念，进而"他们就会采用自己、而不是别人的一套标准衡量事物"。他们所需要的，就是在这一进程中，不断从直观中产生概念，再反观直观，往复来回建立对世界的坚实认知，"习惯于对事情的清晰、透彻的判断"。大概是叔本华面对现实太担心孩子们的状况，反复批评对孩子们的概念灌输。这里需要引用一大段原文。他说：

"不要匆匆忙忙只是把书本放在孩子们的手中；我们必须让他们逐步地了解事物之间和人与人之间的关系。最重要的是注意引导他们获得对现实世界的纯粹的认识……否则，他们的头脑就将充满虚幻的东西；他们就会在某种程度上错误地理解现实，或者会削足适履，徒劳地根据那些虚幻的东西重塑现实，并因此在理论上，甚至实际中步入歧途。"

叔本华认为孩子在成年之前应尽可能只学习他们在那个年纪所能够接触到且可以完全理解的知识科目。青少年的记忆力旺盛和坚韧，往往在这个时期学到的东西会留下不可磨灭的印象。叔本华提出要珍惜这段时光，要谨慎选择教给孩子们的东西。叔本华说，"一个人认识力的成熟，也就是说它所达致的完美，就在于他所掌握的总体抽象概念与他的直观认识能够精确地联系起来"。这种成熟是在直观与概念之间往复来回中不断扩大对世界认识的过程，是时间的产物，他认为，"一个人能力大小并不建立在抽象知识与直观知识的融会贯通上面，而是由这两者的深度，或者说强度所决定"。

叔本华接着谈到"人情世故"与"学问"之间的关系。他认为人情世故的学习没有止境，而在年轻的时候，知识和学问已经掌握了其中最重要的部分，世事的部分却需要不断补课。他批评小说对人生的编造和被轻信的年轻人接受了，进而无知被"精心编织的虚假认识设想所取代了"，进而"被鬼火引入了歧途"。这里再引用一段原文：

"一种完全虚假的认识观通过小说强加给了青年人，同时这种人生观又刺激起他们对生活的期望，但这些期望却又是永远无法实现的。这些通常都给年轻人的一生带来不利的影响。"

叔本华最后说，《堂吉诃德》是讽刺这种错误之路的作品。

（二）

叔本华的意思是要重返具体，回到认识世界的最基本方式，从活生生的体验和真切的观察中认识世界。它理应贯穿在人生存在的全过程而不只是某一阶段。他特别强调从幼时就要培养成这样的方法和习惯，避免被灌输进而导致之后现实中常常的"满纸荒唐言"，而要纠正这样的状态很难。人于是要不断地在真实和谎言之间挣扎。这样的人大概是不幸的人和注定痛苦的人，但可能也是幸运的人，因为至少他意识到了谎言的存在。可能对于绝大多数人，还不能认识"虚假"的存在而自动自觉地活在被谎言、虚假构造的世界之中。

叔本华之后的尼采、福柯，都力图刺破被理性（控制在少数一部分人手里）建构的世界。这个看似"光明正大"的世界，首先通过"区分"将现实存在一分为二，或者一分为多，赞许一方面，同时通过诋毁和贬低另一（些）方面来迂回赞扬和讴歌它的对立面。他们定义了什么是要被提倡的什么是要被批评的（却不知道提出的被批评的状态往往是他们造成和构造的），定义了什么是明亮的，什么是黑暗的（却不知道黑暗的存在是明亮的必要）。他们通过立法、教育以及无处不在的各种显性或隐性的惩罚来规训人和社会的存在，使之往某一个想要的方向运动。但尼采、福柯以来的世界不确定性前所未有加大了，在一个阶段努力赶着往一个方向去，无处不在地说着往这个方向去的话，无处不在地悬挂或张贴着明示的标语（一种规训的形式）；但很快这个方向在高度不确定性的世界里遇到了严峻的危机而必须转向，于是又否认了上个阶段的话，到处找着撕下上个阶段的标语，讲新时期的新话和急着贴上新的标语。在这样的状况中，人群要么无所适从，要么变得麻木不仁。

同时，对于"理性"而言，它十分忌讳谈及非理性的一端，它内在地恐惧于非理性。它要维持明确、明亮、清晰、干净、条理化的秩序，它极度排斥混乱、混沌、复杂。它想维持全面的光明和持续表演喜剧，完全不想要人群有一丁点儿意识到非理性和悲剧。或者说，它本身意识到了黑暗和悲剧，意识到了它们的抵抗和挑战而心神不宁，而提出的基本策略就是身体和精神折磨的"硬手"以及宣传、教育、等级递升、日常生活里的娱乐等的软手，经由左右手的巧妙组合和翻云覆雨，来使人忘却，甚至是完全不能意识到黑暗和悲剧，来做"脑体"的切除，把完整的人切除成可以被驱赶和诱导的工具人。叔本华讲的剥离直观和经验的"抽象""概念"就是这个无所不在规训体系里的基本原理。

叔本华、尼采批判的那个世界之后变得更加疯狂，福柯之后网络时代的来临前所未有地加剧了这种状况。抽象和虚拟空间如一个巨大旋涡吸取着日常生活的一切，日常生活中的一切不断地被旋涡卷到抽象和虚拟的网络空间之中。它有几个有效抓手。一个是不断地刺激，用一个个"爆炸性"的 news 来供喂网民（英文的 news 比中文的"新闻"表达更贴切，表示了各种

"新"、各种 new 的不断出现）；什么是 news 无所谓（没有也可以通过"再造"而呈现），"不断刺激"才是根本。不断刺激性的供喂是一种规训和"教育"方式，圈养出特殊特定品质的网民。它有时不大能够控制 news 的内容，一旦内容引起争议，通过另外的一个 news 来覆盖这一有争议的传播，通过转移视线，以一种（强烈刺激性却不引发争议的）内容掩盖有争议内容和阻止其传播。在其中，"娱乐至死"或者"奶头乐"是有效的和广泛使用的手段，它让人沉浸在不能自拔的沉浸式的情境之中。当然，最重要的手段是经由网络的人的原子化。它尽可能解除活生生的社会连接和集体，拆解具体的、鲜活的社会连接，进而把人还原为一个个个体，再在虚拟的网络社会中"重建连接"，只是这种连接已经转化为实施被监控的抽象的、概念化的连接。在过去的几十年里，这些手段一而再再而三地被应用，已经构建了一个新时期的"美丽新世界"。

然而这一说法不大对。乔治·奥威尔在《1984》中谈到的"硬手"曾经在某些国家"光明正大"地存在，但"美丽新世界"的治理模式更加狡黠和有效，它还不断地促进消费，拉动内需，不断地生产了市场。只是，"1984"仍然站在"美丽新世界"的后面，它未曾远离。据说，"脑机接口"指日可待——它将是"1984"和"美丽新世界"结合的鲜花。

抵抗的可能在哪里？还在于叔本华讲的回到直观和具体，没有别的路径。在现实中观看被固化、被概念化的差异，思辨标签化的差异，探寻穿刺无所不在的抽象的概念体系；在高度的不均衡发展中，思考公平、正义的复杂性和问题；在行走中把身体的感觉和思辨连接起来,把活生生的甚至是残酷的具体与抽象分析连接起来,看到非理性价值的一面和悲剧的意义和价值。

(三)

从叔本华的世界到当代,在观念和意识形态层面有意识的、无意识的操作加剧了。或者说,从印刷术的普及开始,经由书籍、报纸、收音机、电视、网络及各种终端(如手机),在地化的知识、技术、行为、事件等"媒介化"和被吸纳入一个信息传播的网络,积累构建着一个真实又虚假的镜像化世界,一个超级庞大的信息旋涡、信息黑洞,进而反作用于鲜活的世界。它当然是一种人类知识与技术等积累的方式,但它在不断汲取的过程中构建着一个"去人类"的世界。它日渐庞大甚至臃肿,而人类,甚至是每一个个体人却在相对关系中越来越渺小。同时,在人类的世界里不仅仅有知识,还有活生生的情感、身体、智慧。情感与智慧来自具体和抽象的结合,来自叔本华提到的在直观中学习、交往和互动的不断螺旋上升过程中。但现实的进程是,夸大了抽象的价值和作用,给予知识至高无上的位置,进而越来越异化了人(一个长期的制度化过程);而叔本华讲,年少时已经失去直观,只在抽象中学习的异化,年长后很难纠正。可不可以说,故意剥夺孩子甚至是成年人的"直观"(感觉与复杂的现实世界之间的关系)是一种"治理术"?使人失去对于世界的"复杂性感觉"?使"蚁民"只能有极为单线条的思维,以便于驱使?在抽象的世界中,一切都可以数量化统计、在简单的数量化比较中治理，世界于是变得透明和光亮，没有灰色和晦暗。

抵抗抽象世界的办法仍然是回到具体世界的直观。至少是暂时抛弃书本、手机、电脑，暂时脱离抽象世界的空间，去孤独地异地旅行，在旅行中接触不同的文化、不同的人、不同的氛围，在直观中感受，在差异中思考。如果不能离开，还可以去街走，随机找一条陌生的街道，无目的地行走，在行走中观看，看那些和大街上，和原来日常的、熟悉的场景不一样的地方，去和街角的人交谈。这样的办法当然距离目标太过遥远，但却是没有办法中的办法。因为现实的世界是拽着人往着抽象的、虚拟的空间中去。但如果有着这样的心，也许它就是一个开始。

2023.6.30—2023.7.29

◈ 现代悲剧：尼采 122 年

《现代悲剧》是雷蒙·威廉斯的一本书。他说，悲剧不仅是一种艺术形式，也是一种当代现实的经验，"我在一个复归沉默者人微言轻的劳作人生中看到了悲剧……是一个特殊的社会和历史事实：一个存在于人的愿望和他的忍耐力，以及这二者与社会生活所能为他提供的目的和意义之间的不容忽视的距离"。雷蒙·威廉斯不可避免地要谈到叔本华和尼采对于悲剧的论述。叔本华说："道德上普普通通的人物，在常见的情况下……为各自不同的处境所驱使，眼睁睁地故意尽力伤害对方，其中没有一方全错……最悲惨的不幸不是什么例外，也不是由罕见的境况或魔鬼般的人物所导致的；它自动产生于人的行为和性格，或者说几乎是人的行为和性格的本质。这使得悲剧令人恐怖地紧靠着我们。"叔本华的意思是说，悲剧就存在日常生活之中，它并不远。

1872 年，28 岁的尼采出版了《悲剧的诞生》。他反对想象力屈服于理性主义的统治。他认为希腊文化中的日神（真理、道德、逻辑、秩序、明亮、理性、和谐等）与酒神（混乱、欲望、非道德）的分离导致它的败落。日神规训着生活，而脱离酒神的破坏性和创造性力量使得生命活力黯淡。他说，哲学的本质不是对具体事物的概括和归纳，而是促发生命的强力，促发生命的扩张和上升。他反对知觉屈从于抽象的、给定的、僵化的概念，认为知觉一旦屈从于概念（如真理、标准、规范、逻辑），生命强度就会退化，生命的状态就被驯服。包括在之后的多本著作中，尼采提出现代生活充满"虚无主义"的状态和感觉，催生了"虚无主义"的生活方式，认为旧有的宗教、道德、价值观等的约束和指引在消散，却又不能创造新的价值，造成意志的瘫痪，行为的颓废，不能将"已如是"改造为"要它如是"。他说，现代的问题和困境是，人对于生命形式的判断依据是它是否符合某种道德标准。而这一道德标准和主流价值观是支配性利益集团的统治意图表征，进而使得有丰富感觉、有生命激情的人转变为一个因循守旧、虚构的、无生命张力的道德个人。他极力呼吁不应从道德的角度来审视、评价生命，而应该从生命的角度来反查道德的合理性，认为理性建构的道德观念（如真理、公平、平等、正义等）压抑了生命最本能的力量，使人根据僵化的道德法则被动生活，而不是主动地创造价值，活出一个内在于生命的强力状态。但在大声呼吁创造生命意志的"超人"出现的同时，尼采还有另外的一段文字：

"如果在某一个白天或夜间，有个魔鬼偷偷跟着你，闯进你最孤独的情境之中告诉你：'你现在过的这一生，将来还要再过无数次，而且没有任何变化，你生命中所有的痛苦、欢乐、思索、探析以及微不足道与伟大无比的事情，都将回归到你身上，次序也一成不变——就连你眼前的蜘蛛与树林间的月光……存在的永恒沙漏上下倒置，一次又一次，而你不过是其中的一粒细沙。'"

如何处理日常生活中的琐碎、反复的"永恒轮回"呢？如何处理在现实微观层面的叔本华的敏锐观察和判断呢？尼采似乎有点迟疑。

理查德·沃林在《非理性的诱惑》中反对后现代主义者仅将尼采看成一个具有相对主义视角的美学家。他说，尼采是一个提倡"用铁锤做哲学"的哲学家，"历史上的尼采是如此崇尚'阳刚气概'与'意志'，相形之下，后现代的尼采形象却是如此软弱，充斥着认知的不确定性、道德相对主义及一种贫瘠的美学主义"。他说，"亚里士多德将人生分为两种：苟且度日（mere life）与美好生活（good life）。……'尼采思想满怀着对真理的热爱、勇气及对善的渴望，这些激励他致力于通过阐述最美好的生命形态，去过一种经过省察的人生。忽略了这个层面，等于错失了了解尼采思想的良机'。"

哪一个是真实的尼采？可能两个都是，或者都不是。但这并不重要。尼采存在的价值在于告知存在者，要对习以为常的事情进行质疑，要能够去发现一种生活方式，超越被构造的、被构建的、被强加的抽象概念体系和价值判断——因为它本身就是现代悲剧的来源。

2022.8.25

（注：尼采于1900年8月25日去世，距今整122年。该文随想随写，也是份学习笔记。）

列斐伏尔论城市隔离

"集中性"是列斐伏尔理解都市的关键词。他自己讲,十分关键的是在于理解"集中性"的辩证法。这里的"集中性"不仅是物的堆积、人或事情的堆积,在列斐伏尔的概念里,是城市的"内爆"和"外爆",是人、事物之间的各种特殊性共构的运动状态。所谓的"内爆",是指在都市内部日益集中的各种特殊性的相互作用和矛盾冲突,是各种关系的高密度化;而所谓的"外爆",是内部共构复杂关系的外部空间蔓延化、扩展化,用列斐伏尔的话,是在"外爆"过程中,将外部空间"半殖民化",如大城市周边的中小城市和乡村地区(在经济全球化过程中,当然不止这些范围),是大城市"外爆"后征服的"半殖民地"。

"集中性"一边创造着都市,一边毁灭着都市。作为一种形式的都市集中性要求有具体内容,或者说,要求有被集中的东西。但都市集中性对于集中些什么它并不关心,它只要求所有一切可能的"集中"就是了——"集中"是都市的灵魂,但"集中"带来了各种要素的关联、对立、矛盾冲突,意义就在其中显现出来。从这一角度,列斐伏尔说,都市的集中性创造了什么? nothing and everything——物或人、事的堆积并没有生产出什么新的东西,但是从另外的一个意义上说,它又创造了一切,它们空间上的邻近性生产着新的东西，由此空间介入了生产力和生产关系，具有能动性的状态——它不仅是社会关系的投射，或者社会关系的容器和领域。与可见的、无处不在的商品不同，社会关系与空间生产不容易看见和识别，而大多数的政客和专家仍然用工业化时期的视角和方法来处理新时期的状况，他们错失真实的问题与目标。物的丰饶生产着焦虑和空虚。

如何看到新的事物取决于我们如何看待事物。列斐伏尔强调认识论上的颠覆。他举例关于"性"的问题一直存在，但弗洛伊德颠覆只从表层现象看待"性"的问题才产生新的认识。或者说，列斐伏尔认为工业化时期的商品生产、商品的空间堆积，是进入都市社会的媒介、工具和前一个阶段，是空间中物的生产，它是"一阶"的生产；而各种要素"集中"后到某一个阶段产生的新的状态，发生属性上的完全转变（他称其为"关键时期"），它转变成空间的生产，空间成为资本积累生产剩余价值的重要构成。它同时是意义的生产、社会关系的生产，是"二阶"（第二层次）的生产。

列斐伏尔说，如果没有连接、没有交换、没有互动，没有关系，一切都不会存在，它创造了一种都市情境——物堆积在那里，只是即将腐烂的死物；被严厉分隔的空间在那里，只是僵化的死城。前一个阶段是产品，后一个阶段是作品。前一个阶段是特殊性的生产，后一个阶段是差异性的生产，差异性包容特殊性，同时没有特殊性（作为"一阶"）也就不存在差异性（"二阶"）。前一个阶段是国家理性、工业理性，是同质化、压制和压抑的空间，是用国家机器和企业理性把空间分割、分隔、隔离化的过程和阶段（包括学科高度的分工和碎片化），由此分割、分隔成为治理的秘密和谋求剩余价值的秘密。都市的存在、都市集中性呼吁和要求拆除各种严密的、僵硬的分割和隔离，呼唤着日常生活诗性的回归。从这一角度，都市空间必须是流动的、多义的、属性晦暗的、边界模糊的而不是功能固定的、透明的、僵化的、还原的。列斐伏尔说："分离与隔离组成极权主义秩序，战略目标是瓦解具体的总体性，瓦解都市……提供的秩序是表面的……工业化和国家理性主义，通过分离的手段，通过把它的'光谱分析'投射于地面上，把都市搞得四分五裂，这样，都市便由相互脱节的要素构成。"

2022.11.30

◆ 列斐伏尔论幸福形式

列斐伏尔抬起头,看向窗外的风景。接着他细细写下窗外巴黎郊区现代世界的日常状况。他说,这里曾经辉煌过,依靠这些残留下来的东西,这里建立起了某种令人恐惧的东西:平庸。他说,平庸会淹没巴黎的这个郊区,淹没巴黎周边不计其数的村庄。如画的风景正在随着快速的发展不断消失,曾经的耀眼的美已经消失,或者已经被装载进博物馆。他说,那些从贫穷中解脱出来的人正在牺牲他们曾经辉煌和美丽的生活方式,"当那些落后的国家向前行进的时候,它们产生出丑陋、单调、平庸,仿佛丑陋、单调、平庸意味着进步"。

1954年苏联提出一个问题,"在人民物质文化需要得到最大限度满足的情况下,应当如何阐述人们的生活方式?"列斐伏尔说,那时苏联人已经达到小资产阶级的平庸生活,仿佛平庸生活就是进步。他批判宣传中呈现出来的新人形象,"完全积极的、英雄的、无所畏惧和任劳任怨的"——他说,这个社会人的升华最终表现为一组"浮皮潦草"的形象,过程中使用一种极不负责任的"浮华辞藻",而社会需要真实人的形象,"形形色色的、个别的、包括冲突和矛盾的,需要不同类型真实人的范例",而不仅是"正面的楷模"。他之前在某一处引用布莱希特的戏剧表现,有关知识楷模伽利略的戏,从"去楷模"

的方式和日常生活的琐碎状态开始（一种近距离观看的方式，来超越日常的"熟悉"和麻木状态）。

列斐伏尔问了一个问题，社会主义如何介入日常生活？他说，仅仅用生产力发展来定义社会主义是荒谬的。人们期待幸福，而不期待为了生产而生产。他分析了经济基础与上层建筑之间的矛盾，他接着问，"在这些经济基础落后的国家，起始于社会顶层的变化，如何通过巨大的国家机器，进入琐碎到柴米油盐程度的日常生活中呢？"（列斐伏尔的著作里四处体现他深刻的问题意识，尖锐的问题指向。）列斐伏尔的断言是，只能在日常生活层面上，把社会主义具体定位为在生活经验上做出各种变革的制度。他回到历史的分析，批判革命历程中过于简单的表达（一种意识形态和神话），"生活正像舞台布景一样发生着变化"（或者说，承诺革命之后就可以立刻带来一个新世界），然而，生活从来就不简单。

列斐伏尔认为我们正处在一个过渡的时代，世界范围的结构性调整正在展开。在这个过程中，列斐伏尔说，"神话和意识形态不过是掩盖事实、结果、需要的外壳，非常恶劣"，它们是一种面具，却也是一种存在的现实，遮蔽了对真实世界的认识同时本身也是真实世界的一部分构成。生产力的高度集中和严重不均衡发展只是这个过渡时代的问题之一。他说，这个转换的、过渡的时代中，"让平庸单调完全地暴露出来"——随即的一个根本性问题是，怎么才能够摆脱平庸单调？通过怀旧、神话和意识形态，超现实主义吗？不！列斐伏尔的指向是，"通过非凡的、丢掉幻想和奇迹的胡言乱语来努力摆脱平庸单调"（指向当时超现实主义的一些做法），真正的奇迹就在日常生活当中，在平凡里的不平凡。或者说，列斐伏尔的解决策略是在深度异化的进程中，同时也在批判异化的进程中，去实现整体的人，超越异化的人，实现日常生活的转换。

读完《日常生活批判》第一卷里的这一节，我喜欢他提出的问题，"真会有不平庸的幸福形式吗？"这是一个值得深思和探究的问题，也深指着个体的内在。

2023.3.11

阿伦特之问：新经验与近恐惧

阿伦特在《人的境况》中说，要从最崭新的经验和最切近的恐惧开始，认识人的境况。她以 20 世纪 60 年代人类能够飞离地球和机器的自动化为两大状况，开始谈人类的存在及其问题，谈人类在政治生活中的"无思"等。60 年后，什么是当下的最新的经验和最切近的恐惧？最新的经验是被不断强刺激后麻木呆滞的经验，"最新"二字从本质和内在上已经扼杀了它自己，持续不断的这里那里的信息爆炸、四处涌现的这样那样的社会景观使得不断的变化成为一种持久的不变。

快极了就是一种静，但却是一种四处骚动、内在不安和欲火中烧的虚静和呆木。刚刚在某处里的正常事或非常事，大事或者小事，转瞬就可以在网络上显现和爆发，再瞬即如幻彩的肥皂泡破裂消匿——但立刻又幻化漂浮出新的无数光彩肥皂泡。快和超级琐碎紧密联手，面无表情地宰治着欢愉地沉浸其中的人类。信息网络的强大已经超出人类的想象，似乎已经可以形成"天涯共此时""人类共此一刻"的状态——60 年前的阿伦特能构想当下的境况吗？如果可能她会讲出些什么呢？

信息的网络传播、虚拟现实、电子游戏、人工智能正在改造着人类的物理和心理状态，正在制造和生成新新人类。掏出手机，一天有多少时间是和它捆绑在一起的呢？其实不是和手机,而是和经由它连接的信息霸权网络。接近年末,每一个APP都在给它的"用户"统计和定位,而许多"用户"晒着他们的数字标签。这难道不是一种真实的存在吗?

因此最新的经验不是某一种特定、专指内容的经验,却是被不断输入的经验(它不关心内容,它已经完全和内容无关,形式本身彻底成为内容),好像科幻电影中人的脑袋或身体上被紧紧插连着各种弯曲管线,从管线里输入各种"营养液"一般——这里的"营养液"是接连输送的、灌送的信息;新人就在这样的营养液中生成而不自觉。什么是最切近的恐惧?这就是最切近的恐惧。或者说,不意识到状况的恐惧成为最根本的恐惧。这时的恐惧,不是阿伦特指出的政治极权的恐惧,因为政治极权需要以某种具体的技术形式、信息传递形式才能够传达和显现,本身已经受制于中介的状态,恰恰是这一中介本身成了致命的关键;恰恰是人在这一致命的中介世界中而不自知,沉浸欢愉其中而不能警觉不能反观自身,成为最切近的恐惧。

所有人都在这一无比庞大、复杂纠缠的网络当中,无可避免无可逃脱。各种不同的力量、目的、欲望潜藏在网络的信息传播中间,然而这个不是完全真实存在的网却无比迷人,它晶莹透明,它是现实生活的一种镜像,本身也构成真实的一部分再而自我镜像,进而陷入不断的再生再繁殖再生产当中。

于是想起卡尔维诺描写(预言)的一座美丽城市瓦尔德拉达。不,准确说是两座城市。瓦尔德拉达的一切镜像在湖面中,镜中的城市因为它的透明性和可视性而支配了物理城市里的一切行动。卡尔维诺说,这面镜子有时提高事物的价值,有时又极力贬低，"瓦尔德拉达的居民都知道，他们的一举一动都会成为镜子里的动作和形象，都具有特别的尊严，正是这种认识使他们的行为不敢有丝毫疏忽大意。即使是一对恋人赤身裸体地缠绕在一起肌肤相亲时，也要力求姿态更美；即使是凶手将匕首刺进对方颈动脉时，也要尽量使刀插得更深，血流得更多"。——这是一种最切近的、最真实的、最追求唯美的和最极致的恐惧。

2022.12.29

布迪厄谈国家、全球化与不幸

什么是"国家的左手"？布迪厄说，是那些社会基层，在社会第一线的工作者，以个人悲剧的形式，承受着社会领域的矛盾，遭受着各种痛苦和困顿。因为是"国家的左手"，所以他们（她们）还是属于国家的公职人员，但处在最低的层级，要处理最具体冲突的事情，而这些纠缠的矛盾在很大程度上是"国家的右手"一手造成的。访谈者举了一个"左手"的例子，"一位处境困难的初中校长，表达了他个人的苦楚：他不是在负责传播知识，而是身不由己地成了类似派出所的警察"。布迪厄说，那些"国家的右手"是财政部、各类银行高管、各部委长官；各种社会抵抗，就是"国家的左手"对"国家的右手"的反抗。

访谈者问，怎么理解这种愤怒、绝望和反抗？布迪厄说，绝望的一个主要原因是国家退出了原本该它负责的公共领域，包括公共住房、学校、医院、公共传播等。那些"右手"一方面大力削减公共事务，另一方面高度赞扬私人企业的创新精神。而"左手"只能在这种状况下"填补市场逻辑造成的最不能容忍的缺陷"进而感到备受欺骗和遗弃。访谈者问，"左手"难道没有活动空间吗？布迪厄回答，"左手"的空间远比他们想象的要大得多，尤其在"象征的领域"。他特别谈到电视的作用（作为象征的载体之一）造成国民德行的堕落，也谈到一些"左手""一心只想抛头露面、自吹自擂……追求'广告'效应成为司空见惯的行为。对于许多部长，一项措施的价值，似乎只在于其是否有广告效应，是否一经宣布就可以看作已经实现。"访谈者问，那国民怎么看待这样的状况？布迪厄借用他人的文章回答，这一状态导致两种极端，一种是领导阶层的腐败盛行，一种是个人皈依宗教；国民认为被国家排除在外（没有进入公共政治的权利），由此认为国家是外在的，为自己谋利的强权。布迪厄还谈到国家对于国民除了纳税别无所求，也不要求忠诚和热情。

布迪厄谈到"左手"——政界人士的沉默。他说，他们"惊人地缺乏鼓动人的理想……越来越排斥直露敢言的人格……他们懂得为了装正经或不显得迂腐过时，还是谈管理比谈自我管理为妙"。访谈者问道，国家行为和国家功用的基础价值是不是不再令人信服了？布迪厄说，"左手"从20世纪70年代开始以自由主义之名攻击和摧毁福利国家，恶劣的经济政策带来严重的社会代价。访谈者说，是不是回归国家、回归公共事物的感觉是大家的理想？布迪厄没有正面回答这个问题，而是质疑"大家"这个词。他问，"大家的观点"是谁的观点？是那些宣扬最小限度国家、葬送公共利益，在报纸杂志上发表文章的知识分子吗？他谈道，在这种意识形态下，回归个人的意思就是让人去指责受害者，"只有他自己为其不幸负责，再向他宣教'自救'"。布迪厄批判哲学家成为"'自命是学者的舆论技术师'，提出政治问题的方法，跟商人、政客和政治记者一模一样"。

布迪厄认为哲学家和社会学家都是质疑显然之理，与舆论术士相反，因为舆论术士把那些拒绝政治隶从、拒绝不假思索接受"人人都说是"看成是政治偏见。他认为知识分子首先要批判术士散布的"论调"，而消灭批判性的知识分子（如马克思、尼采、萨特、福柯等）就如取消公共事物一样。同时他还认为这些知识分子要负有历史责任感，将他们的道德威望和知识能力投入行动当中。他说，他尤其不喜欢那些不负责任的"知识分子头人"，这些人"论题多，面目多"，在各种行政或学术会议、酒会、电视露面之间"交出货色"。布迪厄认为批判型知识分子应该在公共生活领域发声，以重建一个现实的理想世界，"鼓起人们的意志，而不是玄化人们的意识"。

****

布迪厄参加有各种不同的人的研讨会，研讨会很热闹，他问了一个基本问题：讨论最终会得出什么？这些智性的讨论最终有什么用？布迪厄很显然对经济学家有意见，他说经济学家很少有人担心社会现实和现实本身（因为他们本身身处安全领域和舒适圈）。但是，当大多数学者对这个问题保持沉默时，或者积极参与维护象征秩序时，他们应该受到谴责和批判，"因为象征秩序是经济秩序运作的条件"。

布迪厄转向社会现实。他说，当下到处都是不稳定，临时性和代替性的工作增加了。不稳定摧毁了失业者的生存，使得未来变得极为不确定，而处于社会底层的失业者完全没有办法集体反抗现状。布迪厄接着说，不稳定不仅影响那些直接遭受的人，也影响着表面上看起来幸免的人，因为不稳定时时刻刻在，就在身体的周边和脑袋里。不稳定生产了一支庞大的、低技能的待业劳动力大军，也生产了学历的严重贬值，高学历者被迫去从事低技能的工作。不稳定让劳动者时时刻刻觉得他/她随时可以被替代，时时刻刻都有着一种威胁存在，弥漫在四周和观念里，生产着一种不安感和焦虑感。布迪厄说，"这种'集体心态'是整个时代所共有，根本地造成人们可以在欠发达国家中看到的灰心丧气和消极涣散"。

布迪厄说，这些受不稳定影响的劳动者不可能动员和组织起来，因为他们在当下缺乏"立足之地"。布迪厄的意思是，他们如果要反抗，至少要有为之维护、为之珍惜的东西，要有可以根据未来计划改变现实的志向，但他们几乎已经失去了所有。他说，这些无产者已经被逼到底线，"他有某个东西要保住，或某个东西要失去，即他的工作，既是这个工作很苦薪酬又低。他的许多行为也被认为太小心翼翼，甚至太保守，那是因为他害怕跌得更低，跌倒亚无产者的地位"。因为失业率很高，工作变得稀缺，不稳定感影响到绝大多数人民，于是人们不惜任何代价也想要得到，而这就让主动权掌握在资方手中。进而工作之间和工作中的竞争无所不在，带来一种所有人对所有人的战争，"摧毁所有人性和团结的价值"，是一种赤裸裸的暴力。这样悲惨的状况，它的背后是当今经济社会条件所造成的，驱使、强迫、诱导着这些劳动者这样做。

不稳定引起了恐惧，而这种恐惧正在被有计划地利用。企业利用和加剧不安定的因素以降低劳动成本。经济的全球化带来企业生产的非本土化和全球的网络化，使得资本流向低工资、低成本的国家,进而使劳动力的竞争扩大到全世界范围。一国的劳动者不再与本国的劳动者竞争,而是与世界另一端的、被迫接受微薄工资的劳动者竞争。不稳定已经成为一种新型的统治方式,它的基础是持续生产普遍的不安全感,迫使劳动者屈从,自愿接受剥削。这种统治方式,布迪厄给了一个新概念:"灵活剥削"(flexploitation),通过对全球空间的生产和操纵,建立了不同国家劳动者之间的竞争。灵活剥削是"基于日益众多的失业者与日益减员但工作日益加重的劳动者之间的分裂",布迪厄说,这种被人们宣称受某种社会规律支配的经济制度,其实是一种政治制度,只有两者合谋这种"灵活剥削"才可能推行和畅行无阻。

为了抵抗灵活剥削和不稳定,布迪厄说,人们应该进行政治斗争,鼓励那些受剥削者和潜在的不稳定者团结起来,共同抵抗不稳定的后果,"帮助他们生活、坚持、'挺住',救护他们的尊严,抵制沦落和异化"。他谈道,特别要反对制造不稳定的政策(某种程度上是一种经济全球化的政策、新自由主义的政策),抵制和化解不同国家劳动者之间的竞争,他认为这才是有效的策略,而不是停滞在仍然要求提供薪酬的斗争逻辑,也需要放弃"狭隘计算和个人主义的视野"。他谈道,为了使社会运行,需要劳动力的生产与再生产等等的各种条件,但这些必要的社会成本没有在经济学家的视野里,这些社会成本最终丢给了个人,或者是经济学家鼓吹的要摧毁的国家。从这个角度,布迪厄大力呼吁要捍卫国家,尤其要捍卫国家的社会功能。

****

当今欧洲国家、世界银行、世贸组织、国际货币基金组织所强加给全世界的经济政策，都来源于美国这个国家的历史传统、它的一整套的伦理－政治。在形式化的经济理论和具体实施的政策之间，有一些机构和人员。他们奉行新自由主义的理念，认为它具有某种普世性特征。而这个特征事实上是发端于一个特殊的社会，植根于特定的社会结构和认知结构，以及与之相连的一整套的价值观。

布迪厄说，"这个到处施行的经济政策模式，乃是将美国经济的特殊事例普遍化"。新自由主义的模式给了美国经济巨大的"实用、象征和竞争的便利"。但是随之困难出现了。要批评这个模式，不可能不批评新自由主义原型和范式来源的美国，这一批评，立刻就产生"反美主义"的责难。布迪厄说，他在这里并不是"反美主义"（指对某国人民的敌意），在这里，是批判发源于美国的新自由主义，是反对一种统治关系，"反对把这种统治关系永久化或强加于人的政策"。

这种到处施行的经济政策模式有三个需要质疑的公设：

1. 经济是一个分离的领域，受一些自然和普世的规律主宰，政府不应阻挠；

2. 市场是民主社会有效组织生产和交换的最理想手段；

3. "全球化"要求缩减国家开支，缩减社会权利方面（就业和社会保障）的开支，认为这些开支既代价高昂又功能不良。

布迪厄批判说，这样的模式不是经济理论的纯粹原则，而是来自美国社会传统的历史特征。首先是国家的虚弱。国家不断地被极端自由主义有步骤地削弱。他谈到从里根到克林顿及其之后不断的"福利改革"（"一个非凡的婉转的说法"，一种词语的游戏），不断取消对社会底层的帮助。国家被削弱的后果带来的美国社会的悖论：国家在经济和科技上很先进，在政治和社会上很落后。布迪厄列举了一些事实：拥有大量枪支使得美国的身体暴力独占世界榜首，"这种制度化的对私人暴力的宽容，在其他发达国家无有其匹"；国家出售国有企业，将公共资产变为商业资产，把使用者变为顾客；削弱国家减少不平等的能力。进而把失败、困顿的原因归结于个人而不是社会，"使那些被市场抛弃的人的苦难又增加了一种负罪感"。布迪厄说，"美国民主"完全不同于那些高唱赞歌的人说的内容，而是充满了严重的功能失调，如"极高的投票弃权率、资助党派、依赖媒体和金钱"，以及游说利益集团等。

布迪厄进一步谈道，美国把"资本主义精神"推到极致，狂热地寻求资本增长，将资本增长作为"使命"，"算计的心态毫无例外地渗透一切生活和实践领域"，已经完全内化在制度中。这种经济政策模式的行动哲学和方法论是个人主义，对于集体的行动难以作出解释，看不到集体行动是解决和转化冲突的方法、发明新社会组织形式的原则。由此经济事实上排斥了政治。经济的政治观念在经济性与社会性之间设立了一条鸿沟，"认为经济性受控于市场流动、高效的机制，而社会性则纠缠于传统、权力和不可预见的激情和任性"。

"美国圣经"，布迪厄尖锐地用这个名词来替代美国的经济政策模式，认为它的论调是"大赞美国社会秩序的活力和灵活性"，把社会的不安全作为产生经济上更有效的组织方式，"美国的劳动关系是将社会不安全制度化"。最后在意识形态方面，大赞个人主义和自己帮助自己的社会，这是新达尔文主义的体现，"与欧洲社会运动史在社会结构和认知结构中所铭刻的团结观念截然相反"。

布迪厄说，欧洲正在美国化，要认识美国模式如何普世化，不能只看到那些跨国集团、国际金融与货币组织等的规则、压力和制约，还要看到和重视那些"智囊""专家""记者"所产生的象征影响。正是这些人和机构在"灌输新的思想规范"，它的逻辑就是一种赤裸裸的"殖民化"。

****

新自由主义已经成为无可否认的显然之理，因为通过潜移默化的观念生产、传播、渗透，灌输制造了这一信仰。这一过程是由一些知识分子、记者和商人联手炮制，经过长期的过程，将新自由主义确立为天经地义的理念。布迪厄强调，新自由主义观念是由一些知识分子掌控主要媒体长期经营，经由点点滴滴的灌输构造出来的状态，进而使得人们翻开报纸、打开广播都耳濡目染，自动自觉接受"最大值的增长、生产和竞争性，是人类活动的最终和唯一目的"，进而把经济与社会分开，把社会抛弃在一边。布迪厄说，在这个过程中，有一系列的词组游戏，或者说，用一些表面意义积极的新词来掩盖造成的社会罪恶。

布迪厄认为要反对这种论调，需要理解其产生和强行确立的机制，也需要通过生活的经验去反驳新自由主义的观点。他谈到国家放弃社会义务，结果导致各种数量惊人的痛苦；新自由主义的住房政策，导致了严重的社会隔离和人的自由的巨大限制。他批判新自由主义泛滥的美国，构造了两分的社会状况，一边是保障富有者安全的国家，一边是镇压人民、警察当道的国家。他举例美国加州，一边是最富有的州，一边是最保守的州；人们面对的是一种越来越归结到警察功能的国家。在美国、在欧洲正在形成的是国家的退化，是物质力量的集中化和经济力量的集中化、文化资本的集中化和权威的集中化。

布迪厄认为，那些传统强大的国家有利于抵抗新自由主义信仰和政策，因为国家以两种形式存在，一种是一整套的制度形式存在于客观的现实中，一种存在于人们的脑子里。而制度形式里有这种不同利益者的斗争，各部门捍卫自己的利益，"国家部分地是往昔社会斗争成功在现实中的留存"。而在劳动者的头脑中，有主观权利的概念，人们会为着这些权利抗争。布迪厄认为国家是一种含混的现实，一种冲突的场所，国家越古老，其内嵌的结构性力量就越大，自主性就越大，才更有可能抵抗新自由主义的渗透、灌输和剥夺。

布迪厄进一步批判"全球化"的神话，认为它是一种强势语言和观念。他回到新自由主义的"词组游戏"，指出比如提出的"灵活性"一词，即意味着不规律的劳动时间，随时随地被支配的劳动时间。他认为新自由主义是披着时髦外衣的保守主义，"把复辟当革命"，自命进步、理性、科学（经济科学），它的逻辑是市场逻辑、强者逻辑，一种野蛮、无耻的资本主义，赞美金融市场的统治，是一种"除了最高利润律别无他律的资本主义，一种无限制、无粉饰但理性化的资本主义"。布迪厄认为，新自由主义借助数学和媒体，成为保守主义伪社会学的最高形式。

新自由主义带来的各种后果，招致巨大的不安全感和不幸感。不稳定性和"灵活性"使得劳动者"失去那些抵消低工资的微弱好处"，特别是年轻人的不幸达到了顶峰，并带来许多严重的社会代价。布迪厄谈道，新自由主义还使得曾经在斗争状况下保护的文化领域越来越受到威胁。文学的出版、艺术批评、电影等越来越受短期利润的限制和控制。社会科学同样如此，"被迫隶从于企业和国际官僚的指挥，或死于权力和金钱的查禁"。

作为经济全球化的一个重要方面，布迪厄谈到金融市场的全球化，认为金融市场受到最富裕国家经济的统治，是它们制定了金融游戏规则，使各国家金融市场的独立性降低，国家被迫出让了主权。进而，国际分工被部分重新定义。布迪厄说，"这个国家资本市场的方向，是减少民族国家资本市场的独立性，尤其是禁止民族国家来控制汇率和利率。现在汇率和利率有利于为一小部分国家手里的集权所控制"。他进一步谈道，金融市场全球化带来全球场域的结构性变化，产生一种结构性的限制，一个特定国家能够施行的政策，往往受限于这一金融机构，取决于它在全球金融资本分配结构中的位置。

面对这一机制，人们应该反思经济理论的局限和它对社会代价的抛弃，应当彻底质疑经济的观点。布迪厄说，"所有社会批判力量都应当强调，把经济决策的社会代价归入经济计算当中"。他认为，目前所有的批判和斗争，都应当反对"国家的衰弱"。国家目前在金融全球化、在国内金融力量的同谋（银行家、高级官员等）的作用下正在被削弱。所以布迪厄提出，要"捍卫国家，尤其是国家的社会功能"，但他立刻指出不是一种国家主义。他说，人们可以反对民族国家，但是"应当捍卫民族国家担负的'普遍'功能"。他说，国家曾经用来为统治者服务，为避免这种情况，应该创建一种真正的批判性国际主义，以对抗新自由主义。

布迪厄最后批判知识分子的疲软。他说知识分子忙于"经院式的烦琐游戏"（一种有意识或无意识的自嗨），而缺乏对新社会达尔文主义的批判，因为他们本身是这个生产循环中受益的一部分。布迪厄问，为什么有些知识分子从积极的社会参与和行动转向隐退？他的回答是，"因为知识分子掌握文化资本，尽管他们是统治者中间的被统治者，他们还是属于统治者"。

2023.6.8—2023.6.17

◈ 哈维：社会过程与空间的生产

哈维在 2016 年 6 月 9 日给中国地理学者的信件中谈道，他很高兴得知"批判地理学"在中国还存在着。意味深长的是，他没有用"马克思主义地理学"而是用"批判地理学"。哈维转引马克思的话，要"无情地批判存在的一切"。从这个意义上说，"马克思主义地理学"的提法值得再思考——尽管 20 世纪六七十年代以来它已经成为一个普遍名词。更确切的说法可能是"马克思主义在地理学中应用"。类似地，马克思主义社会学、文学、城市学等词语的更确切含义是马克思主义在这些领域的认识论和方法论的应用。

马克思主义中关于"资本积累""阶级斗争"与"空间"关系的阐述是理解社会过程和空间之间关系进而是实践的理论工具。在马克思讨论的社会"运动规律"下，不同发展阶段的国家和地区有不同的社会过程和形态表征；但这是一种我曾经称之为"千篇一律的多样性"的结果。它们之间有什么本质不同吗？从总体上看，资本积累生产着加速的地理不均衡发展，从全球到地区、从城乡之间到城市内部，进而生产着人群的社会分异。发现新大陆的五百多年以来，全球和地区加速的资本积累循环不仅剧烈改变着地表景观，也进一步异化人群，形塑日常生活，改变个体人的生存状态。在这样的情况下，各国家、地区、城市产生了一种异常的"身份焦虑",这是一种对集体认同感或权力合法性消散的焦虑,也许还带着一些对曾经的地方历史的愁思。资本生产了这种焦虑,却又利用这种焦虑谋取利润,普遍手法是地方独特历史、地理的符号化和商品化。权力则将地方独特性作为生产资料来制造集体认同感,抚平焦虑。

在前述的普遍状况下,中国的现代化和资本积累有自己的社会过程和形态表征。它至少受到两个地方性因素的影响。第一,是权力在资本积累过程,在生产、消费、分配中的调节(或支配)作用。第二,是社会在权力管制与资本积累支配下地方人群的作用。这两个方面,具有长久历史的中国有其显著的地方性特点。当下的状况是,网络社会的浮现生产着各种不同层级和尺度空间之间的新关联,进一步加速资本积累循环,进而改变着这两重具有特殊地方性的关系,产生新的社会过程和形态,从观念、社会到物质的新形态。存在着各种空间现象。马克思主义关于"资本积累"与"空间"之间的论述,是理解这些现象的一种必要途径。但它不仅关乎批判性地理解现象,更关乎空间实践和改变这个世界。

2016.7.20

(原文作为笔谈发表在《地理研究》2016 年第 7 期)

◈ 战斗的理论：为什么读齐泽克

（一）

在 B 站看齐泽克的一次演讲《谁的仆人是一个主人》。演讲里仆人和主人的角色历经多次有意思的反转。总体而言，齐泽克的观点是需要一个"主人"，需要有益的异化，来保证自由的存在和好的生活。在各种演讲中，齐泽克喜欢用"煽动性的"（provocative）这个词和"更近一点看"的表述表达他与一般性的概念或想法的差别，提出他自己"野蛮"（brutal）的观点。

他认为纯粹的自由本身就是资本主义社会构建的一个伪概念，并不可能存在。齐泽克认为真正的自由是社会斗争中的自由，是有限制条件下的自由。自启蒙运动以来，一直被压抑的"主人"角色或维度在近十年间以各种各样形式回归。但任何试图复制传统权威的回归都是一种后现代的赝品。在面临权力危机时，从普鲁士的腓特烈大帝开始的当权者虚构了"人民"的概念，并宣称自己为"人民的奴仆"（在这里，人民反转成为被宣称的"国家的主人"），来消灭作为"人民敌人"的反对者。

怎么来重塑权威？宣布严厉的禁令只是其中的一种路径。面对禁令，人们的一种策略是拉康提出的"歇斯底里话语"——为了保持享乐，要保护权力的假象。这里引用了卡夫卡的一句话，"法律不是真理，它只是必要"。权威续存的另外一种方式是成为幻想对象，也就是维护存在权力表征的极端重要性。应对权威衰落的另外一种办法是无政府主义，希望能够产生一种替代性的治理方式；在这里齐泽克引用他人观点谈道，无政府主义事实上是当代资本主义的一个关键特征、新自由主义的产物，是政府从福利制度退出后的产物，但无政府主义往往具有浓厚的宗派特色，只在很小的空间里运行。

进而，齐泽克提出自己的观点：解放的目标应从克服异化的挣扎中转为实施正确的异化。这是齐泽克重要的观点，自由需要在压迫的情形下才能获得，才是一种真正的自由。他说，正是通过"代议"的最小程度的异化，自由才得以运行。他接着问，在这个过程中专家不重要了吗？不，在民主过程中，人们要表面的、形式上的决定而不是真实的决定，由专家告知人民决定些什么。这是一种"政治礼貌"。这种"礼貌"是拉康提出的"大他者"的重要表征，据说正在解体。

但齐泽克反对这一观点，认为在新的时期新的"大他者"正在出现，如在欧美出现的注销文化与警醒文化，是新的大他者的严格形式。他也谈到"狂欢"（没有限制）比严格的限制（之前的父权权威的限制）是一种更隐蔽和强大的限制，以"优步化"为代表——可以自由选择自己工作的时间、状态，一种看似自由背后的高压力强迫性（他常提的笑话中的"后现代父权"）。他也谈到"政治正确"，但这里的政治正确不是纯粹指向相对狭义的政权问题，而涉及生态、族群、性别等更广泛的问题。他说：在政治正确的政权里，我们永远不知我们身边的人哪天会不会因为他/她的行为或言论而被"注销"。评判的标准本身很模糊。

（二）

齐泽克的演讲稿上写的是演讲内容，但在念读的过程中（很有意思的是，他把"引号开始""引号结束"也念出来），齐泽克往往有许多"旁支"的引申、事件的引述或（政治或黄色）笑话的插入，使他自己常常在演讲过程中"Lost"（"不能聚焦"），并严重超时。他宣称自己是终极的黑格尔主义者，同时是拉康的学生，演讲中常引用拉康的话语。他在讲座中谈到"主人"的回归，被压抑的终归要回来，要以某种症状反弹，且"歇斯底里话语"是刺破意识形态幻象的必要。

他又随时引用马克思、列宁和毛泽东的论断，如"天下大乱，形势大好"，来讲面对深度困境下改变的可能和希望。在演讲后的观众问答甚至质辩环节中，他说他演讲是作为一个公民的责任，他的真正研究是那些与黑格尔等相关的大部头。而他的受欢迎某种程度上是主流媒体、是主流意识形态的一种诡计，通过他受欢迎的表象，压制和隐藏了他对根本问题的讨论。

齐泽克的演讲中有对现象或问题本质的追问。他质疑普适性，质问普适性词语背后的意识形态。齐泽克把现象放置在动态的、运动的、相关性的关系中讨论，放置在破除资本主义意识形态幻象中讨论。比如环保问题，资本主义意识形态（主流媒体）不追问是什么从根本上造成全球污染，而要求家庭垃圾分类、饮料罐回收，把宏观的、根本性的、难以解决的问题转换为个人道德和日常生活中容易解决的琐碎问题。

他的这种相关性思辨往往具有他自己说的煽动性，对于一般性的认识及那些仅仅从问题本身出发考虑的观点而言，往往出乎意料，因此容易受到各种不同的攻击。比如，对移民问题、民主问题以及美国入侵伊拉克、叙利亚战争等造成的后果是整体运动的、相互关联的过程和状态，不能就单个问题讨论。在各种讲座中，齐泽克常问的问题是革命成功后"第二天怎么办"，这是根本性的问题；他又问，如果阻碍或反对资本主义的流畅运行，会发生什么？

破除意识形态幻象是齐泽克的利刺。他在《变态者电影指南》中用《极度空间》中的意识形态眼镜，谈具体现象背后的意图，如对街道上各种炫目广告，普通人戴上眼镜看到的是鼓励性、竞赛性的消费词语；奢侈品商店和银行里衣冠楚楚的富人、执行国家权力的警察，戴上眼镜后看到的是骷髅鬼等。齐泽克谈道，日常生活中意识形态无处不在。和过去不同，当代的意识形态的强大之处不是禁止、压制行动，而是在限定的框架下鼓励自由去做些什么，它最大的、根本性功用是删除了希望。他常常批评"政治正确"是当代资本主义意识形态的产物和诡计。

齐泽克坚持认为我们深处在全球性危机中、一个人类趋向灭亡的状态中；要应对这一状态，不能回退到保守的、情调式的、小规模的甚至是原始的社区组织；也不能像犬儒主义者那样，看到问题但什么都不做。和其他的一些讨论不同，齐泽克从这一点出发，强调具有威权的国家（即所谓一个新的主人）才能处理全球性联合的事务；制止将权力限制在一个理性民主范围的游戏，应完全接受权力的过剩。进而，齐泽克认为自由的激进行为只有在宿命的条件下才有可能。在宿命的状态下，做了可能改变不了什么，但不抵抗、不挣扎死亡得更快。

（三）

齐泽克的有些著作已经有中译本，如《意识形态的崇高客体》《斜目而视》《面具与真相：拉康的七堂课》等。为什么要读齐泽克？出人意料，B站上有许多齐泽克长时的、短时的演讲视频。初看时，被他有点古怪的英语发音、快速的语速（思维的敏捷、激情的表现）、激烈且有点神经质的动作，尤其是演讲或对谈过程中不断摸鼻子所吸引。

除了前面谈到的个人形体的演讲特征外，齐泽克常引用各种笑话，使观众在笑声中理解，他甚至专门出了一本《齐泽克的笑话》。比如，演讲中他谈到被他称之为"邪恶"的小儿子的言行不———他们面对面坐着进餐，盐瓶在儿子一边，齐泽克要儿子把盐瓶递过来，儿子答着"好"，却没有任何动作。齐泽克用这个故事来讽喻许多政治行动的言行不一，表面一套背后一套——却也是一种策略。这是齐泽克演讲的特点，可能是其受欢迎的原因之一。对于缺乏足够思辨的听众而言，由笑话的具体情境进入获得一些启发，或者说部分理解演讲是可能的。

除笑话外，齐泽克在演讲中常使用各类电影中的片段来解释各种意识形态，这也是听众所能理解和欢迎的。比如《黑客帝国》中墨菲斯要奥尼尔选择红、蓝药丸，以进入真实或虚拟的世界。电影及其中内嵌的意识形态是齐泽克的研究和关注的内容。之前谈到的《变态者电影指南》是齐泽克结合精神分析对电影中人物或社会意识形态的剖析。另外的一个特点是，齐泽克喜欢用"我的朋友"这样的表述（当然也包括他的论敌或者"半个朋友"），用他们的观点来支持或反对自身的论述，由此使其演讲具有现时性，引用的观点恰切于所在论述的位置。这也是将抽象观点具体化的一种方式。在多场演讲中可以看出齐泽克是一个"老江湖"，善于利用现场的各种情境活跃气氛且不偏离主题。

齐泽克在演讲中，还有些词汇是他喜欢用的，如"愚蠢"（stupid）、"邪恶"（evil）、"煽动性的"（provocative）、"假装"（pretend）、"厌恶"（disgust）、"公开地"（openly）、"哈哈"（haha）等。这些词汇的使用，有些确实是字面意思，有些却是言外之意。而"哈哈"的使用，是他提醒听众注意的，他反对或讥讽的内容。"假装"是齐泽克理论中的一个关键词，和犬儒主义、恋物癖、保持距离等有紧密关系。对于西方国家意识形态，一种状态是"假装"的"政治礼貌"——承认它的必要性，但并不是真实的认可。他还常用"fetish"这个词，中文翻译成"恋物癖"（或是"拜物教"）并不太恰当，它指的是"移情"某事物以保护某种自身想要的状态，同时不否认某种外部的状态，和现实保持距离，不真正把它当成回事。齐泽克提出"主人"的必要性，但同时要有一种距离感和某种"假装"（也是一种"移情"，如果我的理解没错的话），来达到某些好的生活，在这一相互作用的过程中，享乐的禁令转变为禁令的享乐；而最终，革命需要以新的革命来终结它。

对于未来，齐泽克在各种演讲中谈到他的悲观主义，但他说在悲观中仍然存在乐观。他对可能降临的人类大灾难高度焦虑，却也谈到了行动的价值和意义。他借用黑格尔的话说，人不能站在自己的肩膀上向前看，未来存在于当下的行动之中，不断持续的微小实践有引发变化的可能。但是其中仍然存在的问题是：什么是日常生活中的微小实践？即便再微小的实践仍然有它的价值判断，微小的局部在什么路径或层面上能够对作为巨大的体系起作用，这仍然是需要讨论的。回到前面的问题，为什么要读齐泽克？他可能是当代最有批判精神的哲学家、社会学家，对齐泽克理论的关注，可以引向当代的诸多重大问题，进而反观自身。齐泽克的理论是战斗的理论，不是软绵绵的教条主义或事不关己的照本宣科。在2016年的左翼论坛演讲中，可以看到各种观点对齐泽克的攻击，齐泽克很"横气"，在这个众声喧哗的地方，不对，是在这个众声喧哗的全球化世界里，齐泽克理论是战斗的理论，齐泽克为自己相信的理论而战斗。

2022.12.9—2022.12.11

◈ 城市五书：从格迪斯到卡斯特

今天读书存在两种状态。一种是书太多而不能读，一种是读太多书却不能内化。第一种状况是出版业发达，或者也可以说市场发达带来书的鱼龙混杂，少数好书淹没在一大堆不堪的书当中，一些差书又在市场操作下得到短时吹捧，而人的生命时光有限。第二种情况是贪多求全，读书不求甚解囫囵吞枣，进而嘴上能讲出许多时髦名词却不得真义。

城市是今天人类生存的重要领域，影响着人的生存状态。过去的一个世纪中，关于城市的书越来越多，层出不穷，但绝大多数是某种为达到功利性目标的"操作手册"之类。真正思考城市与人本体存在关系的著作凤毛麟角。以下推荐五本关于城市的著作，作者都有深邃的和批判性的思考。五本书的顺序按照出版时间先后排列。受文字限制，对前三本稍微详细阐述，后两本只做扼要介绍。《城市发展史》中的讨论很精彩，因此略多直接引述芒福德的讨论。最后一本《网络社会的崛起》在根本上不是关于城市的书，可是到了这个阶段，城市已经转型，它要成为信息网络社会的一部分。

（一）《进化中的城市》：差点流产的名著

帕特里克·格迪斯不是严格意义上的现代规划师，他首先是一名生物学家、一名社会学家和社会行动者。但他的这本《进化中的城市》在社会学、地理学、区域与城市规划等方面深有影响，却是在出版后的很长一段时间。格迪斯最著名的学生刘易斯·芒福德说，格迪斯的思想至少要在50年后才会得到认识，是很有见地的观点。该书在1915年出版后，没有得到日渐制度化、专业化、标准化的城市规划领域认可。那时候盛行的是可以具体指导规划实践的各种类似"操作手册"的书，或者某类专有领域（如城市历史或考古学）的书。格迪斯批评政治经济学逐渐内卷化，或者说，日渐脱离具体而转向抽象，不结合实践的抽象也就失去了生命力。他反对革命（revolution）而倡导进化（evolution），强调用"优托邦"（eutopia）来改进上一个时期的"坎坷邦"。什么是"优托邦"？就是经由对地方各种具体的深入体验、深入调查来获得一种趋向总体的认识，超越认识上的分裂，提出随时改进的可能。借用但丁的隐喻，格迪斯把当下看成是"地狱"，他强调规划者（社会思考者）要有宏大的视野，他说就如"零"和"无限"对于数学家的重要性，"地狱"和"天堂"（最坏的情况和可能的最好的状况）为规划者提供了十分必要的思考装置。如何基于"地狱"走向"天堂"是社会实践的方向，而城市规划本质上就是一种社会实践。由于这本书的整体视野和写作方式，当时出版社拒绝将其纳入计划的一套丛书中出版，但经由好友斡旋，《进化中的城市》最终得以另外出版。

（二）《城市发展史》：1961年的双子书

刘易斯·芒福德从小在纽约城长大，没有上过正规意义上的大学。但他的《城市发展史》大概是20世纪最重要的城市研究著作。他在历史回溯过程中批判城市的二重性。一方面经由越来越细分的劳动分工,把活生生的人摁在一个固定的、不变的工作岗位上变成了一个麻木的人;另一方面城市却成了一个日益精妙的文明积累的容器,一个人类戏剧和对话的舞台。他从总体上来考察城市的理想和兴衰,认为城市的根本作用在于塑造人。他说,城市的重要意义不是那些实际的功能,而是人们的梦想,爱和自由。芒福德指出,"城市衰败的最明显标志,城市中缺乏城市人格存在的最明显标志,就在于缺少对话——并不是沉默不语。我同样指的是那种千语一腔的杂乱扰攘,也都是这种表现。有一种社区既不懂得超脱又不懂得反抗,既不懂得诙谐讥嘲又不懂得标新立异,既不懂机智的斗争又不懂公正的解决,与此种社区相比,死城的沉默反而显得更庄重威严。这样一出戏剧必定不会有什么好的终场"。这段话很精彩。什么是"千语一腔"呢?"千语一腔"的状态是怎么出现的?一个城市又怎么才能够有"对话"的存在呢?在对特大城市的批判中,芒福德说,那些规划者的计量化规划,"不管他们推测1960年或是预期2060年,他们的目标实际上是1984年。……在他们的'未来城市'里,把有活力的、能独立存在的、充分有感觉的生命降低到最低程度:只要能适合机器要求的一点点生命就行了"。"他们的目标实际上是1984年"——这是大智者用冷静平和的语气讲出来的。他又说,在现代大都市里,力量、速度、数量和新奇东西,这些都成了追求的目的。要有最大的博物馆、最大的大学、最大的医院、最大的百货公司、最大的银行、最大的金融集团和公司,这些都成了大都市的基本要求,而生产最大数量的发明、最大数量的科学论文、最大数量的书籍成了大都市成功的标记。……生活中没有哪一部分能躲过这种普遍的严密控制。大都市表面是一片和平景象,一切运转得井井有条,但暴力的深度和广度突然加大了。——这些文字是一种预判还是对于现实的描写?芒福德想要抵抗的,是蒸腾的大都市对人的高度异化,是大都市的傲慢奢骄对人的强力压抑和强行构造,要抵抗大都市对完整人的分割。但他提出问题指出了方向,却没有能够给出可能的实践策略。《城市发展史》出版在1961年,同年简·雅各布斯的《美国大城市的死与生》出版。后者同样有深刻批判和在业界享有盛誉,但内涵的深厚、视野的宽阔远不及《城市发展史》。

(三)《都市革命》:对"知识恐怖主义"的拒绝

列斐伏尔出生在法国南部比利牛斯山脚下的一个乡镇,长大后绝大多数时间居住在巴黎,在年轻时当过出租车司机和工厂里的工人。他曾一度成为法国共产党的理论权威,却因反对苏联入侵匈牙利等原因,在1958年被开除出法国共产党,那年他58岁。大卫·哈维说,从僵化的机构中解脱出来给了列斐伏尔思考更多问题的可能性,也爆发了他的创造力。在接下来的十年左右时间,列斐伏尔出版了《马克思的社会学》《进入城市的权力》《空间与政治》《都市革命》《空间生产》《日常生活批判(第二卷)》等多部和都市、空间、日常生活相关的著作。《都市革命》在1970年出版,也就是1968年法国

"五月风暴"后两年,是对都市社会构成以及未来变革批判性讨论的最重要著作。那个阶段是西欧快速城市化的时期,在都市日常生活的快速变化中,列斐伏尔敏锐地捕捉到新的可能。他批评说我们还停留在工业社会的意识形态当中,或者也可以说,停留在工业时代的认识论当中,以至于不能看清楚当下的状况——他称之为"盲域"。列斐伏尔认为人类正在进入一个都市社会(作为一个进程而不是现实),它的核心生产(社会)关系的再生产,不是简单的物的生产。他说当下的关键问题,不是空间中物的生产,而是空间的生产,需要从总体层面来认识都市问题。但是是什么蒙蔽了眼睛和阻碍了这一进程?他说,是工业社会时期形成的"知识恐怖主义",是知识的高度分割和分裂——而这一状态,恰恰是统治者的治理术,让各种专家、职业人只能在其边界里团团转——而统治者在高处咧笑,进而构造了一个无所不在的压迫性空间。列斐伏尔说,越是资深的专家越顽固和洋洋得意、自高自大。列斐伏尔抵抗知识的碎片化,严厉批评规划者只在抽象空间中操作,把概念、图纸(概念的线条化)当作真实的、具体的世界。首先终结隔离(segregation),终结在物质上、信息上、知识上等的隔离,是列斐伏尔提出的都市革命基本战略。列斐伏尔苦恼的是,为什么被压迫最深的人却超乎寻常地消极和被动。他抵抗概念化的、抽象的空间,提出重新回到具体的人,回到人们的梦和欲望、回到艺术和诗歌。列斐伏尔提出拒绝"知识恐怖主义",提出用差异空间来抵抗抽象空间,但如何生产差异空间,在具体的实践中仍然是个问题。

列斐伏尔说，城市是人们和国家之间的一种混合状态，是近端距离和远端距离的中介。他说，人们认为国家和日常生活没有关系，这是多么大的误解啊。它的不在场无时无刻在场。但这种在场通过城市起作用，国家严厉的抽象通过城市的具体起作用。国家严厉的抽象进而具体化了，成为规训日常生活中的一部分，通过人们的交往、轨迹、行为、定位等等显现出来——它有了一种随时可视可感的形态。据说列斐伏尔在生活中是一位情感丰富的人，但他的文字中向来具有一种辩证的冷静。他说街道的杂乱无章是一种鲜活的生命，充满运动和交融，没有街道也就没有城市；但他又说，被抽象制服的城市（及其街道）不过是一个红绿灯而已，"令则行，禁则止"；他还说，街道的相遇只不过是肤浅的相遇，是随波逐流和被消费主义收拾的地方，街道成了一种被异化被压迫被严格管制的空间——要控制社会，首先是封闭街道。列斐伏尔呼吁作为总体性的都市，抵抗都市现象（及其认识论）的碎片化，因为碎片化彻底解体了可能的抵抗和力量。

格迪斯、芒福德和列斐伏尔都是大写的人，有大智慧的人。他们反对知识论上的分割，反对大城市对人紧逼的压迫，进而使人降格，沦落为工具。城市今天已经是绝大多数人生存的空间，城市的状态本质上已经成为人的生存状态。为了更好地活着，为了有更好的城市，抵抗隔离，抵抗分割，首先在认识论上废除知识上的隔离，废除只在抽象空间中的操作，废除从统计数据上出结论，关注日常中细细碎碎的具体，关注活生生的人，是一件紧要的事情。

（四）《社会正义与城市》：用"资本"谈《资本论》

英国人大卫·哈维出生于1935年，1969年出版《地理学中的解释》就在业界中产生广泛影响。随后他被美国约翰·霍普金斯大学引入。《社会正义与城市》就写在他于该大学任教期间，出版于1973年。这一阶段处在冷战时期，教授或者甚至是谈马克思主义在美国是个禁忌。哈维在后来的访谈录中谈道，他报上讲 Capital 的课程（即讲《资本论》的课程），校方以为他是讲"资本"（captial），由是哈维获得了讲授《资本论》的机会。《社会正义与城市》是一本深度讨论资本积累与城市之间关系的书，是跳脱逻辑实证主义方法，用马克思主义来剖析资本主义社会中城市问题的书。如果说列斐伏尔的《都市革命》更具有广度和思辨性，哈维的《社会正义与城市》在讨论城市、空间在资本生产与再生产过程中的作用则更加清晰和更具深度。

（五）《网络社会的崛起》：互联与极化的世界

在20世纪70年代，在巴黎学习工作的西班牙人曼纽尔·卡斯特与大卫·哈维是两颗闪耀的学术新星。曼纽尔·卡斯特在1972年出版的《城市问题》是现代城市研究的重要著作之一。他被美国加州大学伯克利分校引入后，着手研究学校附近硅谷一带的信息产业问题，进而进入一个全新和关键的研究领域。他在20世纪末出版了信息时代的三部曲，《网络社会的崛起》就是其中的一部。由于对当前社会的根本性问题有及时和深刻分析，三部曲出版后受到读者广泛欢迎，在不长的时间里再版十多次，同时翻译成多国语言。书中卡斯特探讨了信息流动对产业、城市、国家等的影响，提出在新时期城市要转化为"信息化城市"，探讨流动空间与地方空间之间的辩证关系，认为日益紧密互联的全球社会将导致一个高度极化的世界，以及随之各种形式的强烈抵抗。对于绝大多数人而言，原有的"固定岗位"将不复存在，为满足新时期资本积累需要的弹性的"灵活就业""分时就业"成为普遍状态。

2022.11.17

（世界读书日推荐给重庆大学图书馆有关城市的阅读书目）

◈ 虚构的传统不能治疗精神疾病

传统一词似乎有着至高无上的位置。但什么是"传统"往往缺少甚至是最基本的解释和讨论,尽管这一词在各种文章、会议、发言、章程等中被反反复复使用。

吉登斯在《失控的世界》中专章探讨了"传统"的问题,认为传统其实是现代性的产物,传统一直在发生着变化,而全球化表现的一种状态是自然和传统的双重终结,所有的事物都需要在新的框架下认知和解释,包括传统。他最后也谈道,传统的丧失,带来人的自我认同危机,导致各种严重的精神疾病。

对于人是如此,对于城市、国家,又是如何?吉登斯对"传统"的分析值得阅读和思考。以下是对此章浓缩式读书笔记,带有个人印记的局部解释和省略。

(一)被发明的传统:现代性的产物

在仪式上男人身穿短裙,演奏风笛被认为是庆祝苏格兰国家统一的传统方式。事实并非如此。这些特征的形成都不久远。短裙是英格兰工业家的发明,目的是改变苏格兰高地的传统服装,并使得它更方便工作。也就是说,苏格兰短裙是工业革命的产物,是将农民从农田里转移到工厂中的结果。苏格兰短裙一开始并不是地方的传统和民族的服装。

许多被认为很传统的东西,形成的时间并不久远,往往是在几个世纪内才形成。霍布斯鲍姆等在《传统的起源》里追溯了各个国家的传统由来。但更多的学者和思想家对传统和习俗没有什么兴趣，尽管它们是大多数人生活的素材和内容。他们没完没了地讨论现代化和现代性，对于我们生活其中的传统视而不见。

18世纪的启蒙运动批判了传统。吉登斯引用霍尔巴赫男爵认为传统不真实、荒唐和愚蠢的论述，进而回溯传统一词的拉丁语起源"trader"，"它的意思是为保存某物而将该物传给另外一个人……从这一代传给下一代的财产被认为是交给下一代托管，继承人有义务保护和照管好它"。

但吉登斯谈道，今天所使用的"传统"一词事实上只是欧洲过去两百年间的产物。在中世纪人们根本没有必要使用传统的概念，因为人们就是生活在其中。他进而得出一个重要推论"传统这个观念本身就是现代性的产物"。也就意味着，在使用这个概念进行讨论时，要更加谨慎小心，对其内涵所指要有所辨析，同时也不掉入启蒙思想家将传统视为教条和无知的陷阱里。

但是又如何理解传统？吉登斯借用霍布斯鲍姆提出的一个有趣的词，叫"被发明的传统"："被发明的传统和风俗都不是真实的。它们是被设计出来的，而不是自发产生的；它们被当作一种权力手段而使用；而且随着时间的消逝和远去，它们也将不复存在……它们都将被证明是完全虚假的。"在霍布斯鲍姆论断的基础上，吉登斯认为所有的传统都是被发明出来的，"传统总是与权力结合在一起"，各种层次的当权者一直都在发明传统来使得自己的统治合法化。

（二）认为传统不变很荒诞：根本不存在完全纯粹的传统

吉登斯认为传统不变很荒诞。传统会随着时间变化而变化，"传统是被发明和不断被重新改造的"。他回到延续和维持几百年的宗教，尽管这些宗教看起来有着历史的延续性，但对于教义的解释和人们如何遵从都发生着变化，甚至是革命性的变化。吉登斯论断，"根本就不存在完全纯粹的传统"。世界上所有的宗教都在不断吸收各种文化资源，吸收其他的传统。

回到前述的判断（"传统"的出现并不久远），吉登斯说，"如果由于一套既定的符号或实践是传统的，就认为它们一定已经存在了好几个世纪，那就完全错了"。他提出，时间的持久性不是定义传统以及和传统日渐叠合的风俗的主要要素，而是仪式和重复。传统是群体所具有的特征，它界定的是一种事实。遵循传统，就是不会去质疑传统和讨论取代传统实践的问题，传统为"不受质疑的行为提供了框架"。传统有它的卫道士，因为他们垄断了传统的仪式的解释，使之产生意义。

启蒙运动破坏了传统的权威，但在世界上的大部分地区，传统仍旧根深蒂固。面对新的形势，传统被重新改造或建立，或采取措施保护古老的传统，"毕竟，这基本上是保守的哲学家们曾经所从事的和正在从事的。传统也许是保守主义的最基本的概念"。

（三）双重终结的社会：传统的形变

工业国家主要的变革包括政府和经济的公共制度方面，但在日常生活方面，许多传统被保留或重新建立起来。在这里就体现出一种奇怪的并存关系，公共制度发展了，生产力发展了，但在大多数国家，"家庭、性以及两性之间的分工仍然在很大程度上充满了传统和习俗"。

到了一个转折点。吉登斯说，在全球化的进程中，公共制度和日常生活都逐渐远离传统。一些维持传统的社会也正在"去传统化"（detraditionalized），"这是正在出现的全球社会的核心和关键"。

吉登斯认为全球化的社会是一个双重终结的社会，也就是自然终结和传统终结的社会。在物质世界几乎没有什么方面是自然的（在列斐伏尔的讨论中，这是一个"人造自然""第二自然"的世界）；而传统的终结不意味着传统的绝然消失，而是以不同的方式接着发展，但根本的是以传统方式存在的传统越来越少。传统方式是指通过传统的仪式和符号来定义传统活动，并依据传统对真理的内在要求来定义传统。吉登斯换了一个角度，谈到在现代化进程中，科学和传统奇妙地结合在一起。某种程度上，越现代传统越显示出它的价值，只不过传统不再是之前纯粹的传统，是发生了改造、重构后的传统，它在现代的世界里寻找它的价值。吉登斯说：

"那些失去内容的传统或者商业化的传统或者变成了遗产或者成了在机场商店里可以购买到的粗劣工艺品或小玩意。随着遗产业的发展，遗产变成了被重新包装成可观赏的传统。旅游地被刷新的建筑可能看起来辉煌，而且这种刷新甚至可能真实到每一个细节，但是，这种因此受到保护的遗产割断了与传统的生命血液的联系，即割断了与日常生活经历的联系。"

（四）非传统的方式就是它的未来：自主的深层困境

吉登斯认为不应如启蒙运动时期那样废弃传统，相反，应该坚持传统，因为它们给生活带来连续性。但是传统的延续和发展，"可能完全以一种非传统的方式而受到保护，而且这种非传统的方式可能就是它的未来"。他接着谈到传统变化的双层动力，即行为的自主性和强迫性之间、世界主义与原教旨主义之间的矛盾和推拉。在现代社会，由于传统约束关系的解体，现代社会中出现两种状态，一种是成瘾（addiction），一种是强制。吉登斯进一步解释了"成瘾"，从酒精中毒、吸毒到活动的任何领域，如工作、锻炼、饮食、性等，是一种"冻结的自主"。

传统的丧失带来了一种焦虑，需要个体在新的社会状况下重建自我认同。吉登斯说，这就解释了为什么各种治疗和咨询在西方国家变得如此流行。他认为弗洛伊德开创的治疗精神病的科学方法其实是在建立一种恢复自我认同的方法。

存在的问题是，今日之"传统"越来越成为一种虚构的传统，它不能提供抚慰，不能抚平焦虑，也不能治疗越来越严重的精神疾病。在全球化、网络化的动荡世界中，在传统已经丧失的世界中，如何才能建立自我认同，以求得内心的宁静和平和？

2023.11.9

空间与治理：共享城市的困境

——读《城市暴力的终结？》

《城市暴力的终结？》是法国巴黎政治学院出版的《公民丛书》中的一本，法文版2001年、中文版2009年出版。作者索菲·博迪-根德罗是法国索邦大学政治科学与美国研究领域的教授。该书探讨核心是全球化时期城市安全的治理问题；或者说，更本质的是权力、资本、社会与空间之间的复杂关系。作者提出问题，在日益复杂关系构成的城市中，在破裂和碎片化的城市中，我们如何才能够坚持社会的互助和共济理想，才能够共享作为日常生活空间的城市？

（一）两极化世界里的难题

经济全球化进程中国家对城市的控制（对流动性主要空间载体的控制）成为重申主权的一种努力和表现。全球化进程中，城市连接成错综复杂的群岛，构造了繁荣与贫困共存的极端二元化世界，也就带来了新时期的城市治理难题。作者说："富人和穷人不是生活在同一空间，一方的生活是另外一方的指责对象""在绝大多数城市中，对未来的不确定性、生活节奏的加快、新兴群体对城市空间的占有、人口迁移和新排斥形式的出现都可引起动乱、身份焦虑、分裂行为、退却和寻求保护……厌倦感等各种情绪、危险的情况和危机充斥着整个社会"。对于弱势群体而言，他们渴求、呼吁国家的帮助，希望能够安心生活在城市中。现实的情况是在一些发达城市形成治安私有化和空间堡垒化。作者谈道,过去修建城墙是为了免遭敌人入侵,现在却在城市内部密集修筑了有形或无形的监控网——因这一状况,美国的奥斯卡·纽曼因《可防卫的空间》一书而获得盛名;过去那些以"共同生活"为目的的社会契约背后的哲学、政治和法律原则面临着威胁和挑战。

于是一方面是宏观经济进程带来的经济、政治和文化资本的不平等和高度不均衡发展,一方面是社会极化带来的城市不安全感和暴力。两个方面并非没有关联,如何辩证处理两者间的关系成为城市治理的关键议题。作者认为,地方空间的改变往往屈服于政权需要和各种参与利益群体的战略需要,流动的劳动力,特别是受城市吸引的底层劳动力往往是充满痛苦的群体。他们为争取进入城市的权利而抗争,为得到承认、社会公平、享有完整意义上的公民合法权益和选择居住地的自由等而抗争。

(二)两种治理模式

作者提出,现在城市不安全感已经成为各界共识,当下正处在让人产生不确定性和焦虑感的过渡时期。工业社会的管理模式、调解纠纷和冲突的方式已经过时;之前的工具,如教育体系、工会、政党、教会、家庭组织和再分配机制等不那么有效。如何面对新的城市状态?作者分析和对比了法国和英美的两种治理模式。

法国的治理模式是国家直接介入城市管理,介入违法犯罪和不安全感的处理。对于法国而言，尽管过去的一段时间表现出地方在实施公共政策方面起着重要作用，但国家并没有从该领域撤出（地方作为政策的实施主体是国家在全国性政策行不通时实现其目的的一种手段）。"由上而下"的治理模式仍然是法国的支配性状态。作者谈道，在法国动员采用公共行动帮助城市"办社会"的方式，与美国那种依靠市民社会和地方层面的积极性状态并不相同。美国是建立在新自由主义的"丛林法则"基础之上的。作者对比了美国的两种街区，一种是缺乏抵抗能力的街区，一种是能够宣称和反对侵犯利益的、"别在我后院"（NIMBY）闹事的街区。根据美国的逻辑，当弱街区具有组织能力和抵抗损害的能力时，它们才能够获得重生，也标志着地方行动的胜利。作者认为，相对于美国模式，法国的治理模式显得保守、烦琐和缺乏进取，但并不意味着美国模式是效仿对象，而是提供一些可能变化的新思路。

法国城市治理的方法是根据街区状态将地段切分得越来越细（一种结构性和网格化的应对和处理方法），确定重点和优先区域（也就是问题严重的区域），针对性调控治理资源投入比重。作者谈到街区安全恶化的原因，有街区空间的败落、居民负债增加，迷失的年轻人和被公共力量抛弃的成年人之间争夺有限工作岗位和提升机会带来的"社会冲突性"，都是对地方公共秩序安全的威胁。作者批评法国的城市治理方法，由于与处罚措施脱节使得预防手段显现出局限性；政府的行动力度与问题严重性不相符合、行动力量分散、迟缓、成本高昂和缺乏指挥。更重要的是，在制度和权力设计机制中，不同层次国家机构之间的责权不相匹配,进而带来众多的问题。作者说,作为出资的国家将相关权限赋予省长,这让市长们感到沮丧,不再参与预防机制……纷繁复杂的权力网络和势力网络使得地方合作伙伴和中央管理当局之间的权力分配和影响力分配变得艰难。作者谈到一种法国化的解决方式是试图将城市经济发展与街区的社会事业发展统筹起来,通过新招聘大量的警察(尤其是社区警察)、设立累犯管理单位和强化教育单位等,提供更多就职岗位和提升监管社会安全的能力,但这一举措受到左派的强烈批评和反对。社区警察、街区层面司法和法律之家的设立,是政府权力深入基层社会的"毛细血管化"。面对这种条状的权力结构,作者认为在基层也许应更考虑市镇的"块状政府",把千差万别的地方安全问题交由地方本身来处理。但这也同时带来地方与国家之间的张力。作者说,在经济全球化的进程中,地方共同利益、一个城市街区的利益有时完全与国家政策所针对的总体利益截然对立。有时国家为了提高全球竞争力而接受经济重组,但却是由地方来消化承受因重组所带来的诸如失业等社会后果。面对这一现实问题,需要国家与地方关系的一系列妥协和创新。

在英美的治理模式中,出于政治和经济目的,遏制城市骚乱成为安抚中产阶级选民和投资者的重要构成。在这一进程中,法国式(也包括之前工业化时期)的"垂直式和部门式的做法受到质疑"。在英美,新治理模式要求地方的、邻里的企业、居民参与到"共同缔造安全"行动中来。作者谈道,在英美"民众崇尚个人主义、自由主义、平等主义、地方自治,并且对国家在社会经济不平等方面的强力干预表示出不信任和怀疑态度"。作者引用他人的论述谈道，"法国人不了解、不理解也不喜欢美国"，而美国表现为信奉实用主义、实验主义和以效果进行评价。在英美模式中高度强调邻里监督，对于公共权力、公共监管扩大到私人或半私人领域保有强烈的敏感和反对意识，但并不意味着两者间完全的对立。作者举了美国街区与警方合作的成功案例，如女性害怕晚间出门，女性群体便动员起来调查，在地图上画出危险地段，并把它们告知城市规划人员和政府部门，以寻找空间改进和管理的优化。在英美模式中，赋予街区责任、重振民权教育、引导家庭和社区学习参与市民社会秩序重建，是基层治理的主要目标和方式，但事情的另一方面，在英美"街区的理念、社区的理念、社会资本的理念或者行动能力的理念被赋予了非常积极的意识形态的、浪漫主义的和象征性的内涵"。作者提出邻里组织的辩证问题。一方面是在过去的几十年间，街区的互助共济精神衰弱了，早前的归属感消失了；社会越来越隔离化，人也越来越以自我为中心，遇到问题人们不是团结和集体行动起来，而是更愿意去找律师。作者说，这是"具有公民或民权意识的一代人的消失"。在另外一方面，参与的观念本身就具有双重危险，作者指出，"在民主性的参与和防卫性社区主义之间，两者的界限经常较为模糊"。也就是说，封闭社区（最典型的如黑帮社团）视野狭隘，有可能转化为地方主义的危险，进而引发各种可能的冲突。作者指出，"民主原则口头上倡导多元化和多样化的表达，而具体实践则揭露出暴政的形式"。

(三)名词、政府与媒体

作者提出问题,在各种统计数据中,犯罪率下降了,但现实情况是这样吗?什么是"城市暴力"的内涵?这里指向一个基本问题,即用什么名词指代城市社会中负面的行为,在这一过程,往往出现一个"便于政治传播而使用的概念"。作者回溯,在20世纪八九十年代,媒体和政治言论中常见"城市暴力",在90年代中期被"失序"和"城市不安全感"取代,而后来则是"城市骚乱"。作者未指出的是,从美国"9·11事件"后,"恐怖主义"已经成为媒体和政治言论中的支配性词语。作者也谈到,在法国以外的其他国家较少使用"城市暴力",在英美多直接使用"违法""犯罪";作者认为"城市暴力"更具社会包容性,不将负面行为者简单判定为"罪犯"(简单把人划分为"罪犯"和"公民");"城市暴力"具有哲学和道德的意义,反映了"在城市中共同生活的失败"。

由于城市安全问题已经成为最重要的公共政策构成,成为政治较量中的筹码,反观各国政府的行动,作者说,政府变得"能言善辩",往往通过"制造一些象征性地方,吸引资本和使公众产生'安全'感","政治家毫不犹豫地把城市安全拿过来作为为己谋利的政治较量议题,确定一些容易对付的、没有政治话语权的和不需过多界定的目标"。作者特别谈到美国的两种治理手段变化,即"破窗论"与"零容忍观"。"破窗论"指的是对负面行为一定的容忍和包容(但很可能带来快速的街区败坏,由一扇窗的破损带来街区整体的败坏)。"零容忍观"

指的是严惩，对犯罪的零容忍。于是公权炙热，监狱人满为患。作者辨析了"零容忍观"的两面性，认为它是特定时期的特定政治资源与公共财政的强投入，并非可持续的治理方式。由于未能找到问题根源，被关进监狱的罪犯留下的空间很快会被新的违法人员占据。而在这一过程中，司法过失和不公正往往成为矛盾激发的焦点，人们的愤怒来自警察和执法人员滥用职权，经常侵犯公民权利。没有公正就没有和平。一旦破坏了关于共同生活标准的协议，这两个被视为"二元对立"的城市便成了火药桶。

作者也谈到媒体在处理城市暴力过程中的作用，问道：在不断报道负面和危险情景的过程中，媒体是否也在助长着"道德恐惧"和不安全感呢？是否也在加剧各城市内的"裂痕"和"断层"呢？虽然作者在多个案例中谈到在媒体的监督和作用下，不受政府和警局重视的案件得以重新审查和处理，但作者更多批评媒体的"放大效应"，批判媒体"用概念进行类推方式回避了对具体情况的具体分析"。作者特别批评英美媒体一味追求收视率和对独家头条的疯狂追求，它的结果就是将观众变成了猎奇者，失去了对事物客观发展的判断。在新的时期，媒体关注焦点转向了对新兴阶层天文数字收入的报道，缺少对社会贫困人群的关注，曾经令人"热血沸腾的义愤已经消失殆尽"——它的根本是，美国社会始终把"不平等作为自由发展的一种必然代价"。作者也认为媒体既难以理解城市和城市的变化，也不知道怎么解读和报道城市。

（四）互助共济的城市社会理想

法国的治理模式从基础上不同于英法的模式，国家在治理模式中起到支配性作用。作者问道，法国具有欧洲国家中最庞大的公共服务部门，它是否有动员居民和企业的支持来解决安全问题的治理方式？书中谈到，在法国认为国家总比动员起来的公民做得更好的观点被政府的行政部门大肆渲染，同时也被法国公民内化和认可。法国公民认为国家课以重税就应该提供对等的服务而不是由私人团体或个人来处理。在英美模式中，一方面是国会对新自由主义的热情拥抱，对去监管和减税以获取最大的经济活力的关注，另一方面是民众对于公权侵入私权的警惕和抵抗，带来不同的、各种差异的地方治理手段和方法。针对两种差异模式，作者谈道，英美的民主机制使人忘记其他形式应对措施的可能；但国家由上而下的方式和制度设置同时也不断受到质疑，国家机构预防骚乱的手段难以解决治理中的全部问题。

但总体上作者更欣赏和赞成法国的城市治理理想，认为和美国基于新教的反城市论不同，法国（欧洲）的城市理念具有一种从诞生之初就存在的、内在的共享性；对于国家的态度也不同，"不是减少国家的作用，而是希望国家在协调全球化的各种力量上付出努力"。英美强调个人的价值和冒险的重要性，强调通过个体努力融入社会和摆脱依赖，但"并非人人都能做到这点"。作者批评美国式的做法没有从根本上解决问题，而是带来更大的城市分裂和破碎，带来社会的日渐严重的隔离，

"弱肉强食仍是解决冲突的法则",进而也就导致日益严重的城市混乱和城市暴力。面对全球化压力下复杂的城市(安全)问题,作者说:虽然曾经有过的融合与共济时期是那么短暂,但它代表了一种挥之不去的渴望和在一个较为匀质的城市里共同生活的意愿。

(五)城市治理的底层逻辑

作者没有直接回答作为书名的问题。很显然,每个国家和地区都处在不同的发展阶段,有它自身的历史、传统、现实社会问题、矛盾和处理方式,不存在唯一解和最优解。法国的治理模式,作者对之持有两面态度,既肯定它结构性的处理方式和国家担负起相应责任,也批评它存在的问题;对于英美模式,作者特别批判它完全以经济发展为目标的方式,批评它带来的严重社会隔离和城市空间堡垒化,但也欣赏地方民众的自发性和对公权的警惕。尽管没有最优解,但可能的城市"善治",存在于作者提出的"以各种方式在各个层面通过(国家)机构间的妥协、团体间的联合、街区层面的实施以及通过生活的改变和人民主观性的改变而产生的"。或者说,作为中间层级的城市,什么是它治理的底层逻辑?它可能首先存在于对城市的理解和认识,作者提出的,是将城市看成所有人共有、共享的空间,还是在另外的一端,是人与人相互对立、排斥,对他人恐惧的空间。不同的城市理念是所有行动的潜在基础和指南,是城市价值观的根本问题。在实践层面,城市治理的底层逻辑存在于国家与城市、国家与社会的多层级关系之中。不同层级部门的权力分配和财政分配关系、事权和财权配比关系决定了城市治理的能力、范围和方式。在全球化压力下，既要国家担负起更大的责任，同时又要一定程度赋权地方，使得地方有一定的自主性、自发性和灵活性的空间，是城市辩证发展和治理两个相辅相成的方面。

城市暴力是城市治理的基础问题，其中内在的深层问题、治理模式、应对手段与方法为城市规划提供有益的借鉴。城市规划作为城市治理的工具之一，它的生存和发展逻辑、对空间的处理方式（它必须回应社会问题）并不脱离上述讨论的框架。从这一点上说，理解城市治理的底层逻辑和城市规划在其中的作用需要认识全球化进程下复杂的社会与经济问题、多层级权力关系和去简单化，而作为公民丛书之一的《城市暴力的终结？》提供了一种有价值的认识角度和可能。

2023.9.14

（文中的引用均来自该书，不另外每条单独引注出处。

另，该文发布在《国际城市规划》公众号）

永远别回来：1933年柏林城市一瞬

买到《文学之冬：1933年，希特勒统治下的艺术家》，很快用几天时间就读完了。1933年2月，随着希特勒的上台，柏林的局势一日比一日紧张，柏林街头充斥着各种谋杀和屠杀，拘留所里传出被拷打者的惨叫声；2月28日，《国会纵火法令》的颁布使得人身和财产不可侵犯的权利统统失效，面对政治的狂热、环境的高压和冲锋队随时会破门而入的情况，个人会有什么立场、选择和行动？

******

（一）某些不可预知的东西正向所有人袭来

故事从1933年1月28日的新闻舞会，豪华舞池里优雅的狂欢开始。舞会昏暗灯光里的觥筹交错、人影晃动，到了午夜，人们开始猜测和议论希特勒会被任命为总理，人群中弥漫着忐忑不安的氛围。作家雷马克受邀参加了新闻舞会，他因《西线无战事》而知名。小说被改编成电影上映但却受到纳粹的阻挠和禁止。雷马克被划入了"沥青作家"——这是一个奇怪却普遍的官方名词。"沥青文学"被指是"不再扎根于本土的都市文学"，或者更加准确的是"违反具有德意志精神的国家道德的文学"——它并没有清晰的标准和边界，只靠当权者的认识和喜好划定。小说和电影被禁或大幅删改，雷马克"对国家失望至极",之后很快离开了"越来越陌生的德国"。可是对于新闻舞会中的这些社会上层人士——他们消息最灵通、最先感受到政治变动带来的不安和可能的危险。在舞会的狂欢氛围中,"某些不可预知的东西正向所有人袭来"。

(二)身心俱疲、渺茫、寻找出路和无动于衷

记者约瑟夫·罗特在性格上可能有一种"潜在的自我毁灭倾向",他即便知道自己是螳臂当车也仍然明确公开反对纳粹,在失望中他给斯蒂芬·茨威格的信中写道:我们正被推向巨大的灾难……一切都在导向新的战争。对于我们的生活,我已万念俱灰。

1933年1月30日,希特勒成为德国总理,各报纸头版头条用巨大的字母报道纳粹掌权。然而有人对这一消息压根不在意,无动于衷,认为这只是不断变化的政治戏剧表演而已;有人却很肯定纳粹上台将彻底改变他们的生活,在焦虑中急忙寻找可能的出路。克劳斯·曼是托马斯·曼的儿子,和朋友正在商量编剧,看到新闻后两人完全不能把心思放在工作讨论上,"突然对这项工作有种渺茫的感觉"——在这种新政治形势下,他们的另类剧目可能失去上演的机会。消息传来时,《世界舞台》的主编奥西茨基正在酒馆里和朋友们聊天,有人认为这一出政治闹剧很快就会结束,他却说:一切都将比诸位所想的更漫长。之后他离开酒馆,从地铁站出来,看到"望不到尽头的冲锋队行列一排排走过",这是一场政治狂欢。

1933年1月30日的当天晚上,在希特勒任总理的当天晚上,

一支冲锋队冲入了画家乔治·格罗兹的住所。因为格罗兹用画笔讽刺他们的信仰并产生了广泛的社会影响，长期以来纳粹一直憎恨他。之前来自纳粹持续不断的法律攻击令格罗兹身心俱疲，没完没了的仇恨和争端使得他一直怀疑自己能够坚持多久，又怎么才能突破"眼下无望的局面"。他心意已决要离开这个国家，"然后就像块木头，从一条不为人知的暗河上漂走了"。他在冲锋队闯入前离开了这个国家，"他赌上了很多"。

（三）一切不可赦：国家干涉不受任何限制

很快纳粹党党员鲁斯特被任命为文化部部长、希特勒的崇拜者约斯特为国家剧院的负责人。汉斯·约斯特写了一部献给希特勒的戏剧，在希特勒的生日当天首演。演出旗开得胜，"获得国家政治的最高恩赏……他的飞黄腾达之路从此畅通无阻"。他在全国到处巡回演讲，激情宣扬"个人什么都不是，民族共同体就是一切"，他认为：所有形式的宽容、多元、妥协意愿都与国家的团结统一背道而驰，都不过是颓废的症状。政治嗅觉敏感的约斯特审时度势，在报纸上撰文讲托马斯·曼、亨利希·曼、德布林等都是"自由主义的反动作家，绝无资格以官方身份触碰德意志概念的诗"，提出要解散和根据纳粹要求重新组建德意志艺术学院文学系。

1933年2月10日，希特勒向1万名听众发表演讲，他要"恢复""民族的洁净""所有生活领域的洁净""行政管理的洁净""公共生活的洁净"和"文化的洁净"，"用应当反映我们灵魂的真正的德意志文化、德意志艺术、德意志建筑和德意志音乐使人民获得幸福"。希特勒为他的听众"杜撰出一个有机的'民族共同体'梦境,在这个梦境中,所有差异和个性都被熔炼消失",进而一切有违"洁净"的都不可赦。

主管部门被纳粹接管和控制,各种法令和武力的"禁止"接二连三,各类不符合"德意志精神"的演出取消了,批判政府言论的会议被驱散,"事实表明,以寻衅滋事相威胁,已成为纳粹把政治对手赶出公众视野的绝佳手段"。2月27日,从内部传出秘密消息,有一个长长的"黑名单"——写着准备逮捕或系统谋杀掉的人,许多知名的学者、公众人士都在名单上。有些人被督促着离开,有些人却坚定地要留下来,要见证历史的进程。

1933年2月27日晚上9点多,国会大厦失火。希特勒到现场大叫"现在要绝不留情,谁挡住我们的路,就弄死谁"。次日,《国会纵火法令》快速通过,它废除了所有重要的基本权利:

"从今日起,国家干涉不再受任何限制。言论、新闻、结社和集会自由,邮政和电话保密,以及住宅和财产的不可侵犯性统统失效。还有人身自由,从现在开始,警察可以随意逮捕任何人,无限延长拘留时间,并阻止被拘禁者与家人或律师的联系……德国境内的任何人、任何事情都凭政府和当局摆布。大门向恐怖敞开。"

借助《国会纵火法令》,"所有国家的敌人均将受到指控并逮捕,这样就永远不会有阴谋了"——这是希特勒想要的、通过消除手段想要的"洁净"。严酷的独裁开始了。

（四）政治猜谜中的众生相：应该跑哪里呢？

奥西茨基

《世界舞台》的主编奥西茨基从一开始就有着清醒的认识，知道纳粹上台的危险，当其他人还抱有侥幸心理之时，他就认为"一切都将比诸位所想的更漫长"。奥西茨基的名字赫然在逮捕名单上，他被朋友们告知危险并督促尽快出境。但他决意要留下来，他要成为正在发生着的政治巨变的一部分，观察它记录它。奥西茨基很快被捕，被捕时他向妻子道别，平静地说：打起精神来，我很快就回来。奥西茨基被遣送到条件恶劣的集中营，1938年死于严重的肺结核。

布莱希特

布莱希特是当时德国最重要的马克思主义作家，他的多个戏剧毫无疑问遭到禁演，《措施》首演后被指控煽动叛国。布莱希特被迫藏匿在柏林的一家私人诊所中，但他还期望躲在乡下一段时间就可以等到希特勒下台。形势进一步恶化和危险了，当听说奥西茨基绝不会离开德国，"对于这种不屈不挠的示威性殉道行为，布莱希特不以为然"。1933年2月28日，在通过《国会纵火法令》的当日，布莱希特和妻子踏上前往布拉格的火车，离开柏林。

贝恩和德布林

贝恩和德布林是职业医生，同时又有文学造诣和成就，他们是普鲁士艺术学院文学系的成员——或者也可以称之为"院士"。他们有着针锋相对的观点。贝恩认为诗歌要超越当下的流行,要抛开一切与政治和时代相关的东西,要追求一种内在的永恒,和"将文学视作政治斗争武器的社会参与美学理念截然相反"。他看不起左派作家把理性和启蒙作为文学的标准,认为神话、迷醉和非理性是艺术中更强大的力量,"在他看来,争取进步和社会公义的斗争使文学沦为庸俗的宣传"。但处在政治的谁懂我的旋涡中,贝恩不能逃离关于政治与文学的讨论,他虽然十分努力地维护着文学院的完整,却在 1938 年被开除并且作品被禁止出版。相对地,德布林善于讲述"在大都市的生活旋涡中绝望挣扎和生存的故事"。他们在关于保护学院成员言论自由和如何保护学院存在之间进行了激烈争论。贝恩没有意识到的是,如何界定言论自由的权力不在成员而在纳粹政府,他自己最终也陷入了被批判境地,被列进"反德意志精神"的名单。2 月 28 日,在通过《国会纵火法令》当日的晚上,德布林不断收到朋友打来的电话,催促他去安全的地方。他带着一个小箱子,一路摆脱跟踪的人,最后跳上一列启动的火车,不管去哪里。"开车后,他站在过道窗口,看着擦肩而过的城市灯火。他爱这座城市。有多少次,当他抵达安哈尔特火车站,看到同样的灯光,会放松地舒一口气——终于回家了。柏林是他生活的城市,现在他要离开这里,不知是否还会回来。"

两位勇敢的女性

米丽娅姆有和丈夫作家一起逃离的机会,但她却不想走,她想参加 1933 年 3 月 5 日的议会选举投票,这完全出乎她丈夫的意料。她说：我们可不能，在不愉快或危险的时候，一而再、再而三地躲避、逃跑。如果我们认可的东西真的有价值，如果我们坚信不疑，那就必须去正视它。经历过心惊胆跳的 17 个日夜后，她终于熬到投票日。投票后她踏上前往丈夫所在地的火车，但到达后却因受到长期恐吓而走不下来，"惊吓过度的米丽娅姆已经精疲力竭，恐惧在体内弥漫，再也甩不掉"。

里卡尔达·胡赫是普鲁士艺术学院的第一位女院士。她在学院中立场坚定，认为学院应该捍卫作家包括政治方面的自由，认为作家需要一种"与国家机构成员身份"不同的独立性。当整个学院成员都被迫或主动宣誓效忠时，只有胡赫寸步不让。她讲她不准备放弃言论自由的权利，认为学院没有资格强迫她表忠心。她提出辞职，她说：现任政府所规定的民族信念，不是我们的德意志性。我认为极权、胁迫、粗暴的手段，对异议者的污蔑，大言不惭的自我吹嘘，都是非德意志的、伤天害理的。《文学之冬：1933 年，希特勒统治下的艺术家》的作者说，她毫不胆怯捍卫公民和人道尊严，"无论学院内外，几乎都没有能与她旗鼓相当的战友"——某种程度上，包括亨利希·曼和托马斯·曼。

亨利希·曼和托马斯·曼

获过诺贝尔文学奖的托马斯·曼是德国最知名的文学家之一，他对纳粹的态度和立场鲜明，认为纳粹是"一场试图以革命之名欺世的骗局"。但他对当时德国政治形势有种误判，这种误判与他自身的身份和社会位阶有关。当他作为代表人物成为政治靶子时，托马斯·曼在日记中问，在什么条件下有可能和纳粹达成妥协，显示出"在政治上是多么无知"。他被迫流亡，在寓居他乡的过程中他意识到生存的剧变而陷入高度焦虑，知道"他生命的一个阶段结束了。他不得不在新的基础上安身立命"。

1933年2月21日，亨利希·曼逃离柏林，走上流亡之路。在文学界德高望重的亨利希·曼是普鲁士艺术学院文学系主任。"帝国的市侩之气和狭隘的军国主义让他痛苦不堪"，而学院里的讨论"话题琐碎得令人难以置信，而且脱离现实"，当现实中发生政治地震时，学院里的大多数"院士"仍然无动于衷——他们是之前体制的受益者，不能也不愿面对现实的剧变和残酷。他因为参与签署反对纳粹的《紧急呼吁！》而被迫辞职。逃离德国的亨利希·曼开始漫漫无期的移民生活，体会到流亡的艰辛和孤独，同时作为长期的移民也逐渐"看不清国内的政治现实"。自1933年逃离后他从未回到德国。

建筑师马丁·瓦格纳

马丁·瓦格纳也是普鲁士艺术学院成员。作为建筑师和城市规划委员的瓦格纳是柏林知名的专家，和布鲁诺·陶特、格罗皮乌斯、密斯·范德罗等共事，为工人阶级建造了不少大型社区。但随着形势的变化，一切都高度政治化，"城市规划也不例外"，他从事的一些规划实践也受到了攻击，认为是"受到现代主义和社会主义的侵蚀"。

在第一次学院关于亨利希·曼和柯勒惠支参与签署《紧

急呼吁！》而要求他们辞职的讨论会上，院长席林斯避开亨利希·曼商议他去留的伎俩，不给任何表态机会就决定开除他的卑劣手段，是在特定政治形势下的情形，而学院成员中居然没有人强烈质疑辞退程序的合法性问题。这时马丁·瓦格纳站了出来。他坚定地说，亨利希·曼和柯勒惠支签署呼吁书是其言论自由，是受宪法保障的权利，学院明哲保身开除亨利希·曼和柯勒惠支是不公平的。但学院的其他成员为席林斯辩护，认为他作为院长这样的举措是忠于上级、拯救学院。马丁·瓦格纳"无法谅解一个机构的成员如此缺少正义感。他起身，宣布辞职，走向出口，摔门而去"。

马丁·瓦格纳是唯一一位声援亨利希·曼和柯勒惠支而退出普鲁士艺术学院的人，当天晚上他就被停职，在之后两年里他一直处于失业状态。1935年，他受聘伊斯坦布尔城市规划顾问，1938年受聘哈佛大学设计研究生院，任城市发展和区域规划教授。

向同行前辈致敬！

纳粹大学生联盟

医生兼作家贝恩对未来有着冷峻的判断。他说，"新一代成长起来了，对我们来说很陌生的一代，但愿它能为自己创造出一段更幸运的历史，一个更快乐的时代，发展为比我们更体面的民族"。在当时情况下，这是一个过于乐观的判断。在纳粹当权和追求社会"洁净"的状态下，各地焚书事件屡见不鲜。"德国学生会在柏林及其他21个德国大学城组织了大型焚书活动。

纳粹党并未强迫学生这样做，是他们自主开展了行动。大多数德国大学里国家主义、民族主义盛行，绝不只是失业者或没有受过教育的人才热衷于纳粹。自1931年夏天以来，纳粹大学生联盟一直主导着德国学生会。"

一个案例是，1933年2月17日由年轻人组成的冲锋队闯入柏林国立艺术学校，用枪口对准四位教授，之后教授们被驱离学校赶到大街上。事件发生后，内政部部长戈林接见纳粹党大学生联盟的领导人，"了解到'艺术学校某些教师的可憎行为'，宣布也将展开调查，是调查教师，而不是冲锋队的人"。

（五）一瞬即永恒：历史转折处的人生抉择

作者乌维·维特施托克在开篇中说，这是"命悬一线的故事"。当身处当时的政治风云变幻情境中，有些人期待希特勒不上台，期待希特勒上台后尽快下台，期待议会能够起到制衡的作用——但许多人"要么不愿意承认危险，要么低估了危险，要么反应太慢"。他说，事情发展得太快，在短短的几个星期里，"一个法治国家陷入了肆无忌惮的暴政"，他要讲的就是在这历史一瞬的第一次逃亡。他也谈到"当日常生活变成求生之战，当历史性时刻要求个人作出存在意义上的决断时，把握现实有多么艰难"。

事情回到1933年1月28日的新闻舞会。作家楚克迈耶遇到了原来熟悉的战友飞行员乌德特，他们交杯换盏，歌曲唱和。这是一场欢愉中的告别。几年后乌德特加入了纳粹党成了明星党员。楚克迈耶和乌德特再次在一个小酒馆里会面，作为纳粹党员的乌德特恳请朋友楚克迈耶尽快离开这个国家,"永远别回来"。

******

题外:

《文学之冬:1933年,希特勒统治下的艺术家》是本精彩的书,形势的变幻和个人的命运一日接一日地连接在一起,使人禁不住要阅读下去,阅读中有一种紧张、危机和期待。这也是一本关于1933年2、3月间柏林文学、艺术等领域上层社会人士在迷茫、狂欢和困顿中前行的讲述,它给予了一些个体私生活偏多的关注,如何在政治局势变动和个人生活细节之间平衡和取舍是这本书值得和需要进一步讨论的议题。同时,如果能够将一般人的生活变动与上层社会精英的选择(他们有着更大的可能性)作比对,可能会增加该书的历史厚度、政治视野和社会广度。

繁荣和不安之书：在文字空间中行走
——读《海洋女王：里斯本的历史》

巴里·哈顿说，"这座多山的城市是漫游者的天堂"。我在里斯本高高低低的街巷行走，在白天和日暮降临的街角歇息停留，看老人们静坐闲聊，看孩子们围绕着雕塑跑来跑去大声尖叫，看夜晚昏黄的路灯把光投到斑驳的墙面和碎石路上，感受到它和其他城市不同的、独有的特点，但却不能理解形成城市的原因和历程。半年多后，阅读《海洋女王：里斯本的历史》，是在文字空间中的行走，是重新认识这座充满魅力之城的旅行。

（一）从"杂货之城"到"废墟之城"

里斯本和其他欧洲城市有什么不同？故事的叙述开始于古罗马人、摩尔人和信奉天主教的葡萄牙人的先后占领，堆叠的历史在这座城市上书写、抹除又复写，刻上深浅不一的痕迹。但这不是作者讲述的重点。里斯本繁荣的历史开始于 15 世纪末开启的大航海时代，哈顿说，是里斯本带着欧洲出走地中海。因为地缘优势、勇气、野心和航海技能，里斯本在 16、17 世纪汇聚无情掠夺来的财富、货品、商人和奴隶，给它带来十分不同于欧洲其他城市的独特景观，这座城市成了"杂货之城"——当时的法国国王法兰西斯一世戏称葡萄牙的曼努埃尔一世是"杂货之王"。但是哈顿说，16、17 世纪的里斯本虽然无比繁华，但只有发达的贵族和低贱的农民，"几乎没有中间阶层""里斯本仍然是一个脏兮兮的城市；雄伟的宫殿和优雅的教堂与苦难和肮脏并存"，同时，严酷无情的宗教裁判所为它投下深重的阴暗面，这座城市既虔诚，又险恶和残酷。

由掠夺、财富和空间扩展带来的"杂货之城"里斯本在1755年的大地震中变成了"废墟之城"。接连而来的地震、海啸和大火无情摧毁了里斯本，"城市陷入废墟，人群陷入宗教狂热"，一座富有的、人口众多的城市转眼之间变成一片废墟，到处是恐怖和荒凉景象。这座宗教虔诚的城市为什么会受到如此巨大的、冷酷的惩罚？怎么解释这个大灾难成了一个问题，是上帝的惩罚还是科学的解释成为激烈辩论焦点——这一时期正处在欧洲的理性启蒙阶段，康德、卢梭、伏尔泰都加入了辩论。经历前所未有的大灾难、面对遍地的城市废墟，幸存者说，"你试图在里斯本寻找里斯本，但发现它并不存在"。

（二）我从未感到如此深切和悲伤的失望

相比较17、18世纪的繁荣，19世纪的里斯本更加艰难和灰暗。1807年冬，拿破仑的军队向里斯本发起进攻，葡萄牙的皇族和高官仓皇出逃遥远的巴西里约热内卢。很难想象当时的情景，哈顿说，像是葡萄牙人在法国人到来之前，先自己洗劫了这座城市，要把里斯本连根拔起，"绝望的时代诞生下绝望的计划"。虽然法国人的占领是暂时的，却"为一个悲惨的时代定下了基调"，永不停止的动乱是它的世纪宿命。

1821年逃亡的皇室从里约热内卢返回葡萄牙。若奥六世在当年签署了葡萄牙宪法，"剥夺国王的绝对权力并任命了制宪议会,但国王仍可享有丰厚的特权"。这是葡萄牙现代政治史上的一次震荡,引发保皇派和君主立宪派的反复争斗,"里斯本又将经历另一场混乱和流血的痉挛"。19世纪上半叶欧洲其他国家和城市工业革命如火如荼,里斯本却深陷政变、叛乱和无可救药的危机,经济停滞不前,社会动荡不安,"各派人士的不满为里斯本街头的叛乱和流血提供了肥沃的土壤"。葡萄牙著名诗人加雷特感受到"19世纪的葡萄牙正在腐烂",他写道,"我从未感到如此深切和悲伤的失望"。

历史的转折往往需要几代人的苦难和付出。里斯本的自由党逐渐在斗争中掌控政权,"法律制度、税收和不同权力领域之间的关系被彻底重塑"。19世纪30年代后,宗教机构的资产逐渐国有化,宗教建筑被改造为国家需要的学校、法院、医院、邮局等,"这座从13世纪起就充斥着宗教建筑的城市特征被改变了"。也就是说,虽然建筑外观还是那样,但内容却完全不同了。不同体制的国家和城市要求新的样貌,但这个新样貌是在旧形体上的再生。拆除、占用、改造和新建是它可见的步骤,不可见的是隐藏在表象下的结构性调整。然而激进拆除往往是历史转折处的特点。1837年,加雷特说,"我们毁灭事物,因为毁灭就是那个时代的任性"。

19世纪下半叶,里斯本终于进入相对平稳的阶段。在当时的许多欧洲人看来,里斯本肮脏、贫穷和混乱。为了改变这样的状态,里斯本的规划和建设模仿奥斯曼的巴黎、塞尔达的巴塞罗那,出现公园、花园、林地、大道以及一些新公共建筑。通过在国外旅行和学习,许多葡萄牙人反过来看到里斯本"多年来的混乱在这片破碎的土地上刻下了伤痕"。他们反思和讨论里斯本人民颓废的原因，探讨为何葡萄牙成为欧洲的落后者等，很快被政府严厉禁止但却埋下了下一个世纪革命的种子。19世纪下半叶，在国家和城市基础设施现代化建设进程中，葡萄牙掏空国库在1890年宣布破产，为下一个世纪的艰难境况埋下另外的种子，而里斯本的发展停滞了。

（三）竟像薄玻璃一样，一记轻敲便碎了

19世纪从君主专制向君主立宪制的转换，使得里斯本陷入长达几十年的动乱。20世纪开始却又面对君主立宪制向民主共和制的转变。在经历了各种谋杀和内乱后，1911年葡萄牙第一任总统产生。然而民主共和制虽然形式上出现，但是旧有的势力并未消亡，葡萄牙-里斯本陷入动荡的年代。20世纪初的十几年间，出现了45届政府和各种持续不断的内战。如上一个世纪的各种军事叛乱，20世纪初的混乱内战是政体转换的直接表征，结束这种四分五裂的情形需要强硬力量。费尔南多·佩索阿是葡萄牙著名的诗人，哈顿说他之于里斯本就如乔伊斯之于都柏林，卡夫卡之于布拉格；面对20多年的内乱，佩索阿认为葡萄牙需要建立温和的独裁统治，"在今天既合情合理又尤其必要"。

萨拉查政权在这样的情况下上台，在接下来的40来年里"掌控这个国家的一切"。萨拉查的"新国家体制"在两个相互作用的层面上运作：一是用铁腕手段严厉管控社会，通过审查制度、秘密警察和"奥威尔式的宣传扼住人们的脖颈"；二是加

速发展经济，启动庞大的公共工程计划，修建港口、高速公路和机场，改善城市卫生，建设廉租房和建造标志性建筑。欧洲最大的悬索桥——萨拉查大桥就是其中之一，它被"视为独裁政权的功绩"。建设廉租房并不是出于"新国家体制"的仁慈，而是"旨在帮助遏制工人阶级的激进主义思想或行动……防止国家雇员骨干——实际上是政府的执法者——被激进思想所诱惑"。哈顿说，"在准极权主义的政权手中建造的这些标志性建筑有一个共同点：它们都是实用的、粗俗的、缺少优雅或精致。这种建筑风格缺乏温情，建筑线条就像与独裁者如出一辙的僵硬"。

经历40年的快速建设，尽管GDP保持有6%的年增长率，"新国家体制"却面临着严峻民主化的挑战。如佩索阿认为，它在结束四分五裂的社会时是一种必要，但随着社会的变化它陷入了困境，同时殖民地治理耗费了大量财政和带来各种难缠问题。1974年4月25日的"康乃馨革命"是一个国家突然的崩裂，"强大的新国家体制掌权40年，此刻竟像薄玻璃一样，一记轻敲便碎了"。里斯本第二次"大地震"了。政治强人萨拉查很快被民众抛弃，"萨拉查大桥"被改名为"4月25日大桥"是意味深长的转变，民众并不感恩萨拉查带来的曾经的秩序和高速经济发展，他们只关心当下的生活。

在这段历史中，还需要插入一个特殊时期的城市状态。第二次世界大战中葡萄牙是中立国，里斯本成了战争双方间聚集、各种要逃离欧洲的人群鱼龙混杂的地方，书写着电影《卡萨布兰卡》里的故事。它是欧洲人前往美国的"候车室"，是"欧洲的码头"，是各种人群"大杂烩"构成的城市——似乎历史重演了，"杂货之城"在新的时期重新上演。但它也有另外的意味。在5个世纪前，从里斯本出发，跨越海洋是去征服新大陆，而现在的新大陆却成了逃离战争和存活的希望，这样的行程，仿佛重复着19世纪初葡萄牙皇族仓皇撤离的一幕。对于经历曲折和艰险抵达里斯本的欧洲人而言，他们获得了安全感和解脱感，因为将踏上前往美洲的邮轮，而对于当地人而言，他们的生活就在此地，也难以离开，他们有着不语的"忧郁的情绪"。

（四）优雅与苦难和肮脏并存

革命之后的社会面临着艰难挑战，这一进程对于大部分人而言是生命的磨难。"新国家体制"推翻后，"人们对建立一个崭新的、更加公平的社会抱有极大的期望"，它引起许多人的热情和兴趣，包括萨特、波伏娃、马尔克斯以及齐奥塞斯库都曾经到里斯本观察。然而强权政体解体后，各种政党在追求权力的过程中成为激烈对手，"在革命的狂热中，葡萄牙几近解体"，被"推向了内战的边缘"。一种状况是，里斯本"街头的墙壁成为承载大型政治壁画的阵地"，书写着各种各样激进的口号，构成特殊时期的城市景观。

1985年葡萄牙加入欧共体，与外部紧密的政治、经济连接改变着内部的结构和形态，里斯本进入一个新的发展阶段。外来的资本和力量改造着这个"拥有一种破旧的美丽、引人倾倒"城市的面貌，权力和资源都集中到里斯本，一个新时期的现代大都市逐渐形成。但是哈顿接着说，对于许多人而言，他们并没有享受到集中在里斯本的经济繁荣和福利,过度中心化的城市病是新时期面临的严峻问题,里斯本"优雅与苦难和肮脏并存"。

******

大部分时候我在听着"法多"(Fado)中阅读《海洋女王:里斯本的历史》。"法多"的音乐里有一种异域情调,却有着不直接显露出来的忧郁。它的忧郁和帕慕克写的伊斯坦布尔城的"呼愁"有某种共通之处,却似乎要欢快一些。在《海洋女王:里斯本的历史》的文字空间中行走,有太多的小路岔路和不认识的人名地名,它使得阅读者迷路又需要反过来查找和确认——可是,这难道不是城市漫游者的一种乐趣吗?《海洋女王:里斯本的历史》书写着这座城市曲折变化的传奇历史,是一部呼唤思考的关于里斯本繁荣和不安之书。

(该文发表在 2024 年 10 月 11 日《北京晚报》)

Spatial Thinker

The Crisis and Joy of Space

Part3

空间情境与记忆

空想者

空间的危机与愉悦

山地字典

从我的窗口看出去，远处是横卧的歌乐山，苍翠、窈窕又雄壮。山前由远及近有高高低低筷子般的群楼，斜着穿越这些混凝土块的环城快速干道。高层住宅挡不住连绵的山，但夜来了，歌乐山就沉入深黑而不可见，只留黑里散布无数的马赛克强弱光斑。"真是一个赛博朋克城市！"要是你这个时候站在我的窗前，大概会情不自禁地发出这样的感慨。但我已经习惯而无语。停顿静默在窗前我有时会想，在这个或那个窗户里，有着什么样和我相近或不同的故事。

1990年夏的一天，我收到重庆建筑工程学院的录取通知书。粉红纸上印写的介绍模糊了，却一直记得学校在"歌乐山下嘉陵江畔"。"歌乐"这个名字真好。人的一种状态，也许是最自在状态，不就是"歌乐"吗？李白日暮时下终南山，与友人把酒言欢，"长歌吟松风，曲尽河星稀。我醉君复乐，陶然共忘机"就是"歌乐"。之后读到"歌乐灵音"是巴县十二景之一，县令王尔鉴讲"山上松杉翳日，遇风雨则万籁齐鸣，人以为上方仙乐"。十几年间里和朋友多次登山，"松杉翳日"的野趣逐渐减少，"万籁齐鸣"或者"上方仙乐"却没有遇到。倒是2004年和吴良镛先生、杨辛先生一起登泰山，当日晚上住在泰山顶，夜半惊醒，人生初次体验"松涛"真义，寒冷大风极力呼啸里松树在低沉吟唱，在歇斯底里呐喊。这是另外的一种"歌乐"。在泰山顶上杨辛先生兴致盎然，挥毫泼墨，给大家写了几幅字。他摘取《泰山颂》词（也因我名字中有一字），写送了遒劲的"呼吸宇宙 吐纳风云"。回山城后我一直把它挂在研究室墙上提醒自己。杨辛先生是巴县人，北京大学的美学教授。

"嘉陵江畔"对于17岁的少年纯粹是一种视觉想象，是初中看琼瑶电影留下的影子。我已经不记得影片名字（是《几度夕阳红》吗？），故事里讲抗战时期逃亡重庆的大学生们的爱恋情愁。电影里的女孩（"沙坪坝上一枝花"）和同学在嘉陵江畔交谈嬉戏，在夕阳里留下美丽风景。电影是一种情景叙事，现实的情况是，抗战时期"嘉陵夕照"成为新重庆的一景，是苦难中人们的心灵抚慰，留在许多下江人的回忆文字里。几年后我和女友在夕阳下漫步嘉陵江畔，只是几年后，滨江路以"效率"和"现代化"为名开始大大咧咧地占据江滨。城和江被断然切开。一座有着江水奔涌的城市、有着"滚滚长江嘉陵江东逝水"的城市变得极度缺"水"，丧失几乎所有"嘉陵江畔"意味的风景。永不停息的滨江路像一条极冰冷又绵长的混凝土腰带紧箍，缠绕住城市，使它不能放松不能松懈，也就不能歌乐。

进到学校里，老师开始教山地空间的营造技巧，用心总结出很多法子。它们因为太具体而能够被直接理解、难于应用和有所启发。也许更该问的问题是，山地的意义和价值能在自身的困境里找到吗？山地和人生，山地和文化间有什么样的复杂关系？山地生活不容易，上山下山都要用更多的能量，要在山地间找平地生存，于是有了"沙坪坝""南坪"。山地，无论上山还是下山使人都要谨慎低头看路，小心翼翼地看脚下的路而不至于跌倒，于是完全不能顾及风景，即便就是在身边的风景，爬山行走中也不能纵情放歌。山地作为一种现实，它迫使行走者把目光盯在眼前事物，盯在眼光所及范围里的事物。坡度越陡越峻越如是。往上走只能看到前面的阶梯，眼前的屏障；往下走那非得看住每一步，否则很有可能直接狼狈滚落。山地少了平地里的从容和视野。

这样的判断大概率错了。有两种批评。一种严厉的批评说不能这样贬低山地，山地占全国超过六成的陆地面积，或者更直接地说，"目光如豆"是专注也是一种现实必要，要在山地里，要在一个高度竞争的世界里生存就必须这样！另一种善意的批评说，不能只看到事物的一面，当你驻足停留，甚至当你被迫低头行走时，心中有风景，你就有绝大可能看到风景。这种批评说，不管是上山还是下山行走者总在山地上的某一级，只要抬头或者稍微转头，就可以看到多维度的美丽景致。它说，亲爱的行走者啊，这种展开的风景，连绵如画的风景引发心胸的开阔，是平地里难有的，要珍惜呢。

许多年后，我还记得录取通知书上的"歌乐山下 嘉陵江畔"。许多年后，我邀请国际国内、市内学校内的不同领域学者举办演讲，论坛的名字就是"歌乐山下 嘉陵江畔"双周论坛。它是山地的结果。有大山才有大江，有山水的风景；有大山才有阻隔、屏障、闭塞以及登山后的开阔和如画风景。重庆老城西的佛图关的墙门梁上大大写着的"江山一览"是在高处的真切感受。"歌

乐山下 嘉陵江畔"不仅是一种记忆、一种风景、一种策略，也是一种信仰。

天色渐黑。我站在窗前，看着远处暗下来的歌乐山和渐亮起来的窗户。

求学经历的回忆及感想[1]

少年只能遥想。遥想中总带有些美好，一种可能是经由过滤和想象出来，却也可能是真实的美好。20世纪90年代物的重庆、物的重建工已经消失，留下的是些缥缈记忆。如初到学校就集体夜游鹅岭公园不归宿、为完成设计竞赛租房熬夜；又如春天校园四处粉红的夹竹桃、青城山上的水彩泼洒。那时候还是一人一块大图板，晚间教室收音机里传唱着陈慧娴的《千千阙歌》、陈百强的《偏偏喜欢你》、罗大佑的《皇后大道东》，还有女主持人嗲嗲的声音，伴着每个人低头绘图。磁器口是距离学校较近的一处写生点，是集体上课和情侣逃开学校的谈情说爱地。冬夜里拿着搪瓷缸子去后校门外打碗热腾腾的刀削牛肉面回来就是一种满足。嗯，少年只能遥想，而我独爱着这可能是再构的遥想。

2022.4.16

---

[1] 注：以下一小段文字写给《世界建筑》。

世间的网

大概有五六年了。一天在学院的工作室,有位其他学校的学生径直敲门进来。我稍有点诧异,但随后的聊天还好。临走时学生送我一本丰子恺的《缘缘堂随笔》。我翻阅一下就放下了。于是这本小册子一直在书架上躺着,直到工作室搬迁后它有一天横放在书桌上。我没有把它插回书堆里,陆续用几天晚上的时间看完了。《闲居》的一篇挺得我心。用学究的话说是人和空间的微观关系,在日常生活的不断调适中达到一种完美的默契。但这样讲太干也没有意思。丰子恺说,屋里的布置就如一种"画的经营",主人位于全幅的最重要位置,各种大小的家具、摆设、用品都为着主人布置,"人在里面,精神自然安定、集中而快适"。我环视自己现在小小的工作室,是这样的一个过程和状态。

书里最多的是讲孩子的事,包括丰子恺自己儿时的经历。在《从孩子得到的启示》里,丰子恺说傍晚酒后不想看书不想睡觉,"捉了一个四岁的孩子"坐在膝上寻开心,问他最喜欢什么事情,孩子令人惊讶地回答说"逃难"。丰子恺回想起不久前在上海的战争使得一家四处逃难,逃难中的惊慌、紧张、忧患和虚惊。而对于小孩子来说,这却是一次热闹的举家郊游,"逃难"过程中的新鲜、有趣和无目的的游戏。丰子恺说,孩子看到事物的另外一面："我今晚受到了这孩子的启示了：他能撤去世间事物的因果关系的网，看见事物的本身的真相。"

"网"是丰子恺文字里始终存在的主题。开篇的一章就是《剪网》。从大娘舅到上海（大世界）见到繁华都市的五花八门、光怪陆离和快速用钱间的矛盾，丰子恺说："一想起钱的一种交换条件，就减杀了一大半的趣味。教书也是如此：同一班青年或儿童一起研究，为一班青年或儿童讲一点学问，何等有意义，何等欢喜！但是听到命令式的……精神就不快起来。"钱只是人与世界之间的一种关系，现实的存在关系千万重。丰子恺接着说："我仿佛看见这世间有一个极大而极复杂的网。大大小小的一切事物，都被牢结在这网中，所以我想把握某一种事物的时候，总要牵动无数的线，带出无数的别的事物来，使得本物不能孤独地明晰地显现在我的眼前，因之永远不能看见世界的真相。"因之在逃难的路上，他看到的是形势的变化、人群的慌张、远近枪炮声里的危险含义，内心焦虑而不安；孩子却完全没有这极大极复杂网的牵绊，直抵事物的本相，享受行旅过程的快乐。丰子恺在几篇文字里反复问，是什么使得成年人变成这样？深陷网中而不能辨识事物本义和享受人生旅程的快乐。

在《渐》的一篇中，丰子恺说，在不知不觉中，"天真烂漫的孩子'渐渐'变成野心勃勃的青年；慷慨豪侠的青年'渐渐'变成冷酷的成人；血气旺盛的成人'渐渐'变成顽固的老头子"，而舞台上的如花少女渐变成火炉旁的老婆子了。今天的青年是不是还是野心勃勃或慷慨豪侠不得而知，但时间的微光变化令人难以觉察是一个定理。让人以为"今天的我"还是"昨天的我"，"今年的我"距离"去年的我"并不遥远，而不断微积的时光终于在某一刻使人恍然。"渐"和"网"联结在一起，因之不仅是容颜的变化，还是逐渐成为越来越复杂的网结的一点，还是内心的逐渐封闭和固结，才有冷酷、麻木的成人和顽固的老头。就是在"渐"的过程中，孩子成为高大的青年，青年陷入复杂的网里，逐渐迷糊和丧失了原来澄明的眼光，再又变成圆滑且麻木的成年人。但丰子恺在平静的失望中还留有希望，总有少数人能够在时空的流变中握住点什么。他引用英国诗人布莱克的诗歌：

一粒细沙里见世界，
一朵野花里现天国。
在你掌中握住无限，
一时间里就是永恒。

这四行诗很美，在微小中有巨大，在瞬间中有永恒，在客体的世界中有主体的能动。布莱克的这首诗接着的是血淋淋现实的揭露，却常被前面这四行诗遮蔽了。引用这四行诗暗喻什么？丰子恺想说的是，也许还有可能冲破现实的重重迷障，冲破当下的时间、空间和世间构织的密网，主动去辨识事物的本义，看到事物的本相。他寻着路径，他说："艺术、宗教，就是我想找求来剪破这'世网'的剪刀罢！"

丰子恺又重复说，"渐"的作用是用每步相差极微来隐蔽时间和事物的变化。他在文中讲："儿女渐渐长大起来，在朝夕相见的父母全不觉得。"这是天下父母共同的经验。自己的孩子在身边十几年，只有他离开家后，翻阅旧时照片时才意识到"渐"的强大和魔力。一个还在牙牙学语的婴儿怎么就突然变成一米八多的大高个了？孩子终于离开，成了远方大学的新生去学习专门类别知识。这是世间常态，一而再再而三地发生。一个世纪前梁思成到宾夕法尼亚大学学建筑，梁启超给孩子们的信里写道，他常有一种"异兆"的感觉，怕梁思成走上冷僻枯燥的一路，进而一遭困境便觉得生命的寡淡和无趣味；他希望梁思成在年轻的时候，在有空时能够多读点人文类的书，以保持有对生命的意趣。梁启超担心着孩子在"渐"的过程里，在专科的学习里不知不觉地掉入系统化劳动分工的"网"，被限困于一点，被固定在一点而不能自省自觉。

所有人都"渐在世间的网"，是无可回避的现实人生。暂时逃离网的固结，用孩子澄明的眼光去看事物的本相，去享受旅程，是存在（being）的真切需要。

2022.9.28

童年与自然

（一）

从工作室回来，已经十一点了。想起今天是六一儿童节。儿童时期的事情绝大多数已经遥远而不可记。读小学前我在厂里的幼儿园，记得"欢度六一节"时有各种游园活动，比如夹玻璃球，每夹起一个就是一群小同学们欢叫，半路掉了，也还是一群欢叫。回家带着送的枕头饼，可能还有印着小红花或者小红旗的本子，总是兴高采烈。幼儿园外有小池塘，和同学一起钓虾。同学一钓着就把小虾往嘴巴里丢，我却不敢。那时田地到处是，不记得是工厂周围还是什么地方，有很多番薯地。在田里挖出大红薯断成两半，红薯心挖出来吃了（生红薯很甜），剩下两个空壳就当电影里的老式电话，一个听筒一个话筒，和几米远处的同学喊叫，是简单直接的快乐。可能是生的东西吃多了，那时肚子里有蛔虫的孩子不少。有一种"宝塔糖"专治蛔虫，厂里的小卖部里有卖，我总把它当糖而不是当药吃。一次母亲要我去小卖部打瓶酱油回来。回来路上我把酱油瓶的绳子勒在头上，可以空出手来玩别的。一不小心绳子滑了下来勒在脖子上，把自己噎得半死。厂里办有食堂。据父亲说小时候我骑在他脖子上去食堂买份菜，让我拿着，可拿回来的时候里面的肉一片都没有了——猪肉在当时还是稀缺物。

母亲快要生妹妹的时候，把我送到伯父家一段时间。伯父伯母当时常吵架，我一个人就待在屋边看天色渐渐暗，看远处的田和更远处的山，有一种神秘和悲伤气息。妹妹长大到一两岁能走路了，家里养有一两只鹅，据说我故意找红色的布披在妹妹身上，结果鹅就追着妹妹，把她吓得大哭。这个故事我似乎是从妹妹那里听到的，但她比我小，我都不能记得，她怎么又能记得呢？我的堂兄在另外一个城市，暑假里去他们家玩，一起去河边的田地里挖花生。我力气小，不容易把一整串花生从地里拔出来，看着别人一会儿就一小筐很着急，但自己能拔出一串花生总是很满足。拔着拔着雨下来了，就跑到边上的荷塘摘了荷叶当雨伞。小学时回老家看爷爷，有一次不知哪里来的一辆面包车载着我们回去，结果居然在路上撞到一只飞过的鸡，捡回去后大伯母就给几个孩子炖了汤。大伯母的屋里有一个神秘的吊篮，里面藏着各种吃的。她见到我总是拉着我过去，从吊篮里拿出一颗糖或者一块白米糕饼。那时爷爷还健在，春节大家都回去，几十号人热热闹闹的情景后来很少见了。有一年回去后在香港的堂姐（年龄和我父亲一样，是大伯的女儿）送了我一台理光相机。这是我喜欢上摄影的一个原因。也是在老家的某一天，我不到 5 点就起床，为了去不远的海边拍日出。那真是一种喧闹的宁静，只有海浪的声音和黑暗中地平线上微微的光亮。

童年很快过去。几十年间发生了巨大的变化，现在孩子们被"保护"起来了，不容易真实接触到自然的这样那样。这真是一种遗憾。

2022.6.1

（二）

　　面前摆着《鲁迅杂文全集》和《知堂书话》，多篇小文里周氏兄弟谈到了儿童和童年。他们说市面上没有适合儿童阅读的书籍，概念化的、有着强烈意识形态倾向的儿童教育摧毁着童年的时光，使得童年失去真趣。另外一本是清末英国人立德写的《扁舟过三峡》。这是1883年他在农历中国新年夜晚从上海出发，沿江上行，4月初抵达重庆的行程观察和记录。书里有一段他对中国儿童教育的描写和判断，他大致说，死记硬背是中国（儿童）教育的普遍状况。立德夫人喜欢拍照，在她的《穿蓝色长袍的国度》中有张照片，是儿童背对着教书先生在诵念——这应该是很普遍的情况。但读书的小儿在不读书的时候还可以有些趣味。叶圣陶编写、丰子恺绘的民国小学读本中有一节，小儿在课间奔跑、嬉戏玩耍，"额头撞墙梅子大，挥鞭依旧笑嘻嘻"。童年真趣总是不会被外在的世界所泯灭，他们终究还是儿童。

　　但我常想起列斐伏尔提出的问题：如何能够有一种空间，如何能够生产、创造出一种空间，使得儿童不过早地成人化？这里的空间，很显然不单是物质的空间，更是社会的空间。这样的空间从家庭的日常生活（近端）开始，到各个层次的学校和机构，到城市，到国家（远端），使得儿童不过早地成人化和僵化，失去了童真和活泼。列斐伏尔说，成人面对儿童不应该高傲，因为儿童有着各种丰富的可能，而成人却意味着"木化""固化"，意味着可能性的急剧减少，意味着趋向死亡。抵御"固化"的一种策略是日常生活的游戏化，调整不同的视角、距离（将日常生活"陌生化"的办法）来看待和实践日常生活。紧接着的一个问题是，特别是对于规划师和建筑师而言，如何能够生产出一种物质空间，使得儿童不过早地成人化？顺着周氏兄弟的观点，市面上没有适合儿童玩耍的空间，商品化的、意识形态化的空间摧毁着童年的时光。一个正向的例子是，荷兰建筑师凡·艾克在阿姆斯特丹的街头广场设计了上百个不同类型的儿童游戏场，鼓励孩子"额头撞墙梅子大，挥鞭依旧笑嘻嘻"。

下午和在读大学的孩子视频。他成长得很快，作为父母常觉得他还是儿童，还是那个在屋里大叫"妈妈"的孩子。虽然开玩笑祝他"儿童节快乐"，但孩子的确已经逐渐长大，他有自己的空间和世界。一个世纪前，梁启超曾经写信给去读大学的梁思成，担心焦虑着学科的专门化异化了孩子，他说，只希望几年后回来，"还我一个天真活泼的孩子"。梁启超希望孩子不要过早成人化，还有儿童的真趣。是的，专门化的学科学习只是人生中的一部分，写作、旅行、阅读、与不同人交往，对世界保持着好奇心是人（从儿童到老年）有"童真"的必要，是拒绝被学科异化的必要。

2024.6.1

消失的巷子

巷子对我来说是一种记忆和情感。小的时候到同安外婆家，她住在宽四米左右，长二三十米的"竹筒屋"。从出租五花八门的小人书、卖五光十色零食的铺面走到后面的静暗卧室，就是一个长长的"巷道"。但这样说很不对，因为它只是室内的一个通道，串接前后房间和小天井。小姨住在城的另外一边，我要去找她们，就真的要穿过巷子了。这里的巷子，是私人房屋修建后留下来的通道，所以它并不直，或者说根本就是弯弯曲曲，宽窄不一。必须要东转西穿，就如穿过迷宫一般才能够出得来（起初几次我迷了路，甚至找不着回来的路，很是慌张）；中间常常遇到自行车或者摩托车，要侧身或者退到角落才能错开行走。如果说这种巷道有什么特点，那就是两边房屋高的墙体构筑了这个空间，它是一个剩余空间。它封闭，宁静，甚至在某些时候当你独自一人时，会有一点恐惧感。

但很显然对年轻的戴望舒来说不是这样，他的巷子充满情意诗意。他用文字在《雨巷》里画出一幅忧郁且浪漫的景致。他是空想狂，想象在悠长悠长又寂寥的雨巷，遇着一位打着油纸伞"丁香一样"的姑娘；想象着在没有其他人的封闭的巷子里，和惆怅的、幽怨的、有着明眸善睐的姑娘眼光相遇又瞬即交错，随之消散了她的影子她的人，只留下空巷子里弥漫着淡淡芬芳。大概只有在封闭、安静的巷子里，不是在开放的广场、不是在私密的庭院、不是在人声鼎沸的街道，只有在这个特殊的意味深长的空间里，才能够产生这样的场景和情感。封闭是它的属性，开放却是它的希望和故事的开始。

在20世纪八九十年代的香港武打电影（那是香港电影的高光时期），巷子常常是故事发生的地方。稍微宽一点的巷子是生活的空间。在成龙的《A计划》里，他急骑自行车穿过窄长巷子，逃避歹徒追赶，而巷子的这里那里正发生着日常生活中琐碎却真实的活动。成龙在巷子里闪转躲避，不撞上邻里乡亲。如果我没有记错，电影里的他骑着自行车横掖竹竿，就如堂吉诃德一般，把窄巷子里迎面而来的歹徒挑落车下。丢掉竹竿，骑着车的他顺手拍拍巷子一边的木窗，里面的住户打开窗户顺着击落尾随歹徒。巷子里充满生活的气息。但以窄巷为武打场景，最具特点的也可能目前影片中没有能够超过它的，是徐克导演的《黄飞鸿2·男儿当自强》中，黄飞鸿与朝廷高手在巷道里的激烈较量最精彩。两人在狭窄的巷道里纵身高低腾跳，竹棍、长铁链击打在土巷壁上力量的近距离场景既有视觉上冲击感又震撼人心。相较炎热的南方，北方的巷子要宽很多。北京老城里的胡同就有很多巷子。十几年前我在北京工作时偶尔去什刹海一带的胡同转转，那时里面还有许多生活场景和生活的气息。以巷子为场景的武打电影，最有看头的是《师傅》中陈识在长长的天津石头巷道里单挑各门派的冷兵器对战。金属刀刃硬接相刮的残酷、冷峻声音清脆掉在狭长封闭空间里。这个巷子宽且足够长，容许陈识一个接一个地对战讲江湖道义的各大门派，容许场景一幕幕展开。

在重庆读书时，我常从学校散步到磁器口。那里有一家"巷子深"面馆。这里的巷子不是房屋修建后留下来的剩余空间，也不是胡同巷子，就只是一个通到深深内院的长走道。说是面馆实在是过了，它其实只是一个在通道里的小面摊，却布置得有条不紊、干净整洁。几个矮桌椅靠放在走道一边，筷子在锅子里煮着消毒，旁边挂着杆秤。要几两面不是靠手抓的感觉，而是过秤。面的味道很好，顾客很多，摊主却只做到中午。他说钱总挣不完，下午和邻居们打麻将是生活中的乐趣。

列斐伏尔说，要改变生活就要改变空间。这句话是不是也可以倒着回过来说呢？空间改变了生活也就改变了。巷子空间消失，生活也变化了。不同类型的巷子、相对封闭的巷子是之前产物。修筑高墙保护自家或隔离可能的火灾是旧时普遍状况，出了门，巷子里有各种各样行走着的活动，从卖菜、卖豆汁、卖糖葫芦到收集大粪，门口外的巷子是孩子们的天堂。晚近一点工厂、学校、医院等的"单位"把自己圈围起来，高墙之下留下灰色无趣的空间，主要的社会生活在有限的空间里。圈子里是熟人社会，圈子外是陌生和焦虑，要离开圈子万般困难。它们生产和构建了特殊时期的空间场景，只有单位空间和通车的道路，巷子不见了（它只是不生产了但仍然还在）。封闭的围墙被打开了，"门面"是关键词和密密细细的无所不在的存在。流动性支配了空间，巷子从根子上彻底消失了，对，"消失了她的芬芳"。或者说，作为一种象征和代表，成都的宽窄巷子已经不是巷子了。

2022.8.21

故乡的依恋

（一）

我大致是小学二年级时转到漳州市里的学校。原来在漳州城郊，父母工作的国营厂边上的村办小学。那是村里大庙，一个中年女老师带好几个年级的学生，大家在庙子的屋顶下对着课本朗读，下课时在庙内外跑来跑去。叶圣陶编写的《开明国文》里讲，孩子们上学时扫帚当马骑，"额角撞墙梅子大，挥鞭依旧笑嘻嘻"，在我的记忆里是有的。从厂里到村小学还有一段路，漳州常有台风。我依稀记得，台风来的时候去上学，小小个子打着很重的竹制油纸伞，被狂风拉离地面几尺——现在已经不记得是恐慌还是欢快了，只还留有一点场景样子。前几年和父亲聊天，父亲说当时厂里考虑到把孩子们放在村里小学终不是办法，于是联系市里小学，厂里子弟可以"入市"。我赶上了这一波进城。

孩子们被厂车送到城里，但不是直接到学校，而是一处停车场，大概是车不能进入老城街巷。从停车场到学校还有挺长的路（也许不很远，但记忆中很长），要走一段田坎。许多乐趣也就在上学下学的途中。一次同学捕蜻蜓，要我帮着拉住他，结果两个人一股脑翻滚"坠入"小池塘，爬起来后只好脱光了衣服在田坎上晒干。当天晚上被母亲狠狠地打了一顿，因为老师让同学来家里问，为什么没有去上课。我想母亲打我很大程度上不仅仅是逃课，更是一种安全上的担心。大概是三五月间的回家路上，有同学抓了很多蜜蜂，到车里后把蜜蜂全放出来，于是上演了一场封闭空间里极乱的人蜂大战，我被狠狠蛰了几个包，也由此得知蜜蜂蜇人后就会死的状况。有几次或者因为被老师留堂，或者自己贪玩错过厂车，只有走长路回来。回家可以沿着运输甘蔗的铁路专线走，一次遇到铁轨上横卧的长蛇，吓得半死，退得远远等它爬过，但它就是一动不动，最后斗胆拿着长棍挑拨，才发现是蛇蜕的皮。

到小学校要穿过老城城门。城门边上有许多各式各样的小玩意，其中的一种是租看小人书。那时已经从香港传来有色彩、类似"魂斗罗"中强壮男的武打漫画，每个画面里几乎都有"闪电"样子的画面。我虽然从小喜欢画人物像，特别是如秦琼、关公这一类的武将，但似乎没有特别喜欢小人书（《隋唐演义》是例外）。边上还有一些售卖旧书的书店，我攒了很长时间的零花钱，也通过卖橘子皮、牙膏皮，终于买了喜欢已久的《天方夜谭》上下两册。

市里的小学也是一座庙改扩建的。老的房子都是红砖地面，最大的一间应是教师办公的地方，教室是新建的二层楼房。校园里有几棵大凤凰木，开花的时候常常掉得满地火红。然而可能是学习不认真，小学的事情大多忘记了，只有来学校表演的布袋戏、自己体育课永远爬不上细竹竿、上课画画被数学老师撕掉的这些细小零碎还大略记得。

大概是四、五年级时，我和另外一位同学代表学校去市里参加作文比赛。发下来的题目是《我的家乡》。同学得了全市第一名，我没有进入名次。同学的文字很优美，写了作为花果之乡、女排基地等的漳州，我写的是回漳浦前亭去看爷爷的困难。那时从城里到乡村很不方便，一大早天几乎是完全黑的时候起来去等公交车。可能是在清冷昏暗的情景里，在石头砌筑的小车亭里孤零零地等车给我留下深刻印象，写下了对家乡的一种认识的文字。尽管过了很多年，类似的情景和影像依然是我对家乡的认识。家乡在一种维度上根本就是人经验的组成。

（二）

小学毕业后根据"划片"原则，我到了漳州五中。按照当时通常的认识，五中不是一所很好的学校，我却因此得了不少玩耍的机会。一个是围棋。我很长一段时间着迷于围棋，家里没有棋子棋盘，就自己画棋盘，找各种各样、大小不一的黑白扣子当棋子。学校似乎没有老师教，但下午课后提供场地和棋，也就有和同学相互切磋的可能。一次围棋比赛，可能因为运气我得了全校第三名，奖励一个塑料封皮的笔记本。事情虽小，但对当时的自己是不小的激励。除了活动的乐趣以外，我不知道从围棋中得到过什么，但同时从"金角银边"和"全局大势"两个角度看问题的思维，也许是在十几岁少年时期的围棋活动里初萌。

另外一个是物理课的车模。其实车模和物理课没有太大关系（因为电路实在简单），但黄老师把班上几位对物理有兴趣的同学组织起来，邮购了底盘、电动马达、外壳等，大家一起组装和比赛（过程中学会了用电烙铁）。鲜活的、具体的、有各种内在问题的动作和过程，是撬动对抽象知识认知的必要。因为引发的兴趣，或者更准确地说，对各种机械连接的兴趣，我找了些物理机械类的书来读，至今还记得读到一本仿生学书时的兴奋。从物理课的车模活动，到凡尔纳的科幻小说，在初中阶段埋下了许多兴趣的种子。还有一个是生物小组。生物课的游老师抓了班上的几个同学，一起制作捕蜂捉蝶的罩笼，到不远的田间地头抓昆虫、解剖青蛙等，都是很愉悦和深刻的经验。几年前父亲整理照片，发来一张我和游老师、生物兴趣小组同学们的黑白合影。这应该是我初中时留着的唯一照片吧。

由于贪玩，初一、初二的学习成绩不好，好在父母没有给什么压力，日子懵懵懂懂地过去。初二下学期转来几位同学，其中有两位住在距离我家不远的地方，因此上学下学多在一起。王同学机灵且有趣，我们在上学路上常讨论数学问题，讲着讲着有时候直接把自行车架停路边，为解决"争议"用石块或木棍在沙地上画写起来。唐同学从山西侯马转过来，和我谈下雪时的场景和融雪后的寒冷；他说冬天里拿着竹篾子和小朋友挥舞戏玩，削下小半片耳廓都不觉得，直到回去后疼痛才发现。这些对于一个南方的孩子是一种惊奇和没有着落的想象，直到许多年后在北京、在波士顿，才体验到冬天极致的寒冷。寒冷地区的忧郁和亚热带的忧郁，它的场景感和心理感都很不同。

初中时家已经从厂里搬到城里，但漳州五中在城的另外一端，上学需要骑自行车。家里仅有的一台 28 寸凤凰牌自行车成了我的坐骑。当时小个子的我，要按照"正姿"骑车，撑直脚尖还是够不着自行车的踏板,只能靠惯性才能踩着。为了加快速度追逐同学,在很多情况下,用右脚斜穿自行车的三角空当长一脚短一脚地猛踩右踏板,在老城的大街小巷里"风驰电掣"。在飞速穿过人群后,总有人在身后大叫,"小小个子骑那么大的车!"或者,"找死啊,骑那么快!"骑车的好处是可以在老城里到处逛荡,东瞧西看,寻找玩具或者美食。有时候中午不回家,在老城里一碗极稀的、只有几粒米的咸粥配一颗密实的肉粽,是天堂里的美味。

初中还要记一笔的是对于死亡的意识。参加的管乐队里有一位柳姓同学是行进队伍的旗手,走在乐队的最前面,很引人注目。突然有几次训练没来,一问才知道因急病去世。身边活生生人的突然消逝,是前所未有的真实经验,是少年时对于生命认识的一种震撼。

(三)

当时还兴在学校门口贴出录取学生名单。中考"放榜"那天,骑着已经够得着脚踏板的自行车,远远看到一群人围在漳州一中学校门口。挤进人群后从红纸上第一排名单往后看,心怦怦跳,一直到很后面才看到自己名字。高中比初中时多点自觉意识和学习主动性。那时高一没有晚间自习教室,只有高二、高三的同学才能"享用"。我常去"蹭教室",坐在教室最后一排,和学长们一起自习。有时候作业或习题没有做完,教室关闭后,骑着自行车到邮局(那时邮局二十四小时营业),在夜间空空荡荡的大房间的桌子上写完后再回家。夏夜出校门,意识到胜利西路两旁的行道种的是芒果树，不知为什么，在白天里没有意识到的事情在晚上却特别突出，或许是因有人在（偷）摘，或者是芒果在夜里散发出香味。回到家后，父母已经睡了，但总在桌子上给我留些吃的，有时还有父亲写的工整字体的字条。

高中老师各具特点。教物理的黄老师，精干且能言善道。政治课的龚老师稍微有点古板，但课程中突然会激动起来。那时6集系列片《河殇——中华文化反思录》刚开始火热，龚老师在课上拿它当材料来说，讲着讲着就掉下眼泪。只有对问题有思考，对指出状况有共情（不管是赞同还是反对），自己有投入才可能动情流泪。化学郑老师个子矮说话快，和物理老师的入世状态比，感觉他更超脱些。班主任是刚刚从大学毕业的数学李两火老师。因为他的名字很特别，同学们大概有取笑"新官上任三把火"而他只有"两把火"，所以至今还记得老师的名字。语文课的沈老师年龄最大也最优雅（他是语文教学组的组长），上课板书写得一手好字。也许因为我读的杂书多些，课中一些同学回答不出来的问题，沈老师常点名我回答。高二时学校同学要求去做"社会调查"，我去调研了外资的雨伞厂（作为当时一种新的社会现象）、集体所有的啤酒厂和一家国有企业，回来写了一篇比较三者组织方式、经济效益、员工积极性等的文章，得到沈老师的表扬，文章被印发给全年段的同学。这件事情对我是很大的激励。

刚刚讲到邮局。这里要讲讲邮局、中国旅行社、新华书店和芗城饭店共同构成一个城市十字路口的格局。邮局除了是我夜间延伸的自习室外，还是我购买新发行邮票的地方（集邮是当时的一种兴趣和风尚，至今父亲还替我留着十来本邮票）。高中时一个主要活动地点是邮局斜对角的、花岗岩条石砌筑（至少是主门头）的新华书店。当时已经可以开架翻阅图书，除了少数昂贵的书外，不需要找营业员拿取。在新华书店里翻阅各类杂书，是一种课外的巨大愉悦。因为没有什么零花钱，阅读时多购买时少。但我记得高考完的当天下午去逛新华书店，终于还是向同学借钱买了一本想要很久的书，这是"先斩后奏"了。中国旅行社（漳州）在十字路口的东南角，这里意味着"新东西"和"去远方"。我第一次吃到冰激凌大概率是在旅行社门口的店。大学毕业后一次回漳，送洪同学（清华本科）去美国读书，出发地点在这里。旅行社对角的芗城饭店对我来讲是一个陌生存在，直到许多年后，结婚需要在漳州办一场婚宴，才有机会进去。这样的一种城市格局记忆是个体的现象吗？既是又不是。这样的十字路口是计划经济时期许多中小城市典型的中心布局。

漳州中山公园里的图书馆、纪念碑、卖狗皮膏药的江湖魔术师、南山寺里香火、各具神态的罗汉、百花村里的火红三角梅、风动岩的大石头、九龙江边的夕阳余光里都留下了活动影像记忆，只是我不能把它们清晰地分开来了。高中三年很快过去，最后的一点模糊影像，是我坐上火车要去远方大学读书，父亲母亲在嘈杂的人群中送我到火车站时的场景。母亲掉泪了。

2022.3.12—2022.4.4

数字化劳动

我最早摸到电脑是在高中。那是苹果 2 型微机，整个学校只有两台。老师大概不太懂得怎么用，没有专门的课程教授（也受限于机器很少），倒是同学喜欢折腾，最主要的一个活动是课后偷偷摸进机房玩"吃豆子"游戏。后来喜欢折腾的同学考上了清华大学计算机专业。

进入大学以后，从 286、386 到 486，学院里的微机多起来，机房为了洁净铺的是架空的防静电地板，进入机房有种别样感觉。CAD、3DMAX（最开始是 3DS）和 PS 在同学中流行起来，版本也不断升级。不少同学已经可以靠建模、绘表现图挣钱。我对渲染表现没有太大兴趣，PS 只会用基本功能。3DMAX 建模对于计算机硬件要求高，受限于学院微机的有限条件，我也不太耐烦在过程中等待。翻译进来的超过 5 厘米厚的教材里说，你可以在模型渲染时去冲杯咖啡。所以玩得最溜熟的是 CAD。最大乐趣就是用 CAD 建三维模型，从不同角度反复观察和修正空间关系。读研究生后和女友一起攒钱买了台 586，配装了一个 2100 元的 1.9G 硬盘，而当时普遍的容量是 540M——现在一个 U 盘可以有 256G 甚至更大。

日常生活里开始看到有人用黑色砖头大手机，但更普遍的是别在腰间的 BP（Business Pager）机。BP 机的社会功用是转型期间的一个有趣现象。它类似一条电子绳索，有人找你时给 BP 机业务台打电话，告知呼叫号码（到后来可以留文字信息），然后转接员给你的 BP 机发信号，谁谁呼叫你，请回电话×××；绑着 BP 机的人于是赶紧跑着找电话回电（当时街道上有许多公共电话亭，今天已经彻底消失）。一桩沟通也就完成了，但也就从这个时候开始，人就被电子绳索捆绑着、勒着越来越紧。当时的人不觉得，认为有 BP 机是亲人、朋友、业务联系的需要，是一种方便也是一种现代人的生活方式和表征。电影《甜蜜蜜》里黎小军看到李翘有 BP 机时流露出羡慕眼神，"哇，你有 BP 机啊！"李翘虽很得意却表示这有什么——表现了当时 BP 机在手的心理状态。

当 BP 机几乎人手一个的时候，大街上卖手机的店开始多起来。手机的快速流行在极短时间里把 BP 机扫荡殆尽。"手机"这个名词不知如何得来，但英文的 Mobile Phone（移动电话）倒更贴切。无论你在哪里，揣在身上的跟着人移动的电话，随时都可以响起。但两头都要收取的按秒计算的电话资费对于绝大多数人来说都还是昂贵，一毛钱一条的短信是普遍的电子沟通方式。当时冯小刚电影《手机》把日渐主导社会沟通的工具作为关键点展开，是有意有趣的现实话题。电影里的检查手机，或者说查看短信内容、时空足迹开始成为普遍状态，检查与反检查、删除与反删除成为猫鼠游戏，不仅是在情人之间。另外多说一句，电影里不能守一的"严守一"、文学家"费墨"名字取得好。

模拟信号时代的手机是"战国时代"的手机，各种品牌和山寨机层出不穷,我那时得了很多乐趣,比如能刮胡子的手机,可以测体温的手机,45度侧滑、推拉盖、旋转的手机,带激光笔和跑马灯的手机,各种样子的全键盘手机等等。这是一个手机生产和制造想象力爆发的年代,虽然有点搞笑却值得纪念,完全可以鄙视后来的创造力疲软。也是从这个时候开始,手机开始和拍照摄影结合在一起,日益高精度的图像、影像捕捉成为手机附加值的真正构成。我还记得诺基亚生产过一款手机,侧边连接着一个旋转的大炮筒镜头。但真正使手机成为社会支配性工具的,是从模拟信号转为数字信号,是手机联入互联网、功能电脑化和超电脑化。回到电脑一端。

2000年左右电脑朝着两个方向发展,一个是硬件快速提升和软件更新换代;另外的一路,也是更重要的一面,是加速联入互联网。它们是一个事情的两个方面,是工业社会向信息社会转型不知不觉的进程。各地电脑城生意红火、高度密集,卖内存、硬盘、主板、显卡、声卡、光驱、键鼠、光盘、机箱、显示器、UPS、线缆、杀毒软件等,也卖各类盗版光盘以及Modem(调制解调器)。"调制解调器"这个翻译简直不知所言,但大家就那么用了,它是一个过渡型产品。最开始要连接上网络,必须通过"调制解调器"拨号,唧唧哇哇叫了一会儿后就联入一个无限制的网络世界。是的,刚开始时候网络并没有设界,但很快意识到网络的各种"危险"后情形就很不同,网络防火墙开始强大起来。网络上出现各类BBS(Bulletin Board System),分享各种技术、学习、生活、情感经验,在建筑、城市规划领域当时比较受欢迎的是ABBS和Far2000(不知道今天它们是否还活着；另外当时学科也不像今天这样分异得厉害甚至相轻）。由于技术的、现实的各种原因，BBS后面无可避免地萎缩。

这个时期同步启动的还有各种类物理信息的数字化，把物理世界翻转和镜像为数字信号构成的世界。这是一个没有尽头的过程，是利弊共存的过程，也是危险进程，最后膨胀的数字世界必然毫不留情撇开物理世界开始自我演化生成。那时我在清华大学做博士后研究，同时在国内外的网络数据库和清华大学旧图书馆、中国科学院大学图书馆的书库里查找历史资料，立刻感觉到两种方式的差别。数据库的关键词查找有直接目的性，它可能高效，在以往方式中难以收集到的信息可以在短时间里汇集拾取，却更可能失了视野和场景。在书库里查找资料有点类似在一条有各种小店的街区里徘徊游荡，虽仍有目的性但却往往被庞杂内容吸引，有时候难免停留或走偏，却也就知道要去的那家店与周边的时空关系，能有理解局部与整体关系的更大可能。

大致在这个时候，各个学生宿舍里出现毛茸茸的黑底红巾黄嘴企鹅玩偶，当时没有意识到腾讯首先在校园里推广即时通信软件QQ，在很短时间里成为数量庞大的年轻人的网络社交利器，腾讯从此迅腾，市值高涨。即时通信把所有人猛地一下拽入了日常数字化生存的世界。2008年我到美国访学，为了和国内学生讨论论文开始频繁使用QQ，从此陷入某种内心抵抗状态，至今如此。使用电子邮件似乎越来越老套（在过去多年的经验里，许多学生写不出像样邮件，包括信件的基本格式），但仍然是我喜欢的方式。它时间可控无须即时回应,也才能保证相对完整时间段做点事情。

在过去的20年间,各种类型信息,如经济、金融、行政、娱乐、工作场所信息的即时生产、消费、传送、回应、监管、转用挪用构成了日常生活方式的一部分,成为新行为举止的一种方式,构建了一个真实存在的网络虚拟世界。或者更准确地说,逐渐成为支配性日常生活状态,一个正常的人在不知不觉中转变为一个时刻被信息牵动、刺激、支配的电子人,成为一个新时期的新正常人——也就是说,如果不这样行事就不正常了。视频里看到小米雷军从一大早上开始回复微信微博QQ等信息几百条后终于清空红点,抽空签字,接着拿起手机又是几百条信息。我不禁想起马克思说的资本的工具,而当代每个人都被迫更多无意识甚至自愿是信息生产和传播的工具,每个人都无可逃避地卷了进去,而试图逃离就是不正常,或者终将高度焦虑。

手机的功能超级强大,越来越强大,这时称之为"手机"恰如其分,它已经成为身体的一部分,内嵌的信息甚至成为生物人的社会身份表征和标志。它首先模糊和抹去劳动和非劳动的边界,也改变劳动的具体形态,生产了新时期无比壮观的数据景观。八小时工作、八小时教育或娱乐、八小时休息的边界不复存在(尽管它在工业化时期也仅是一个理想目标)。在劳动的间隙中娱乐,或者非劳动时间被迫处理指令性劳动成为常态进而变成一种疲态。因为劳动生产、社会关联、经济往来、课程教学都转移到数字化网络域,数字化存在越来越支配物理性的存在，网络端的各种关联构成了人的存在，每个人都可以真切画出一幅社会、消费、劳动共构的网络关联图，可怕的是这张图不是简单的静态平面图，它还具有各类事件、关联发生的时空定位属性，它是具有动态时空定位、轨迹、关联强度的立体关系网络矩阵。

马克思说，人是各种社会关系的总和，但今天它必须经由网络，表现为在网络里联结各种社会关系的总和。网络端的即时信息往来打破了劳动与非劳动的边界，也就改变了日常生活的节奏。不管现实场景如何信息来了（尤其是从要求手机不能关机的部门发送出来的信息）就要即时回应即时处理，它使人处在时时不能安定和等待另外一只鞋子掉下来的状态中。它也产生了新的劳动形态，一个人可以不再有固定工作，包括固定职业和固定时间的工作；一个人可以用很时髦的词是"灵活就业"，从多样片段时空里去求得生存。这是一个新时期，可以白天在公司里做文员晚上开直播，白天是办公室里的行政人员，"非工作"时间写网络小说等，或者一会儿当快递员，转身做技术小工、歌手。它还有另外的一个称呼叫"非正规就业"，或者说，企业可以根据市场变化快速雇佣或解聘劳动力，无须背上多余的包袱，它是大卫·哈维说的资本"灵活积累"的构成部分，只是他谈的是20世纪七八十年代开始出现的状况，而今天却愈演愈烈，成为许多人高度碎片化的存在方式。齐美尔在20世纪初讨论过"大都市与精神生活"，讲大都市使人矜持、精于计算和相互间保持距离。今天比特城市与精神生活又是什么样的关系？会使人精神高度分裂还是成为"Slash"（"斜杠人"）

人后的去异化状态？在网络时空里被精确定位化的双子都市里匿名性还可能存在吗？网约车司机和快递小哥无疑是网络时代的劳动代表。他们在平台实名注册，按派单工作，劳动中被时时定位甚至录像录音，时时记录移动轨迹和速度；他们是透明人，他们在平台端就是抽象的点，在给定时空里跑出平台利润和工资；他们在真实的生活世界里要在路上转来跑去，急着完成派单，才能接着有下一单，才能达到要求的数量额度赢得"奖励"。

在数字化劳动的加速进程中，一个可见的清晰未来是，人人有可能被智能机器人取代。那人将做什么劳动什么工作或者什么事呢？20世纪70年代的欧美社会，物质的巨大丰富使一些人幻想"劳动的人"能转向"游戏的人"，想象人另一种可能的存在方式，幻想人不再陷于艰苦劳动，欧美政府与资本家合谋灌输的观念是劳动的目的是不劳动，是为更大的自在自由。他们很显然错得离谱，实在离谱，今天的社会更加富足和五光十色，但所有人都深陷数字化劳动的网络之中。大卫·格雷伯（David Graeber）说，无休止的工作折磨着劳动者的内心而陷入绝望，绝大部分的劳动是为维持某种稳定和秩序的"狗屁工作"（Bullshit Jobs）。他没有说的是，"狗屁工作"的产生是无休无止数字化劳动的结果。

2022.5.2

青年的颓丧

（一）

《河畔须臾》是 2022 年的日本电影，讲一位有前科的青年出来后，在行尸走肉般生活间和周围的人发生细微交往，在几乎无可奈何的生活状况下，在日常生活的某些"须臾"时光里，寻得一点点内心的变动，获得活下去的愿望。多年前看到的《入殓师》有类似叙述内容，也是讲现代日本青年的颓丧，在高度经济和社会压力之下不可避免、无可逃脱的颓丧。

电影是现实世界的一种映射，但毕竟经过了艺术化和意图化处理。更加真实的是越来越多的 UP 主上传的记录式视频中传递的信息。一段视频记录了一位日本青年一天的生活，或者也可以说是，几乎不变的日复一日的生活。这种"超自由"状态在 20 年前大概还不可以想象。在东京城里的（这位）青年租不起房间，只能住在堆叠的"胶囊屋"，在网上处理事务，不是很需要真实世界的朋友，生活、娱乐分包给城市里的各种消费服务；处理事务外的时间在城市不同角落游荡行走，享受着一种前所未有的"自由"，一种当下即是的存在和须臾里可能的满足。这样的情形，大概不只在东京有吧？这是一种由当代全球化的经济、政治、信息、网络、消费等复杂共构的"全新"景观社会构造出来的青年人。

这个青年人作为个体是社会的产物；面对几乎无可抵抗的庞大现实挣扎着活着——这个挣扎，不仅是经济的压迫，而且是更加复杂要素交互作用后"招安"下的结果。"内卷""躺平"成了广泛使用的高频词，他们在被迫中寻找片刻的、须臾的满足。20世纪初的青年不见得比21世纪青年聪明，但是1919年"五四运动"的新青年面对几乎无可抵抗的庞大现实挣扎着也抗争着活着，在须臾中爆发出来，引发一场轰轰烈烈的运动，揭开一段新历史进程。

晚间翻阅早已经停刊的《万象》中的一期，其中有人把20世纪80年代初和"五四"相比较，这就差太远了。从全世界范围来看，1968年巴黎的"五月风暴"是革命年代里最突出的事件，是第二次世界大战后社会发展到一种状态后试图撕裂这一封闭、沉闷状态的一次"摇晃"和抵抗。当时巴黎青年们提出的口号今天仍然值得再细细阅读——比如，"禁止'禁止'""消费社会不得好死、异化社会不得好死""拒绝一个用无聊致死的危险换取免于饥饿的世界""改变生活被雇佣"。

今天是"五四"青年节。把一天里看到的、读到的、想到的写下来一点，算是对一个世纪前青年节的纪念和当下观看。青年就是未来，青年抵抗和撕裂颓丧的死的寂静，就是创造可能的未来。

2023.5.4

（二）

现在已经是晚上9点40分，"五四"青年节就要悄然过去。说"悄然"是没有看到什么关于青年的报道、历史的回顾，关于当下青年的存在状态或一百多年前轰轰烈烈的青年的抵抗。

今天的青年和社会的未来是什么关系？是什么造就了今天的青年（当然也包括儿童、中年和老年，但首先的问题是青年），青年又将如何顺从或改变现在的社会？今天是"五四"青年节，面对这个"节"——或者说，这个节日应该首先是一个"质问"，应该是悬挂在脑门上的一把剑，当代的青年会思考、认识和抵抗现状存在的各种问题，会为自己、为社会、为未来的改变——比如说，从高速增长向高质量发展的转变（用媒体上的语言）行动和实践吗？或者说，青年怎么才能不过早地"成人化"和"中年化"？

去年的"五四"青年节，我写过"青年的颓丧"，谈到日本青年的困境。大部分都市里的青年被固化在很小的时空范围里，不（能）买房结婚生子，在短时的随遇而安境地里活着。韩国青年的普遍状态似乎也差去不远，为了进入好的学校和毕业后有个好的就业机会而苦苦"学习"，据说韩国教育培训行业的产值超过汽车、电子等行业。这会是城市化进程相比稍微晚一二十年的中国大陆青年的未来状况吗？

这个假期同时还是"五一"国际劳动节的假期。劳动本身是人存在的必要（经由劳动从身外世界获得必要的生活物资），但它转变为越来越复杂的社会需要和分工，人转变为"劳动力"

（Labor force）。为各种机构、企业劳动成了人人存在的一种必要状况，与此同时，"失业"——也就是个体失去售卖劳动力的市场和机会——是政府和个人高度焦虑的事情。"失业率"成为考核政府的一项指标和它合法性来源的构成。"失业"对于个体而言，意味着被剥夺劳动的权利，意味着社会生存的困境。就业和失业成了当下青年的普遍困境。但是，需要问的问题是，它仅仅是个体的原因和问题吗？是什么造成了这样的问题和境地？怎么才有可能改变这个状态？

在劳动节里谈青年，在青年节里谈劳动。今天青年可以"不劳动"，只是这个"不劳动"是被迫的"不劳动"，是劳动力失去了市场后的结果，不是主动的不劳动。在事情的另外一端，在很大的情境中，社会性的劳动往往不是个体内在的、主动的选择，而是被迫的劳动。哪种劳动（学科知识的应用）可以获得更好的就业机会和更高收入，就成为被追逐的对象。一方面，它在常理上没有错；另一方面，它还值得想想，无论是对于家庭还是个人。

20世纪六七十年代，有人构想了一种"不劳动的社会"。在这个形态的社会中，大量重复性的工作由机器人完成；人，特别是青年人可以按照自己喜欢的方式活着，可以过一种不被限定在固定工作岗位的生活，可以到处"游牧"。当时列斐伏尔曾经说过，人活着不是为了劳动，而是为了享乐。这里的"享乐"不是滥玩，更多是为了实现自己追求的目标去努力，进而在他者看起来的"辛苦劳动"对于个体而言反倒成为"享乐"，它是一种为了自己内在需求的主动性劳动。然而从半个世纪后的今天来看，这个构想和断言越来越遥远，在各个国家和城市里有着越来越多的格雷伯谈到的"狗屁工作"，消耗生命时光的无价值工作（然而往往还需苦苦努力才能获得）。

当下和未来的一个巨大问题是，对于青年而言，怎么才能主动地"不劳动"？怎么才能从社会角度颠倒一些使人陷入越来越困难境地的状况？能将这些问题意识和希望首先寄托在青年上吗？从目前看来，这些问题似乎看起来太大太遥远。

或者，换一个角度，在"五四"青年节，可以问一些什么问题，使这个节日还有点它存在的意义和价值？

2024.5.4

读书与忧伤

《知堂美文》中收录了周作人关于读书的三篇文章，一篇《闭户读书论》，一篇《入厕读书》，还有一篇是《灯下读书论》。《闭户读书论》写在动荡的1928年，他说，"此刻现在，无论是相信唯物或是有鬼论者都是一个危险的时期，除非你是在做官，你对于现时的中国一定会有好些不满或是不平，这些不满和不平积在你的心里，正如噎嗝患者肚里的'痞块'一样，你如没有法子把它除掉，总有一天会断送你的性命"。他自问说，有什么办法来面对这样的憋在心里的不满和不平？他自答，没有好法子，然后说，"我想了一天才算想到了一个方法，就是'闭户读书'"。但是立刻出现的问题是，读什么书？周作人的回答是史书，比如《二十四史》，他说，"它很诚恳地告诉我们过去曾经如此，现在是如此，将来也是如此。历史所告诉我们的表面的确只是过去，但现在与将来也就在这里面了……正如獐头鼠目再生于十世之后一样，历史的人物亦常重现于当世的舞台……通历史的人如太乙真人目能见鬼，无论自称什么，他都能知道这是谁的化身，在古卷上找得他的原形"。

《入厕读书》是讲当时各种不堪的厕所条件和厕上看书的困难。他说，一人上厕的时间总觉得是白费，想办法要利用起来，如故乡百姓上茅坑时多顺便喝一筒旱烟，"读书，这无非是喝旱烟的意思罢了"。周作人接着列了许多人难堪的如厕情况，大多是远且条件差，或又遇雨天泥路，甚如人在上面蹲坑，猪在下方咕咕叫，实不宜读书。话锋一转，他接着谈到谷崎润一郎在《阴翳礼赞》里面提到京都奈良寺庙里厕所的干净和阴暗，"蹲在这阴暗光线之中，受着微明的纸障的反射，耽于冥想，或望着窗外院中的景色，这种感觉真是说不出地好"。周作人说，日本文化的保存与创造差不多全在寺院里，而茶室是代表，"厕之风流化正其余波也"。他最后说，只要有干净的厕所，如厕时看点书却还是可以的，随便看看都成，"我有一个常例，便是不拿善本或难懂的书去，虽然看文法书也是寻常。据我的经验，看随笔一类最好，顶不行的是小说"。

《灯下读书论》开篇讲各种油燃着的不同颜色灯光和味道，他说，"总之这青灯的趣味在我们曾在菜油灯下看过书的人是颇能了解的，现今改用了电灯，自然便利多了，可是这味道却全不相同"。他接着讲读书，"总觉得消遣世虑大概以读书为最适宜，可是结果还是不大好，大有越读越懊恼之慨。盖据我多年杂览的经验，从书里看出来的结论只是这两句话，好思想写在书本上，一点儿都未实现过，坏事情在人世间全已做了，书本上记着一小部分"。他提到十几年前的《闭户读书论》，"自己觉得喜欢，因为里面主要的意思是真实的，就是现在也还是这样……此中实只有暗黑的新宿命观，想得透彻时亦可得悟，在我却还只是怅惘，即使不真至于懊恼"。周作人最后谈到自己的读书观，既没有什么利益，也没有多大快乐，所得到的是一点有苦味的知识。他引用古希伯来语，"多有智慧就多有愁烦，加增知识就加增忧伤"，并很是赞可，他讲，察明同类之狂妄和愚昧，与思索个人的老死病苦，一样是伟大的事业，是有意义的、伟大的捕风。从这一角度出发，周作人说他的读书论也许没有那么消极，"可是无论如何，寂寞总是难免的，惟有耐寂寞者乃能率由此道耳"。

读近一个世纪前的知堂美文，也算是读史吧？

2023.4.23

（今日是世界读书日，坐在灯下再读知堂文，抄习知堂关于读书的三章，遥想前人思，反观当下事。）

◈ 蜷缩与奔跑

我记得看到过一张照片。硬冷的深色水泥地面上一个小女孩蜷缩着,蜷缩在一个用白色粉笔线条画的"妈妈"怀里。蜷缩有一种安全感,是人在母亲子宫里的姿势吧?人的一生在不同的社会情境和日常生活中有各种各样的姿势。姿势是一种混合状态和复杂状况的直接表征,它是人的生物性和社会性结合的产物,有点难以伪装,尽管它常常下意识或者无意识地伪装着、掩饰着。姿势不是天性形成的,而是社会状态和过程的结果,它经由日复一日身体的重复行为(社会规训)转化为"惯常"状态。

姿势可以分为"台面上"和"台面下",或者说高强度的社会化和更多的生物性两种。台面上的姿势正经(也可能是假正经)或者职业化,台面下的姿势不能摆脱台面上的影响,但有更多个体的状态和生气。庄严寺庙里中间正位的佛像坐姿和面部表情大多相同,"心宽体胖"的弥勒佛虽然有笑脸,但是他的笑是职业化的微笑,韦驮永远都是严肃地背站着。门口的四大金刚看起来凶神恶煞,虽然有点狐假虎威,但夸张表情比中间的那些平板面容终究可爱一些。还有那些列席两旁的五百罗汉,因为司职不同,数量多,不在被关注的中央位置,有着差异姿势和表情也还有趣。我还看到过一些坐着的佛像,右脚立弯坐面,左脚下垂或盘起来,右手垂放在右脚膝盖上,很轻松惬意的样子——只是记忆里这些佛像大多在博物馆见到,不在高大庙中。

社会性姿势的另外一端是生物性姿势,它的初始和终极状态是蜷缩。加斯东·巴什拉在《空间的诗学》中就用了"蜷缩"这个词。某种程度上,"蜷缩"是一种最深处的空间诗学,一种个体的安全感、依恋感存在的姿势。它从个体的状态扩大为隐秘阁楼、家屋情境,扩大为最亲密情感的发生空间。从这一角度,蜷缩不全然是生物性的,它带有近距离、高密度的亲情性。但由于亲情无处不在,弥漫在空间中而呈现出未有察觉的存在和诗学状态。然而如果亲情转化为社会性姿势,事情就走向另外的一端。蜷缩强烈排斥社会性姿势,一旦社会性姿势介入,脆弱的蜷缩的空间很快消散但并不消失,它更深地逃匿和存在于隐秘的空间之中、逃避社会性姿势的晦暗时间之中。对,蜷缩是隐秘的、晦暗的,是对自我存在的最深处的安置。它是一种最赤裸却又是最包裹的存在状态。它是一种社会性逃避吗?有可能。它是一种社会性损伤的自我修复吗?很有可能。它与社会性姿势完全对抗对立吗?不尽然甚至可能完全相反。萨特说"存在先于本质",呼唤活生生的人的存在,先于概念化、抽象化的人。他讲人只有在主观地想要成为什么的时候才存在,它先于那些绝对理性和社会现实。萨特是积极的也看到"人本"的意义。可是这种"主观"、自发性的发端,还在于个体的、生物性的"蜷缩"状态里。或者说,"蜷缩"是社会性姿势和行动的一种母体,不至于使得个体完全、彻底工具化和溶解在社会化进程之中，不至于使得个体完全的精神分裂。从这个意义上，蜷缩是一种积极状态而不是相反。它经由个体的社会回退和本体回归，提供了某种认识自身存在的可能。奥尔罕·帕慕克讲，在风起云涌风云变幻的伊城，只有回到自己的那间晦暗小屋，回到那张熟悉的小木床上才有安全感——这种蜷缩的安全感却是他有促动人心力量文字的深层来源。

什么词可以代表社会性姿势呢？和"蜷缩"相对的也许是"奔波"，一种生命持续消耗在路上的状态，但"奔波"太消极，"奔跑"可能更合适一点，它有命定状态中的积极性。人的存在，大概就在蜷缩和奔跑的平衡之中。但如果拉开一点时间观看过去的生命时间，重新发现"蜷缩"的意义和价值，似乎有某种迫切的需要。

2023.12.30

◆ 更新的人生

春节期间原来常有写春联、贴春联的习惯。有许多常用的对联，比如"春满乾坤福满堂 天增岁月人增寿"，横批是"万象更新"。这里的"更新"是万世轮回的又一遍来过，经过严寒冬天，万物气象逐渐复苏和生发新样，但不论对社会整体还是个体，虽然是轮回的、一年又一年的到来，此刻的新象已经不再是去年散发的状态，它多少有了一些变化，提出的"万象更新"在当下现实中期待着某种美好的变化——或许有吧。

"更新"在今天已经是一大热词，其中尤其以"城市更新"为最，据说它是城市从增量时代到存量时代需要的、必然的工作。官方的、学院派的声音中密集充斥着"城市更新"的词语，猜想三五年后有人做学科学术热点的量化分析，这个词大概会短期和"乡村振兴"一起霸占榜首一段时间，就如之前的"开发区"、新农村建设"城市设计"等等。可是怎么"城市更新"呢？温铁军讲，城市里连马路牙子都翻新过许多遍了。城市更新会使得"城市全新"吗？按照这个逻辑下去很有可能，以至于人们的记忆、城市的记忆无从依托，徒留虚空。有人会说，不是还有那些古建筑，或者专业人士叫作"历史建筑"的吗？那些"历史建筑"大概率也会遭遇或者本体的或者环境的"更新"，如经历风霜的老妪粉砂了脸装嫩一般。和这个逻辑不同的方向和可能(是一种必要和必然的历史进程吗？)，新时期"城市更新"的内在意义，不在于物的更新，而在于社会的、质的变化——或许是吧。

但远不止"城市更新"。在写这段文字的时候，电脑右下角跳出一个方框，提醒着许多软件需要"更新"，需要"update"。这个词直接要求跟上当下的、"时代的步伐"，要求更新以符合开发者意图。一些软件甚至如果使用者拒绝更新就禁止使用。也就是说，看似简单的、寻常的软件更新，它的底层逻辑，意味着每一位使用者、每一个"用户"已经成为不断变化、强化的网络社会中的一个数据集点。它通过各种软件使用的不断信息返回，建构着"数字孪生"中的信息个体。软件更新的一大部分，除了本身软件 bug 的修正，还有更重要的部分是如何更精准、有效收集和分析"用户"的信息，捕捉和描绘"用户"的"信息象"。从这个角度，update 永远不会成为 updated，而是处在 updating 的状态，进而深陷网络社会中的人也就处在越来越快的 updating 状态中。

无论是城市更新还是软件更新的背后，是在高度竞争中、在处理和解决危机过程中，资本周转速率前所未有地加快了，有人说当下是金融资本主义或信息资本主义。但其中出现了前所未有的分裂和困境。技术更新的周期越来越短，意味着任何技术性知识（工科）的学习和应用，都赶不上市场的需要，或者说，都严重滞后于市场应用的需要。某种程度上，它的传习变成了对历史性技术知识的了解，成为另一种形态的（技术）历史学。它的结果是，只有极少数人掌控技术创新的前端，绝大多数人成为应用场景不同层级的操作者——但与此同时，两个极端的群体都遭遇危机，前者受限于人的生物性本体在吸收和创造过程所需要的时间和精力，后者面临机器人的替代（这是必然进程）。一种演化的路径，为了解决这个问题，会是脑机接口后新人类的诞生吗？

一方面是技术的加速更新，另一方面却是社会和人文领域的疲软（理工科中也有人文的部分）。如果不能面对现实的、真实的问题，只回溯历史性知识（留在安全的领域），它将成为标本研究的学科。当下的状况是一个勇猛急速向前，一个保守向后或者停留原地，构造着已然陷入且加速陷入困境的社会状态，生产着工具化的、精神分裂的人群。

农历新的一年又要到来，期待着"万象更新"。处在各种快速"更新"中的个体人，怎么面对当下状况？拒绝"更新"意味着死亡，进入"更新"顺从"更新"是常态。有人说，珍惜活着的每一个时刻，这是抚慰的话语。另外一种可能和必要，如加缪讲，主动去做点什么，是在加速"更新"的社会进程中获得自我存在的一种方式，而不至于成为涡轮式"更新"中的一个细小石料。

2024.2.8

妈妈

叫出"妈妈"真好。我常常坐在客厅里,听到儿子在另外一个房间里大叫"妈妈……",听起来亲切温馨。"母亲"这个词见外了,像是戏里的话。人出生后最早会叫的是"爸爸"还是"妈妈"是统计问题,但叫出"妈妈"总有一种安全感依恋感。早上和儿子去教工食堂,回来路上看到路边上有一堆小石块,一个一岁多的孩子蹲在上面玩,妈妈就在孩子周围轻摇着扇子。这是一幅美丽画面,是天然的爱,没有装饰的爱,最平凡却是伟大的爱。

回来坐在我的房间,读到北野武的"我用尽一生与母亲较量,最终满盘皆输"。我喜欢这篇平和文字,之前已经读过几次,还是喜欢再读一遍。北野武讲从小到大和母亲之间的"较量",每一次在母亲爱的执拗行动和他的顽强抵抗之间,他总是"颓气失败"。年轻的北野武有"反骨",总想着冲破些逆行些什么,强势的母亲总想把他拉回轨道,母子间的张力就在其中。在文章的中间,他说,"我想起小时候的玩伴,现在不是工人、出租车司机,就是黑道混混。他们和我哪里不同?没有。不,只有母亲不同"。到了最后,北野武去参加母亲葬礼,拿到母亲强着向他要却是为他留着的钱,担心他不火后没钱用。他说,"车窗外的灯光模糊了,这场最后的较量,我明明该有九分九的胜算,却在最后回合翻盘"。文字在这里停止。是的,我喜欢这篇文章，除了标题不该用"母亲"应该用"妈妈"（也许是翻译的问题吧）。

我把北野武的文字和妻子分享，过了一会儿，妻子发来信息，"我给老母亲打了电话，随后接受了自己儿子的节日拥抱"。儿子在夏天结束后秋天刚刚来就要去留学，明年的这个时候妈妈抱不到儿子了，她会怎么想呢？几天前到 X 老师、Z 老师家。他们热情地带着我们从上到下参观屋子和菜园。我们十分惊讶于屋里的蔬菜水果蛋禽自足。晚上回到家里躺在床上，我不知为什么就是想起他们给孩子留的那一间屋，床头柜上摆着孩子的一些照片。他们的孩子现在在国外读博，大房子里只有他们两个，但因为有这张照片和这间屋子，感觉孩子还没有长大没有离远，还在屋子里跑来跑去。

但孩子总要离开。我回想起 17 岁那年离开漳州，在火车启动时透过车窗看到妈妈流下眼泪。1992 年暑期在青城山美术实习后没有回家，我一个人去西安看陕博兵马俑，去河南看窑洞龙门石窟。开学后家里请黄同学给我带来些食物和一盘磁带，里面就有妈妈关心和批评的声音，那是一盘珍贵的磁带，我却在几次搬家过程中遗失了。我想起 27 年前逝去的母亲，不，妈妈。年少的我也曾经执拗过，在家里赌气很长一段时间就不叫"妈妈"，常常想起来真是后悔。妈妈躺在病床时，我守在边上听她讲这样那样的回忆，那是难过又幸福的时光。我现在只能看看放在皮夹子里和妈妈的合影。

能叫"妈妈"真好。

2022.5.8

最高级

"最高级"是形容词，表达某种和"一般""平凡"相对立的状态。它内部由"最"和"高级"的两个高级形容词构成，如最高、最大、最强、最厉害、最美、最多、最狠、最刺激、最富、最奢、最前沿等等，当然也有有点黯然的最后、最终、最舍不得。然而它主要是求积极之正面，表述对于物"无其他者能出其右"，对于人是一种极端，如"会当凌绝顶、一览众山小""不能望其项背"或如孤独求败甚或"孤独求看"的情境。"最"字有一种蒸腾的竞争性、一种霸气外露的相互比较的盛气和雄心。一个喜欢使用"最"字的人、群体或社会大概最有潜力和最具发展前景。"最"字有许多变形，比如"高峰"——高峰实需仰止。当然，"高峰"不见得一定是好词，不一定是想要的状态，如都市里每天的"早高峰""晚高峰"。得益于文字的丰富性，"高峰"还有许多变种，如"巅峰""高端""顶级"——巅、峰和端、顶都是指的 end，或者是那个最尖的 point 部分。在许多情况下，可能是担心这些词的单独表达不能够够得着现实高度和极其丰富内涵，常常是几个词合在一起用，比如"顶级高端峰会"。当然，这样的词用多了一方面可能让人十分崇敬，另一方面也可能让一些人生厌：这么高端的人高端的会居然会堆积这么多的形容词？美人美矣，无须吆喝和粉饰。于是，"最"字还出现另外的一些变形，比如国际或者全球。这是很聪明的形变，不再纠缠和纠结于形容词的最高级（已经有点山穷水尽了），而从空间的巨大范围来讲它的无端厉害，如"全国闻名""国际品牌""国际知名""全球盛宴"等等，让人想象一种盛气凌人的亲切。当然还有点不满足的时候，可以接着把两种情况搁在一起，如"国际最知名的××专家"之类的是常有的词。但是国际上还有许多贫困的地区和国家，全球还有无数人困顿于日常的温饱，国际最知名是在说什么呢？是广告词还是痴人说梦？还能想到另外的一些词，如大咖、超级、重磅等等（不要忘记了还有各自领域里那个最高头衔的名词，如总董事长之类，或 Chief+××）。"大咖云集"常用来形容某种群集性活动的盛况。但从经济学角度，"大咖云集"事实上是降低了"大咖"的权威性和受高山仰止的可能性——供给多了必然掉价，何况"云集"的状态往往仪式性、表演性远大于实际探讨的可能性。最近看到的一个提法把各种可能性巧妙加到一起了，很值得学习：国际前沿×××全球领航者峰会。其中的×××是一类"尖端行业"的代名词。从这个名词上可以学到"空间"的重要性。国际和空间相关，前沿是空间中前面的那一沿，全球当然也是空间，领航者是走在前面的那一伙，峰是空间里的最高点。心里默默地念着这个词，走过一条生活了最久的街，一个路边角落里的喇叭反复放着："全员……"才想起来，还有一个厉害的"全"字，关系到时间空间，关系到人，不能逃脱。而无穷无尽的反复，也是"最"的一种状态吧。

2022.10.20

◆ 什么是"地方"?

这里的"地方"就是"天圆地方"的"地方"。"天圆地方"不是科学认知，是一种意识和感觉。"地方"是"以我为中心"有四至的范畴。或者说，地方是一种有边界的领域感空间。

只是这种领域感存在着至少两种基本状态，一种是泛概念地方、抽象地方，被言说、被刻意挪用和传播的地方；另一种是具体的、重复却也是鲜活的、日常的地方。然而这样的判断并不准确，在两者之间，有从超级尺度的大地方（比如全球概念）到超级小地方（如身体和前面的这张书桌）之间各种各样的空间层级。比如一间屋、家、社区、街道、城市、乡村的一部分、省、地区等等。但这样说仍然抽象。

对于一些人而言，从家到劳作地点的行走路程、其中碰到的人和事、其间行动和情感的投入构成了一种尺度的地方。对另外一些人而言，从一个机场到另外一个机场，从机场到跨国公司的快速路径构成另外一种尺度和速度的地方。对孩童而言，家和门口的空地就是地方；对一些人而言，地区和国家范畴的市场，甚至欧盟也可以是地方。地方有四至，但交通方式和移动速度的变化改变了人在其间行动的方式、与人交流的方式，也就改变着人的感觉和地方属性。

从这个意义上说，互联网的即时通信、无时空距离的时时在线和信息传递，在史无前例地"重造地方"，在某种程度上它推翻了前述的不同空间层级、从抽象到具体各种尺度交织共构的复杂地方体系。它把地方转变为一种有潜在目的且不言明的、透明性的信息丛群和被算法控制的传播受众的"网上地方"。

对，它是被控制的"网上地方"。它最开始来自日常生活的、具体的地方，但逐渐摆脱受物理地方的牵制开始自我演化、大规模复制和蔓延。它通过释放和控制信息的传播来生产"网上地方"。比如，生产 IP 就是收服网络人群和生产网上地方，生产"地方黏性"的一种方式。或者也可以说，互联网正在史无前例地"重造人的感觉"，正在生产一种新的人类。

从历史发展的过程上看，概念性的地方，因为它的抽象和可能被不同人挪用，试图同时也成功地控制、支配作为身体行动的地方。热门城市的旅游地图就是典型概念化的地方。它从活着的城市里抽选出"网红打卡点"来代表这座城市。对外来者而言，在这一导览图的指引下，这些点串成谬误的地方（然而是不是也可以说，它已经是一种新状况下真实的地方，以至于地方的人群也把它当作自我的地方），却已经成为一种生产绝大多数人"地方感"的方式——网红城市是这样，在各类事情当中也是一样。它要排除身体的感觉，它要收服大脑，然后按照给定的方式让人"自动地、愉快地"行动，购买或者什么别的。这是一种看起来喧哗的却高度抽象的地方。

因工作室的地点变化，这一学期我大多走学校的一个小边门。有一条很陡的斜坡通向小边门，门的右边有一个修鞋摊，左边是刚刚开不久的门面不大的旗袍店。我注意到在这个斜坡上摊主把修鞋人坐凳的脚的一端钉了木条，改造成长短脚椅子——这样客人就可以坐平而不是斜着。长短脚的凳子大概只有在艺术展里才有，在这里是真实需要。我也常看到摊主打扫周围落叶，保持着一个干净的小地方。旗袍店在民宅上略加改造，做出些时尚感觉。从工作室回来时常见门面关着，门口放着一个小黑板，上面有趣地写着"外出学习"。我的意思是，对周围环境的关照构成他们的地方，而通过每日经过和来回观看我得到了一种具体的地方感。身体的经验和日常的观看是抵抗抽象地方的途径。

2022.7.17

（写完这篇稿子后的一年时间里，旗袍店很快就倒闭了，换了一家无人值守的成人用品店，但也没有维持多久。现在似乎改换了一家人像摄影店，但还在装修中，门口的玻璃上贴有一张边缘不齐的纸板，上面写着"内有监控，请勿调皮"。我的意思是，地方面临着市场不确定性的冲击，使得认识地方成为一种困难；或者也可以说，快速变化的地方成为新时期的一种地方状态。）

在房间里旅行

我是东南沿海的人，却只有少数几次在海上航行的经验。经验里很早的是从厦门岛到浯屿，坐渔船改造的柴油小航轮。湿漉的甲板上大多是渔民，从厦门返回。离岸后，突突马达声里扑面的大海鱼腥味是记忆里深刻的移动场所感。有人来收船费，有人掏出一张大钱，却一不小心失手看它飞落空中，在懊恼声里听船上一片惊叹和笑语。渐渐城市只剩下模糊细长的轮廓线，转过头来就是起伏的甲板和风浪。在船头立了一会儿，看不断变化里的不变，周边嘈杂还在但却不那么逼近和真实，尽管它们是那么真实。

希腊的雅典周围有很多岛屿。这是一只中型海轮，专载游人在几个岛之间游弋。开始没人愿意闷坐在铁壳船舱里，甲板上四处是闲适游客在闲聊中看远处海天一色。不幸的是，没过一会儿就狂风大作，海浪汹涌，天空在瞬间变得阴沉阴郁，直接把大多数人驱赶回铁舱，只有孩子还找一靠前地方张开双臂，喜悦着迎接呼啸海风把衣服吹鼓。不知危险的孩子终于被母亲叫回。铁船更加剧烈地上下震荡，大浪猛击船舷，狠狠地一次又一次拍打甲板。船舱里于是迅速挤满了人，接着在不停歇的摇晃里昏沉困睡。我舍不得进船舱，紧抓住手边铁杆，看狂乱海面被船头割切开又显现出来，想着公元前5世纪小岛屿的居民在风浪里被迫向雅典帝国进贡，想象着伯里克利坐着小船被放逐到远离炽热权力中心的小岛。我终于呕吐了。

但这只是地中海的一面。它另外的一种是定格般平静。坐在COSTA巨轮的餐厅里，站起来向前看密列的餐桌和人头。这是一个微缩巨世界和人造天堂，是横躺浮游的欢乐新巴比伦塔。操各国语言的游客涌进巨轮寻入自己舱房再急急着出来，他们之间不会有隔阂和沟通问题。琳琅满目的商品、商品上数字标签、精彩的杂技、魔术、歌舞表演、各色美食、剧场、赌场、游泳池、溜冰场、舞厅、健身房、按摩间、游戏室、水晶大厅、二十四小时服务、满足的笑礼貌的笑假的笑……是他们共同熟悉的"语言"。还有，巨轮上美元是结算货币。白天它在罗马、巴塞罗那、热那亚、马赛等各个城市码头停靠，和世界各地密集交换信息，吃入吐出各种肤色游客，补充燃料、食品，运走垃圾……它根本是巨型复杂网络系统的终端。黑夜，它远离城市航行在无边黑色地中海。那是一种极度的黑，无法目视辨别方向的黑，没有城市光亮的完全黑，天上的星并不总能看到。于是在独自静默里地中海上巨大的黑空和COSTA超级的密形成一种荒诞对比，甚至是悲伤图景。无比巨大的COSTA的渺小和地中海广域的黑静，使得它在航行却不能感觉到。在没有参照的黑里哪里是行进方向？下一个城市是航行一夜后要抵达的目标，但在此时的每一刻里，如果切断指示信号，怎么辨清行进方向？

舱房英文可以用"Cell"，是一种挺确切的表达，它可以把自己和人造天堂至少暂时隔离。每个人都需要那样一个房间。村上春树说，写作是建造一个能使自己心怀释然的房间。奥尔罕·帕慕克说，在斑斓的、复杂纠缠的伊斯坦布尔城里，只有回到自己的小房间，窝在那张已经破旧的、熟悉的床上才觉得安宁。村上春树讲的是一种比喻，帕慕克却是身体的经验，也是一种比喻。在他们静止的房间里或快或慢前行，但总是前行，是因为他们能够直面逼近的嘈杂、暴风雨中的风景和在黑暗里辨识方向。他们以自己方式进入无比巨大难以辨清方向的"汪洋大海"，他们在"大海"的晃荡撞击里、在人造天堂里反观和解剖自己。永不停歇的、狂怒的、宁静的大海是他们内在的一部分。因为这样，他们构建了自己的房间，他们在房间里旅行。

读书是他们建构自己房间的一种方式。村上春树说，趁年轻让身体穿越各种故事各类文字，甚至邂逅一些不太好的文章。他说，对于周遭起起落落的事情不要急于下价值判断，事情不总是非黑即白，那是评论家或者是某种学者的事情，要尽可能来回辨认，要把结论尽可能后推，不要轻易下结论。村上春树是在黑色大海里寻找可能的方向吗？帕慕克说，在背包里放本书，在悲伤的时候你就拥有另外一个世界，可以逃离日常生活的悲苦在另外一个世界里度过一些时光。帕慕克没有说的是，在这个房间里安定下来是为了走出来。但因为有这个秘密房间，走出来的已经是有点不一样的人。

2022.4.27

（4月23日读书日本应该写一点。那天是周六，遇上本月读书会从早到晚，只好搁置。这几天晚上陆续写下一点文字，来唱和读书日的热闹喧嚣。）

◈ 消失了物的温度

有读者在公众号里留言,谈到"区分和数量化没有问题,问题出在比较""数据与量化评估是历史发展的必然规定,不可避免"等——可能是从《排行榜化的日常世界》一文中来的。同意这一观点,否则"尺度"就没有存在的意义和价值,"数值"、各种度量衡就没有存在的意义和价值。关键问题在于超越数值的社会层面(或者说数值社会化的层面),不在于数值本身,数字无罪。世界本参差多彩(或者说参差不齐、千奇百怪),罗素讲的,是幸福的本源。但万物的数值化,是抽象化、同质化、统一化的过程和结果,比如,它把一切都压缩成可以用货币的数额来衡量,消失了物的本体,物的温度,物的鲜活,只留有冰冷的数字。世界于是成为数字表征和数字的流动,而不是苦笑、大笑、微笑或者妍然的笑,不是大哭、皱眉或者沉默不语。排行榜化的日常世界,想讲的就是一切的数字化比较,构造了一个粗糙鄙陋的现实生活,它几乎无孔不入地贯穿在日常生活的一切领域,进而生产了习惯于数字化比较的人群(这里省略罗列现象的文字)。也许他们真心诚意地亦步亦趋以之为标杆,也许他们只是假装、敷衍却仍然以之为行动的指南,也许他们完全从内心反对抵抗却无济于事,但他们就是在其中,他们本身既是产物也同时生产着这一进程。

问题的紧要处在于"比较"。为什么要比较？比较的目的是在高度竞争的世界中（在各种不同空间尺度的领域中）获得先机，占领制高点。它已然成为一种支配性意识形态。比较在看似文雅背后有一种狰狞性。比较是资本主义生产方式的一种诡计，鼓励不同人群逐级"攀登"或者如好莱坞电影中的追求"美国梦"（一步跨越）。如果"数值化比较"是一种生产机制，怎么才能抵抗？或者问，哪里才有抵抗的可能？也许可能性在两端，一端在于用更有力的思辨和抽象刺破当下抽象的幻象；另外的一端，从身边的具体进入（一公里城市），用细碎的却也是鲜活的具体抵抗抽象的数字、抽象的五彩梦幻和压迫性力量。但这两端并非没有关系，而是一体的两面，任何的分开都会分裂、瓦解它的力量。思辨的抽象力量源发于具体（它只有在与具体的结合中才能产生力量，否则只是玄想），而具体的价值认知来自概念和思辨，否则十分容易掉入唯经验论和狭隘的陷阱。但这些话看起来没有什么用，现实的排行榜化压迫紧逼在眼前。在这种状况下，要写一篇"冲淡平和"的文字大概不太容易——冲淡平和与竞争性和狰狞无关。想起在20世纪二三十年代，那是怎样一个兵荒马乱、七零八落的世界，周作人还能写出各种草木虫，写出"北京的茶食""故乡的野菜"，写出"两个鬼""灯下读书论"。这个已经有近百年却仍然不太远的例子，给了人一点欣慰和鼓励。

2023.1.9

"幻"释与"全"释

（一）

"幻"字的本义是什么？《说文解字》中说"幻"是"给予"的反面，金文中的字体样式(相)也是"予"字形式的颠倒(反相)。也就是说，许诺给予其实是空说，进而也就是空谈和欺骗，但常常以大模大样的状态出现，以台面上的形式出现。因此它有值得说的地方。这里出现了一种状态，日常生活中的各种现象，从个人身体和心理的尺度，到家庭领域，到科层制里的每一个封闭层级盒子，到顶端的权力空间，在许诺"给予"和实质上"反给予"，也就是处在实质上的空说、空谈和欺骗，也就是"幻"的状态之中。人处在实在还是空幻之中？并不见得很能够清楚分辨。以为经历的每一件事情、每一个进程都是真实，在更大的可能里是一种空幻。

这种时时存在却又难以察觉的矛盾和反差构成了现实生活的普遍状态。人们难道只能在日复一日行动构成的空幻之中而无所察觉吗？这样看就太没有希望也太悲观。"幻"字本身的出现，意味着人站出了幻的"应用场景"而有所认识。幻象、幻境、幻术、幻想、幻灭等的字词，讲明人对于"幻"各种状态和指向的认识。它的难点只在于区分实在和幻态。幻象是实相吗？这样的问题初初一看答案显然是否定的，但现实中能将幻象和实相完全清楚两分吗？幻象难道不是已经构成实相的一部分了吗？幻象已经转化为了实相。在这种情况下，怎么才能够揭露幻象抵达实相呢？《红楼梦》中有"警幻"仙子出现来启示和引导宝玉，但似乎适得其反——仍然还得个体经历过、活过才可能有所认识。然而提出"个体"有点大而化之和过于笼统。有些人聪慧敏感，有些人麻木迟钝，世间状态和苦难也各不相同。

所以里面存在着一种困境。如果完全经历过才后知后觉似乎有点太晚。古语讲三十而立、四十不惑、五十知天命——然而能够四十不惑、五十知天命的人大概还是少数。一种路径是在日常的幻象中寻找抵达实相的可能，在日常中辨识幻象，揭示幻象，这一过程是前往实相的必经之路，也是自我认识的生命历程之路。或者说，经历幻象是抵达实相的必要，但需要身在其中又不在其中（这如何可能？），需要亲历或者鲜活、或者平庸、或者罪恶的现实，又要脱身反观、思辨和在抽象端有自主意识的生产。它通过各种方式呈现出来，其中一种往往被称为"魔幻现实主义"文学。"魔幻"二字是对它文学形式不恰当和过度概括的符号，更重要的却是，它通过对迷人的巨大幻象的刺破，反观人的存在。它不在于宣扬什么，而只在于通过经历、观察、思考和特定的技艺形式呈现人的困境和状况。它们有存在的意义吗？身在幻境中，不从幻境中醒来不是一种状态的幸福吗？如电影《盗梦空间》中不愿从梦幻情境中醒来的许多人，包括宁愿生活在幻象中也不愿意生活在真实世界而自杀的主角的妻子。也许它存在的意义之一，就如鲁迅讲在荒原里吼叫几声，至少使得同类知道还有这样的人在和保持生存的希望。

幻象是幻想通过幻术构造幻境、幻化现实而存在。认识幻象也就需要认识幻想、幻术和幻境。幻想是悬挂在高处的虚空，有着不同层次的欲望、愿望和各种大小目的构成，从国家、地区、省市到某一更小的行政单元、机构和个体的不同空间层级和主体构成。强力幻想通过各类幻术构造和塑形现实，各种不同的治理层级、机构和规定等是幻术的现实化，却不能意识到它们本身是幻术的一部分，进而通过不断的重复性行动建造幻境，成为日常生活的普遍情景。在幻境中有模有样的言谈举止（内心是否有所迟疑？），进而经由巨大的数量化实践生产和再生产了幻境。在这个生产过程中，什么是关键性要素？或者说，什么是幻象的危机？是幻想的疲软（或者极度兴奋）、幻术的破灭还是幻境（作为空谈和谎言的场景）的难以自圆其说、荒诞和分裂？可能都不是。幻象的至深危机，最大可能存在于两端，一端是另外一个更强大幻象的挤压，另外的一端，是"警幻仙子"要想唤醒的个体。最大可能幻象危机的爆发，在于这两端的同时作用，然而它们之间并非没有关系。

（二）

"全"的本义是指完整的玉，引申为完备、纯粹。在许慎的《说文解字》中，"全"字写作"全"，"完也，从人，从工"。它指从事技艺者对美好物的完好和精湛处置，但这只是"从工"的这一部分解释。"从人"的部分，也有解释是"从入"，指的是"内部人"才可以使用这一技艺或者物件，故《周礼·考工记》中有载："天子用全"，即帝王佩戴最精美的玉石。因此"全"字带有两方面的意思，一是保持整体，但不是保持旧有状态，而是有技巧地改变又能使之提升而不破坏完整，如《孙子兵法》有言："用兵之法，全国为上，破国次之。""全国"即指保全整个国家而不使之"国破"，亦即经由战争征服，但原有的国家组织机构要仍然能够使社会持续运行，人民不至于涂炭。另外的一层，则是与权力相关，只有位高权重者才能"用全"，才能占有最精妙之物，它是但不仅是具体的精美物品（如高大昂贵建筑），更是现实的权力（它毫无疑问是一种最精妙的存在），还是观念上的支配。进而"从人"和"从工"的结合，意味着"内部人"、位高权重者通过治理术来生产和获取需要的社会状态，来规训和形塑社会状况。和"全"联系最紧密的字是"完"，因此许慎用"完"来解释"全"。"完"有"宀"，原指房屋，概指空间，即在一定的空间治域里，要保持一种纯粹的、整体的、一致的状况，它同时也带有达到这一目的的行动意图。"完全"成为一个使用普遍的词语。

"全"字有许多精妙的应用，如全体、全民。它指向两个层面的状态，一种是观念上要求所有人持有一致的认识，另外一种是在统一的观念下按照同一方向行动和实践。它是亨利·列斐伏尔强烈批判的被构造的社会均质性、透明性。在包括《空间的生产》等书中，列斐伏尔多维度揭示"（空间）表征"对现代社会的治理术，要求一种一致化的（复杂的科层制是它的重要构成和权力传递路径）、透明化的社会状态；它在抽象端运作（在国家层面），经由城市（在中观层面）和日常生活（在微观层面）转化为具体的实践。但想归想，从想到做到做出实效还有很长的距离。抽象的概念（不断地要求全体、全民、全面地去做同一要求的目的）在转化为日常实践时遇到了巨大的困境。

它首先遇到的是自身的辩证矛盾。当"完全"时就意味着"全"的死亡，只有"不全"时，"全"才具有它存在的价值和意义。"全"的产生来自"不全"，来自问题和缺憾，也就是说，当所有问题解决之时，就是"全"的死亡之时，"全"的存在完全依赖于"不全"的存在。其次，"宀"下，由于空间之中已经高度不均衡发展，裂化为不同地区、不同人群的高度差异斑块，试图要求"全"的行动观念很难在不同"电阻"的空间中顺畅进行，难以形成"普遍共识"（作为一种最大多数人群的共同认知）而得以推行。当这两个状况结合时，在政策和法规层面要求的"全"字往往仅意味着局部的需要，而不是整体的发展，因为它来自少数的不全，而不是整体的不全。

"全"在当下有着新的意义，因为它已经从全市、全国走向全球。它日益追求着更大空间尺度的一体化、一致化、统一化，进而意味着多样化、差异化的日渐消失，也意味着在高度分裂的状态下越来越将"全"字口号作为治理术（这同样是一种辩证的状态，也在各种不同的空间层级中存在），来驱策人群的行动。

"全"字是当下的关键问题字。

2024.1.24—2024.1.30

◆ 排行榜化的日常世界

一切皆可排行。排行依托数字。对数量化的痴迷已经成为这个时代深入骨髓的顽症。一切皆可比较，比较依托数字。一所中学好不好，它的终极考核目标，看有多少数量的学生考上清华北大，多少数量的学生考上其他的985或211院校（能不能新设立两所院校，直接取名"985院校""211院校"，来解决供给严重不足的问题？另一种创新型考虑，虽然很牛，结合"清华北大"一起的名字很可惜不能用了，这有侵权嫌疑）。看到高级中学教师说，学生成绩评比已经到小数点后面两位；看到中学教室背后墙上的口号，"提高一分，干掉千人"，这也是用数量化来考核绩效，特别应该指出，"干"这个字在这里显示出一种冷峻的勇猛。被数字严格网格化衡量的活泼青春国家未来的高中生充满向往进入大学。大学的排行榜，已经生产幻化出五花八门的炫目榜单，基本依据是有多少科研经费、出产多少文章、有多少级别的基金项目、论文引用率多少、毕业生数量、就业率，以及国际国内声誉、师生比例、国际生比例等等，各个因子有不同权重，最后用加减乘除算一算，比比分数得出排行，然后开或者不开发布会逐年比较（想起葛优在电影《甲方乙方》中开发布会，穿着端庄西服正式高调宣布著名女影星"再也不咳嗽了！"）。它的根本意义在比较，在于同质化一切，不在具体数值本身，数值只是比较的依托。或者说，它根本不关心那些数字以及数字所代表的内容，数字只是比较的幌子。同理类推，进一步还分裂有各大学院、各个学科、各种专业、各类研究者的细分排行榜。于是进入榜单，进入榜单的前排行列成为许多高校、学院、专业的远大理想和崇高目标，提出许多振奋人心、充满向往的口号。当然这个生态链条里还有构造复杂的学术期刊评价方法和引用指数（它已经成为一门学问），分给清晰明确数字化带小数点后面多位的"影响因子"，再而分为三六九等。期刊于是层次化甚至"阶级化"了，大数量高频次进入高等级期刊是研究者荣耀的身份表征（许多"人才"的出现高度依赖这一超级榜单），进而引发许多故事。这是一幕正在各地四处上演的荒诞剧，荒诞喜剧或者悲剧，是超级魔幻现实主义小说。但几乎所有人都喜闻乐见，津津乐道，见怪不怪（这是另外一部超级魔幻现实小说）。排行榜还是日常生活社会行动指南，在网络信息社会幻化为简单纯粹的数字比较。点外卖看评分、下馆子看评分、观电影看评分、听音乐看评分、读书看评分、买商品看评分、订旅馆看评分……以前的馆子墙上写着"酒添轻松，食足优雅""希望而来，满意而归"，旅馆的墙上写着"祝您下榻愉快"，现在的馆子、旅馆墙上挂着牌子写某某网站评比最受欢迎第几位。还有各种全球、全国富豪排行榜，以及富豪慈善排行榜，它们依托很多个零。当然还有各种城市排行榜，从 GDP 排行到各种繁复的指标因子综合或单列排行，往往数字越大，代表数量越多，排行越靠前。在许多年前，苏格拉底说，有些人把东西塞满了城市，造成这个国家臃肿和溃烂的状态，以致没有一点空间可以用于正义和节制。最近甚至看到医院也有了排行榜，沿着这个逻辑，哪一天殡仪馆、火葬场肯定也会有排行榜——会有人争着进入这个榜单的前面几个机构。排行榜是一面高度扭曲的镜子。提供哈哈镜的人咧着嘴隐藏在镜子背后，用镜子的人以为镜子是真实客观的，以镜子里的样子来指导和调整现实的行动。镜子高度压缩了活生生的世界，把一个鲜活的、复杂的人世间重锤锤扁、压缩成一个平面二维的世界，不，是高度抽象化的数字比较世界。一切皆可排行，一切皆可比较，日常生活中无所不在排行是对人最根本的蔑视。

2022.12.3

语言的蛊惑和操弄

（一）

一开始语言是人生活的工具。人需要表达，需要传达出意图、意见、情感，因此语言作为一种重要的中介而存在。这里指的是广义上的语言，包括口语、文字、图像、形式等。

人的社会化进程加深，语言的社会化同样也深化了。或者更准确地说，两者间相互作用，人的社会化伴随语言的社会化进程，反之亦然。语言状态是现实生活状况的表征。进而，特定的社会阶段可能有其特别的语言形式和表达。历史的写作中，常常把某些阶段概括为具有特定风格的时期，把社会和语言形式关联在一起。最典型的如在建筑史的写作中，把几千年划分为古希腊、古罗马、中世纪、文艺复兴、工业化等（以欧洲为例），每个阶段似乎能够找到特定的建筑特征，来表征相应的历史时期——尽管很显然它过度的概括巨大地掩盖了历史的真实，但仍然作为一种普遍认识而存在。这样的状况不仅在建筑史，还在文学史、社会史、哲学史等领域存在。它的深化模式是继续切分时间段，在更加细分的时间小段里去寻找差异的语言形式。它的深度困境和为难之处在于如何解释语言形式的不连续性。中国的状况有点特别，它和西欧的历史划分不同，往往是以朝代为分割点，甚至以帝王的治期为单元，进而也就意味着它的语言形式和权力紧密联系在一起。

从个人层面,语言是社会习得的过程,也是个人意识和观念的表达。因此个人不能脱离他所在的社会阶段存在。这看起来似乎是毋庸置疑的,但还值得说说。这个社会混账,他大概也带有一定"混账"的状况,只是这种"混账"显示出两种相对状态,一种的确是跟着混,一种是看到了混而抵抗这种混账——比如民国时期鲁迅的文字。然而"社会混账"是一种难以定义的内容,内含差异巨大的价值判断。启蒙时期的"进步"观念到了尼采处就成了压迫人性的"恶"。尽管对于某一社会状态的评判往往是后代之人的讲述,但对于存在于其中的人而言,大概有两种不同的状况。一种是语言的混乱、杂乱、高度夸张化、魔幻化、神经质化和精神分裂化;另外的一种是语言的统一化、单一化、八股化和"干净化"。两种语言状态是所处社会状况的直接表征,人也就生活在其中。或者说,两种语言的蛊惑异化着、改变着生活在其中的人——从一些经历过巨大社会变化的人的文字就可以明显感受这样的情形。然而这样的判断同样犯了高度概括的毛病,对于某些社会而言,十分可能同时奇幻地存在着语言的杂乱、神经质化和语言的统一化和干净化,它们并置和联手"有机"共同构成的一种特殊社会状态,并通过个体语言的日常实践表达出来。不要忘记了,这里的语言包括口语、文字、图像和形式,而每一种形式前都可以加上各种学科、机构等,比如建筑文字、建筑图像、建筑形式,或者政治口号、政治文字、政治图像等。

语言的互联网化是近几十年来的状况,它高度压缩和简化了日常生活和语言的丰富性。它在抽象网络空间中供给"语言"（包括影像），来替代基于生物性的日常社会生活交往。由于电子设备已经成为个体高度依赖、难以摆脱的假肢，在互联网上进行观念的操弄便成了普遍状态。一个显见的现象是，各种时髦语言的短时高频使用；或者说，不断推陈出新的"全民流行语"是当代社会的语言现象和特点，也就意味着全民、全网民更容易通过语言受到观念的操弄和控制。语言表达是表征，一种社会事件的显现，却不代表着真实的社会状态，但通过互联网语言的操弄（其中当然有操弄技巧的差别），它可能使得"全民"以为语言显现出来的状态就是真实状况。这是当代社会的一个深层困境。

因此对现实生活中的各种语言表达和新名词、热词需要保持警惕。作为一个生活在这一社会状态的真实的人而言，它当然不容易——因为四周弥漫着这样的语言状态。一种可能的路径，是通过跨历史阶段学习和了解其他不同社会，认识到还存在着其他差异的社会状态、生存方式和生活方式，以避免陷入狭隘和语言使用的当代社会困境。

2024.1.7

（二）

《词与物》是福柯著作，讲某个时期的知识构成和历史过程中的构成变迁，它的另外一个名字是《事物的秩序》。但在这里只是借用"词与物"的提法，谈的是"词与心"，谈文字的表达和作者之间的关系。写这一段文字的起因是，在最近几本书的阅读过程中有点触动、体会和感受——它来自和当下状况的比对。曾经有过的一种文字状态，一种作者存活在文字当中，而读者隐约能够透过文字看到历史空间中的作者，这种状态在当下似乎已经逐渐消失甚至死亡。

首先是段义孚的书。段先生的文字向来是娓娓道来，他不从大道理、抽象的道理开始，他总是从自身、从周围、从具体出发，再连接到更大的、更普遍性的概念。在段义孚的《空间与地方》《恋地情结》等许多书里，都可以看到他自己的影子。在80寿辰的学术演讲中，他从孩童时在重庆讲起；在《人文主义地理学》里，人生的轨迹贯穿其中。学术的研究与自己的人生经验、感受和思辨结合在一起，呈现在文字中。另外还有如边留久的《风景文化》也是如此；文字中有着个人经验的温度、坦诚观看和深邃思考，有他自己的深情在。他并不把自身置于文字之外，文字、文字的写作和他自己的存在是一体的，对，不是两分的，不是乔装和伪饰的，不是不信之而强说信的书写。文字的书写有目的性，也需经由思考和技巧呈现出来，这是毋庸置疑的过程，但其中的关键在于，对于认知、研究对象的好奇、热爱、专注和思考体现出来的文字，是由衷而发的文字，是"涌现"出来的文字，"涌现"中有着作者的直接存在。

另外的一本书是和辻哲郎的《风土》。在对于每一种类型的风土中，有着他自己细细的观察和讲述，在阅读中可以感觉和想象和辻哲郎在印度、中国、地中海沿线一带、德国，当然包括日本等地的行走和俯察。这样的书还可以继续列下去，但在个人有限的阅读经验中，这些书大多不存在当下，或者更准确说，不从当下出。是出于什么原因，今天的文字、今天的书，感觉作者和文字两分了，剥离了？是作者只把文字当作谋生的手段吗？是作者不敢于或不会于情感的流露，真实思想的言说？还是不再有个人情感、思辨文字的出现？还是时代的变迁使然？

  词和心两分了。这里并不是说，文字中一定要有作者个人情感的直接书写，而是作者的文字是从心而出，从真诚而出，而不是词不达意，词掩盖意，故作玄虚或者词追着某些时髦的东西跑。也许，这是另外的一种词对心的映射——它们并不相爱。可是，有个基本问题是，长期的词和心两分，会造成人的精神分裂吗？会造成抑郁或歇斯底里吗？当下的词越来越科学化了，某种程度和维度上排斥着心的存在，对于城市规划和建筑学也是这样——但它们还是关于人，关于人的知识和技术。也就是说，在阅读中的一个感想是，词不能离心太远，它关系个体的精神状态，它从大的范围而言，同时也关系和映射着社会的状况。

2022.6.13

◆ 信息群与焦虑

大大小小、各种类别的信息群是日常状态的映射吗？是，它首先开始于实在社会关系的信息网络转换；不是，它已经成为社会生产与再生产的关键空间，它全面和深度渗透、穿刺了日常生活的领域——某种程度上作为一种总体的它似乎有一定的自主性。好莱坞电影《鹰眼》讲的就是信息网络智能化后"网络上帝"的出现，具有自主意识的它通过庞大数据库系统的预判（其中涉及价值判断，是没有唯一答案的复杂和模糊维度——但这种状态似乎是权力实践的趋势），控制和调节信息的时空和内容供给，进而通过强迫、威胁和恐吓改变人的行为和行动轨迹，构造它想要的社会状态。

有人说语言也有这样的功用，语言已经自成体系，把社会抛弃一边在内部自我运作，但我总不太相信，总觉得这是理论家的臆想，它从20世纪60年代以来——或者也可以回溯到20世纪初——成为现代人文领域研究的热点，在学界有着广泛的影响。语言自有它的结构，但语言的使用、语义的产生都在现实的、具体社会语境当中。因此其中也就有着相互间的纠缠，谁也离不开谁，单独一方都不能独立存活。如果语言脱离了具体的社会环境，大概就只成为理论家解剖的对象和谋生的工具了，成为木乃伊样的标本。所以事情的另外一端是谁在使用、怎么样使用、为什么目的使用以及谁在主导、支配语言的问题。这似乎谈远了，但信息作为语言的特殊形式，基本逻辑仍然在，只是传播和介入日常生活的方式产生了很大变化。作为人与世界之间的中介要"翻身做主人"，人成为困在前所未有复杂信息网络中的信息孢子和数据单位。

"信息群"是信息网络中的构成，值得更进一步探讨。首先"群"有种类的多样构成。它是社会分工的一种表征形式吗？是，但不仅仅是表征形式，它还是生产方式。不是，它超越了简单的劳动分工，类属不仅在生产领域，它还在家庭、机构、休闲、交通、政务、社区、游戏等方面。某种程度上，不再以劳动分工的状态来评估社会化的深度（那是马克思讨论的自由竞争资本主义社会的状况），而是可以以"信息群"的种类分化来讨论和比较新时期的社会化形态，它不简单是生产链深度的问题，种类间也不需要有上下游的生产连接，每一个种类内部自我封闭。"信息群"的类属越多，社会的分化强度就越大。

但这样的表述仍然不够清楚，因为"信息群"不仅涉及种类，还有规模问题。"信息群"的规模涉及至少两个层面，一是群中人数，二是群信息转发的数量——它们共构了信息群的规模状态。第一种状态是基础，第二种状态是群的网络弥漫和辐射，它有更大的扩张规模的势力和能量，同时也构建了规模的另外一层特别的弹性形式。进而两种状态都潜在地存在危险和机会，成为思想与行为控制和消费推广的对象。"信息群"有空间距离的问题吗？没有，因为信息传播瞬时可达，空间消失在时间当中。有，信息群的建构与类属相关，类属的产生本身不能脱离具体的社会关系发生，它需要在空间中实践和演化。也许可以通过"信息群"内嵌的空间距离来评判它的地区化、国际化程度。它连接的空间领域越大，它越脱离本土；同理，密集的短距离也映射了它的在地属性。

　　说这些和人的存在状态有什么关系呢？作为信息数据单位的个人深陷在"信息群"的种类、规模和距离之中，存活在它们共构的复杂情形之中。或者更准确地说，死亡于它们构造的复杂情形之中，被"X马分尸"而不成人样。有人说，不入群提高了告知、通知的成本（比如说，行政的成本），但是否从另外一个角度想过，不同种类的群、各种规模的群、差异距离的群耗费了个人时间的巨大成本？——所作的一切的最终目的，不是使得人活得更好而不是更忙碌和焦虑吗？入群一大堆垃圾信息耗费时间，不入群高度焦虑成为一种普遍状态。

　　怎么提高时间效率和减少生命的耗费？拒绝"信息群"是一种方式，似乎行不通，但至少可以不在"信息群"中生产信息垃圾。另外的一种方式，沈怡在"自述"中曾经谈到工作中不断有人要来签字、谈话等，使得他难以集中时间和精力完成点事，遂规定特定时间办理相关事宜，进而整个机关提高了行政效率。这种形式需要人的主动性和一定的控制能力，但至少在一个局部空间中可以实践，比如个体在每日特定时间里回应信息，将"即时通信"变为"定时通信"，才可能做一点事情。

2024.1.18

◈ 消息灵通的困扰

怎么表达信息时代的状态？是地铁里每个人低头看手机，还是满街跑的网约车和急急忙忙的快递小哥？是电脑、平板、手机、智能手表等电子设备联合成为人的假肢，还是高楼大厦、大街小巷、房前屋后的密集CCTV？是夜间不敢或舍不得手机关机，还是工作与生活的边界已经相互渗透、完全模糊不清？是人转化为屏幕上一个移动的定位点，还是被压缩成各种数据的集合？马克思说，人是各种社会关系的总和，到了这个信息时代的阶段，是不是可以说，人成为各种数据的综合？你的IP地址、机器设备码、移动轨迹、收入与消费记录、运动信息、银行中的资产数字、被记录的指纹和面部头像、病历记录、网络浏览记录、信息群中的发言、被窃听的对话等组成了你。对，有一个你不知道的"数字孪生"的你。

过去半个多世纪是走向抽象符号化的进程。在《1945年后西方城市规划理论的流变》中，尼格尔·泰勒用两本经典教科书封面，讲两个不同时期城市规划关注点的巨大区别。《城乡规划的原理与实践》（*Principles and Practice of Town and Country Planning*）出版在20世纪50年代初，封面是一张城镇规划总平面图，上面画着住宅、公共建筑、开放空间以及连接它们之间的道路等，是相对具体的表达；第二本书《城市与区域规划：系统性方法》（*Urban and Regional Planning: A Systems Approach*）在 1969 年出版，封面里的规划概念和之前的蓝图规划完全不同，是由大小的圆点和之间连线构成的"系统"示意图，已然是一种高度抽象的状况。从经验走向概念，从具体走向抽象，从思辨走向实证，是半个多世纪以来从社会到学科明显的发展轨迹和进程。它越来越排除具体的真实，把鲜活的具体转化为各种抽象符号和实证数字，进而经由信息技术与互联网的世界，在数据空间中瞬移、汇聚、被分析和转过头来监察和钳制日常生活；它拒绝否定和批判，它要光明和有序。尽管各国信息基础设施、信息管制有巨大不同，但一个全球紧密互联的空间产生了。进入这个"希望的空间"才有希望，才能够成为繁荣和狰狞的全球新经济的一部分，被这个消息灵通的世界拒绝和排除意味着死亡。

曼纽尔·卡斯特在《网络社会的崛起》《千年终结》等预言了一个"超级两元社会"的浮现。这个超级两元社会有两个嵌套，首先是进入网络社会和被网络抛弃的社会的绝然两分。被网络抛弃的社会立刻陷入一种死境，一种绝然的无望。但在网络社会中还接着有一种残酷的两分，社会结构划分为能够自由自主活动的人群（掌控着信息资源和信息阀门的人群）与可以随时被替换的劳动力（或者用另外的一种表达是"灵活就业"的劳动力），他们只拥有基础的技能和成为终端的信息消费者（同时也是被无意识喂养信息的人）。亨利·列斐伏尔在 20 世纪 80 年代初就敏锐地意识到信息技术带来的社会变化，分析了信息时代的三个层次，第一个层次是与国家权力和经济全球化相关的"关键信息";第二个层次是受到国家严格监管的社会信息;最后一个层次,是绝大多数人的日常生活信息,他们在这个层面上竞争、博弈、挣扎,同时几乎又全面透明地受到高层信息的严格监管、引导和规训。

人深陷庞杂消息的旋涡,陷入了一种至深的困境。信息技术发展已经从帮助人与人之间的沟通,转变成收紧了困住人的重重绳索。列斐伏尔常常谈到一种发展的辩证法。在社会发展的过程中,贫困和富有的状况颠倒了,关键问题发生变化,但人们往往没有意识到,仍然用旧方法来处理新问题。如以前富有的是清新空气和干净的水,缺的是面包,经过几十年发展,当下缺的是清新空气和水,过度剩余的是面包。问题转换了。以前受时空距离限制,收到信件、接到亲人或朋友的电话,是一种满足、亲切和温暖;在离别和苦苦思念中才有诗歌的诞生。现在即时通信改变之前的状态,原本的消息贫乏转变成信息高度庞杂和冗余,在这个浮现的美丽新世界里,人一方面害怕被信息世界拒绝和排除,一方面又陷入了消息灵通的无尽困扰。

信息控制成为一种既狡猾又严厉的治理术。通过制造信息热点转移社会问题,通过信息喂食生成"娱乐至死"的基础信息"蚁民"。信息有其特殊属性,在某种状态下是一种实质,在另外的一种状态下却是符号和表征,带有热气腾腾的却各种未被觉察的气息。在这种状况下,怎么才能摆脱"消息灵通的困扰"就成为一个基本问题。每个人有不同的策略,而意识到信息是一种意识形态和治理术,大概是行动的起端。可能的策略在于两端,一端从不拒绝使用信息工具,把信息转化为建立主体意识和需要的工具而不完全被动被喂养，是积极性的做法；另外的一端，选择性地切断某些联系，主动使得自己消息不那么灵通，虽然看似保守的疗法，但仍然是十分必要和需要决断的实践——从列斐伏尔的角度，这是一种"颠覆"和寻求差异可能的实践。

2023.11.28

◆ 网络信息时代的恐惧

We are the 99%是美国2008年发生次贷危机后的大规模市民抵抗运动，源发纽约并激荡到多个城市。有数据显示，在半个多世纪以来，以美国为代表的发达资本主义社会两极分化日趋严重。这一过程伴随着两个基本变化。一个是经济全球化，一个是新技术产业的勃兴。在经济全球化过程中，那些能掌握全球和地区资本运动的人从中受益，进而成为1%。在BBC（英国广播公司）一个拍中国城市发展的节目中，先展现了福特公司在重庆建厂，镜头一转跨越大西洋到美国，是大量失业汽车工人的困境和无奈。对两端的工人而言，都是基本工作，差别在于有没有工作。对于大资产者而言，产业的空间移动，是降低劳动成本和占据新兴市场的关键，或者说，是资本积累的重要空间方式，也是一种空间的社会生产过程。

对于绝大多数人而言，只能日复一日被焊在从家到工作机构的几公里范围内。对于绝大多数人而言，能够有一个综合性良好的住房区位，已经是半生奋斗的目标。什么是综合性良好的住房区位？家中男、女壮年劳动力要去工作，小孩要去上学，还希望周围有点景观（如小公园），有多样农副产品的菜市场，公共交通要便利、住房的价格等要素组合成空间的综合需求。如果家中有老人，医疗条件也是需要考虑的要素。上述列举的要素随着家庭成员的经济收入、年龄变化、工作、学习机构变化等处在主动或被动的变动中。对于绝大多数人来讲,应对这些状况就是日常生活,甚至就是一切。但对于极少数人而言,这些都不是事。掌握全球、地区资本运作的人基本考虑不在这个层面。他们经由产业空间转移、控制资本在不同空间中运动获得高额利润,那些固定在几公里范围内的人是具体生产过程的基础劳动力(中国古代有一个形象的词"蚁民")。1%的人活动空间不在几公里,而是几千、几万公里。资本、信息和身体的灵活性、机动性是他们的内在属性。另外的一端是高新科技以前所未有的速度迭代发展。基因工程、人工智能、虚拟现实、量子计算等越来越成为日常生活中的名词。其中典型的如埃隆·马斯克,通过火箭制造、发射和回收、低空卫星链(它的巨大能量还没有显示出来)、脑机连接、新能源汽车等成为世界首富。经济全球化和高新技术产业的发展紧密连接在一起,掌控它们的往往就是少数的一拨人,也是国家政府寄以高度希望,或者说依托的一拨人——他们与民族国家之间的竞争越来越息息相关。

2008年的 We are the 99% 抵抗运动是金融资本主义危机爆发的结果,经历14年余波未平,对全球化经济造成结构性影响,导致全球政治保守主义四处兴起。但它不是这里讨论的重点。金融资本主义背后潜藏着逐渐面目峥嵘的信息资本主义。工业资本主义工人贡献身体的劳动,金融资本主义通过金融、货币操纵控制实业,进而控制拥有身体的劳动力。信息资本主义呢?它通过偷窃、收集个人信息获利。不久前某约车平台被罚款超过 80 亿元人民币，政府发出的公告列了一些平台偷窃的信息，一些人看了后接连着说"细思极恐"。这个约车平台的做法是个案现象吗？这些平台股值的根本依据是信息蚁民贡献的海量数据，但坐收渔利的是平台，生产数据的信息蚁民透明化了。这是新时期的剥削方式，它将导致社会结构越来越接近 99% 与 1% 的构造，坐实作为抵抗口号的 We are the 99%。

网络信息时代的 We are the 99% 抵抗运动什么时候到来？

2022.7.31

Spatial Thinker

The Crisis and Joy of Space

Part4

日常空间实践

空想者

空间的危机与愉悦

◆ 阅读建筑

（一）近期关注的问题：建筑可读性

近期的一部分精力在撰写《100像：图像与文字之间的重庆城》。这本书是《历史与空间：晚清重庆城及其转变》的延续，希望深度挖掘史料，从不同的历史阶段，不同的人物、空间与建筑，拼贴一幅鲜活的晚清至民国的重庆城的"面相"。和《历史与空间：晚清重庆城及其转变》的定位不同，它更指向一般的阅读者而非专业的学者，尽管它仍然是一本具有一定研究深度的书。

近期关注建筑可读性，涉及三方面问题。一是可读性本身；二是乡村振兴中"伪装的复古情节"作为一种普遍的建筑阅读；三是建筑教育中如何促进知识关联性，使得作为过程、结果和现象的建筑有更好的可读性。

在建筑理论与实践领域：

甲．思考建筑的可读性问题。

建筑设计作品可以如文学作品那样展开更加深入的评析吗？不只是停留在表面的感慨或简单的功能性或形态性的言说吗？当下许多建筑"光亮"而缺乏深度的可读性，如好莱坞的套路电影一般，却成为各种媒体上广泛传播的内容，进而构成了某种"话语",影响着年轻的学生们。

建成的建筑是一种现象,它不仅仅是视觉和美学的,更是功能的、经验的、社会的、逻辑的;对于某些建筑而言,还是历史的和观念的。建筑既是个体建筑师的创作,更是深度社会化的过程,但它最终的形态,如何才可以更可读,有更多值得阅读的"情节""细节""空间安排""社会意涵",甚至是对人(空间内的人)产生的情感和启发,是需要批判性思考和讨论的议题。

乙.乡村建设中普遍的"伪装的复古情节"。

在深入乡村调研的基础上,从事相关的、具体的建筑设计与建造,思考与撰写讨论乡村建筑的文稿;近期文章见:《乡土景观与乡土建筑之死:建造体系的现代转型与建构》《恋地情结:乡村建筑实践一例》。

乡村振兴的目的不是回到"小国寡民""老死不相往来"的状态,不是回到被高度扭曲的"田园想象"。当代中国"乡村"在过去几十年的快速城市化过程中已经分裂为高度不均衡的状态,不是平板的一块。乡村振兴需要乡村现代化——不是城市的现代化,也不是乡村的"再乡村化""传统化"或者"传统符号化"。

列斐伏尔曾经谈到法国的状况,他说:"人们常常使用'深层法国'指那些落后的角落:偏僻的村庄,冻结在古风中的小镇,这不奇怪吗?这种法国特性是过时的、陈旧的,但是,这种法国特性在电视上、在报纸杂志上,却是高贵的……对于所谓'深层法国'来讲,包装它的正式与它的体制一样发展迟缓的思想观念。"这样的情况在中国同样存在。乡村建设是一揽子的问题,不仅仅是乡村建筑形态的问题。

《中华人民共和国土地管理法》修订,经营性集体土地可以入市(尽管其中仍然存在结构性问题的限制作用),将促进乡村最重要的资源——土地的资产化,是导致乡村社会、空间结构变化的重要因素。

其中关键的问题在于,规划师、建筑师在多大程度上可能将原有的专业知识与新的社会需求结合起来;规划师、建筑师能够在多大程度上有效地介入农村社会的空间生产。现代的设计与建造体系如何进入农村社会?这是否意味着原有知识范型的转变?这些问题都是需要在更大更广的层面上讨论,不能只是停留在乡村建筑形象的表述上。

丙.建筑可读性的状态本质上是教育的结果

在信息网络社会如何指导学生是一个很需要讨论的问题。以前是信息通道匮乏的时代,谁掌握资讯谁就可以成为专家。当下是信息过度冗余的时代,知识讲授的模式尽管仍然重要——它的重要性可能更在于其各种知识间框架的逻辑性,各知识间的关联性,而不在知识点本身。

如何使得学生在信息冗余(同时却是另外的一种匮乏)时代,能够在更加整体认识的基础上,有批判性的思考和创造性的实践,以及如何达到这一状态,是指导者需要认真思考的事情。建筑可读性的状态本质上是教育的结果。

（二）近期在读的一本书：亨利·列斐伏尔的《马克思的社会学》

1966年法文出版的《马克思的社会学》是一本很小的册子，在列斐伏尔众多的论著中很不起眼。他在33岁（1934年）时出版过关于马克思的书，随后出版过对黑格尔、尼采等的研究。1966年列斐伏尔在法国楠特尔大学任职，这正是1968年"五月风暴"的前夕。在此之前，他还出版过两卷《日常生活批判》（1947年，1961年）。

《马克思的社会学》虽然很薄很小也很不容易理解，但它可能在列斐伏尔的著作中是一部理解他众多作品的钥匙之一，特别是关于其提出的空间生产和日常生活理论。《马克思的社会学》目的在于从整体上理解马克思的社会研究，消除已经日益出现的学科分化（被打碎的总体性）对于马克思理论（作为一种总体性的理论），特别是在社会研究方面的误读。

书中探讨马克思的实践概念、意识形态与知识社会学、社会阶级、国家理论等。书中质疑对基础（生产力）、结构（生产财产关系）和上层建筑（制度、意识形态）的分析模式，提出实践的重复性、创新性和在这两极之间的模仿性三个层次的分析框架。

列斐伏尔认为，在哲学日渐成为一种学科的状况下，对"社会具体实在"（需要-工作-享受）研究的必要性——意味着感性世界及其研究的复兴。以及，他提出现代社会过程中"量的增长"与"质的发展"之间的尖锐矛盾,"一个只在量上增长的'存在'很快就会变为一个怪物"。这些方面都是他后来进一步撰写的论述,也是去世前的作品《节奏分析》的重要构成。

列斐伏尔不只是如当前许多人所说,是空间生产与日常生活理论的先锋——这其实是对他狭隘的认知。列斐伏尔的目标如马克思一样,希望理解这个世界运作的矛盾机制,从总体上把握这个存在的世界。

列斐伏尔的书不容易读。这样说有两层意思。第一层是说他的文字形式"行云流水",是来回运动中的文字,文字段与文字段之间的连接有逻辑关联却不容易直接捕捉到;他的哲学、社会学、空间、都市、日常生活等研究文字有点类似中文中的"散文"——形散而神韵不散,于是不很容易从"形散"中获得"神韵"的认识,需要在游离与回归之间去把握。

第二层是说,他文字中的"神韵",文字中载有的"观点"不太容易理解。这一方面和我自己有限的阅读、有限的学术理解能力有关,另一方面可能也不尽然如是。为了了解列斐伏尔的理论,除了阅读他本人的著作外——因为不容易,我也参照阅读其他人对列斐伏尔的研究,不少书中也谈到理解列斐伏尔的困难(如尼尔·史密斯谈到"庞杂、晦涩"等)。

有人说,列斐伏尔一生著作等身(60多部),令人惊讶地多(速度),著作中对于学术规范的蔑视(形式),很可能和他写作的方式有关。但我想这不是重点和原因,列斐伏尔的书不容易阅读,更大程度上和讨论内容的开放有关(指向总体又能回归局部),和他使用的辩证方法有关——在否定中肯定(再否定），在肯定中否定，在变化的过程中理解事物的状态，而不是指向一个明确的、确实的、固定的定义或论说。

列斐伏尔文字中的动态性和开放性需要读者在芜杂的文字丛林中辨识路径。他追求总体性，他的文字充满一种流动的开放性；他关注历史，为了获得一种整体感和对具体实践的认识；他更直视和批判当下的现实，在各种复杂的矛盾和冲突中寻找可能的路径，寻找不可能中的可能。

对于当下已经被高度学科化的研究者，试图从局部、碎片（学科）理解列斐伏尔的状态和理论（作为一种整体）就存在可能的困难。于是作为一种遗产而不是现实的"列斐伏尔"被各种学科、各种类型的研究者（作为一种局部）选择性消费，根据需要提取和使用。

空间三重属性的辩证关系（"空间实践、空间再现、再现空间""生活的、感知的、认知的"空间）以及作为概念的"绝对空间、抽象空间和差异空间"被广泛传播；"进入城市的权利"成为全球城市化进程中一种抗议性口号，甚至成为联合国住房和可持续发展大会文件中的条文。"日常生活"呢？似乎更多成为都市生活高度压力和压抑下一种自我安慰的宣称和抚慰的名词，而不是列斐伏尔想象的、希望的革命之域、可能之处。

很显然，这些概念、名词是列斐伏尔，但又不是列斐伏尔。它们抽取了、高度减缩了"列斐伏尔"，使得"列斐伏尔"成为名词而不是现实，成为抽象而不是具体，成为碎片而不是总体，成为符号而不是真实，成为交换价值而不是使用价值，成为商品而不是思想。

石柱民族文化中心一角

石柱民族文化中心一角

（三）近期探访的一个作品：石柱民族文化中心（主创建筑师：杨宇振、覃琳）

虽然在媒体上看到一些新建筑，但大多都是很简单的介绍，没有能够深入了解。自己又忙于理论研究与具体的实践，需要处理实践中现实和复杂的问题。

在计划经济时期，建筑师思考新公共建筑如何在建筑形态与当代建筑形态之间取得一种平衡。当代中国建筑不是无根的创造。在过去的一个多世纪中，它是基于近40年民国时期的探索和积累，经由近30年计划经济时期的过程（由"过程"形成某种"结构"），再而进入近40年，特别是1994年以后的二十多年的市场化过程形成的。

当代的中国建筑不是，或者说不仅是当下的各种舶来语汇的使用，需要返回到自身演化过程中的诸多问题与思考，返回到计划经济时期建筑形态的某种特征——它们也是建筑师一部分的生活经验和理解中国的一部分构成。建筑师的难点在于，如何在记忆的延续与当代的话语之间取得一种平衡。

（《新建筑》杂志的笔谈）

超越阅读建筑

（一）坐在亭子里

2021年立刻就要过去。

从时间的物理属性看，今天和明天，这一个月和下一个月，今年和明年并没有不同，它只是电子屏上机械的、没有表情的数字跳动。但时间是一种社会建构，是一种心理感受，也是人类提醒自身存在和变化的标识。跨年节点就像迢迢路上的一个亭子，让跋涉的路人停下来稍事休息，看看回头路，愿意的话，还想想前面的路。

2007年10月开始的读书会太遥远，只有翻看新浪博客，才能由时间镌刻下的文字唤起记忆。2021年1月也已经模糊了，只有刚刚过去的几次读书会我还能大致记得场景和内容。有同学说，读书会是平常生活中的节日，但对于我来讲，它就是平常生活的一部分。只是我还能够记得，读书会上的一些精彩分享和讨论，它们超越陈述，促发了思辨。读书的目的不是读书本身，是经由读书启发内在的思考，在学科内外之间，在现实与历史之间，在个人与社会之间，在行走与活着之间。自发性大概是人生最重要的价值吧。

前面的路会是什么样子？它存在于自身的努力与外界纷繁复杂的变化之间。今年6月底全校学生毕业典礼大会上，我在致辞中问同学们"未来会美好吗?"同学们大声回应说"会!"作为一种祝福,我十分期待"会";作为一种现实的直面,我并不很肯定。"美好"永远不是突变的获得,它是日常的努力和思辨长期微积的结果,是对于自我的期许、对变化中的社会的观察和回应性行动的结果。持续的读书会和讨论的一点点意义大概就在于此。

2021.12.31

(二)结果在过程之中

今年过得特别快。春节过后在网络上请同学们尝试思考的"社会关系与空间形构"研讨,作为一次团队里的小训练。列斐伏尔高度强调社会关系的重要性,认为在经济基础与意识形态之间需要加入社会关系的层次,生产力的应用、观念、意志和法律等的实践需要社会关系(不仅仅是生产关系)。这是我思考建筑设计、城市设计的出发点之一,可能是最重要的出发点。视觉美学、形态构成、技术集成等当然仍然是重要的内容,但理解活生生的世界,还是最重要的方面,是使得设计、规划有锚的关键,不至于完全使用一些抽象的概念,将其切割、移植到现实的世界当中(这大概是当下的一种困境)。同学从各种方面,日常生活的层面如婆媳关系、夫妻关系、母女关系等,新冠疫情时期被限制活动的"我"与空间之间关系、大一点的从图书馆的监控、学校的规训、社会阶层构成与冲突等不同方面阐释具体社会关系与抽象空间形构之间的关联。这是一次自由的训练和思想与技能的碰撞，没有面积、红线要求等的"任务书"，只有一点原理的阐释和解说，过程中同学体现不同状态。一部分是将自己的经历（内含的社会关系）转换为空间的叙事形态；另外的一种，是基于对社会关系的理解，生产出新的空间形态。回校之后请同学将"设计"思考写成文字，也算一次写作的小训练。之后艺宽主持了写作的讨论，各位同学讲解如何从设计到写作，进而从他人的讲解中看见一部分的自己。

每月的读书会大致照常进行。前两个月读书会在网络上举行，大家的讨论要积极一些（还有几位已经毕业的同学也回来参加），通常要两到三天。在校大家见面时同学似乎反倒略"拘谨"些，一般一到两天从早上到晚间。有两个层面的读书。一是对书的内容、结构、方法的分析，一是跳出书来，对书中讨论议题、方法等的辨析和讨论。最后是每位同学完成与读书内容相关的拼贴画。我很重视拼贴画，认为它与写作和设计都紧密相关，是要以一定的形式，用各种材料传达某种观点或意图。我既提醒自己也提醒同学，读书是对抽象的拓展（是十分必要的过程），但抽象需要和社会的具体（不同的空间层级）结合起来，才能有问题意识，才能创造性地找到处理问题的办法。一年间读书涉及的内容广泛，但有意思的是在多次的读书会上，大家逐渐意识到尽管书的内容不一，但逐渐却可以归纳到一个更整体的层面上来。在抽象和具体层面上的拓宽，将抽象与具体的创造性结合；在局部（首先需要有在局部中的意识，有超越局部的意识）与整体之间的往复来回，始终是读书会的基本目的，不是为读书而读书，而是经由读书的过程成为更有思辨和创造力的人，不仅仅是建筑师或规划师。

一年要过去了。明年也还要一样过去。结果在过程之中，深层的快乐在于理解世界和创造性改变世界。广泛读书和批判性的讨论是趋近这一目的的路径之一。

2020.12.30

（三）超越阅读城市与建筑

在一个互联网时代、一个人工智能快速发展的时代，专业教育能做什么是需要深问和反思的基本问题。现代知识与技术的传播，有点类似若干个大大小小的雪山，雪水融化后蔓延扩散到低地；而教育者的作用，先通过自身的知识或技术承接（可能还有一定的创造，取决于不同个体），再传递给后来的学习者。这个工业社会的学习模型在当下至少受到了两个方面的严峻挑战。一是单一专业领域的知识与技术越来越难以应对社会的需求、创造新事物的需求；二是（专业）教育者已经不能如之前一定程度垄断（专业）知识，互联网平台为所有人提供了相近的、接近人类知识与技术的可能。这样的论断大概只对一半或者更少。互联网并非没有边界，或者说，它有着十分严格的层次和僵硬的边界。作为一种工具、一种人的存在的形式，它为懂得利用它的人提供了超越原有狭隘领地限制的可能，但同时也构造了深陷其中的大量人群。

从这一角度，所有的专业都面临着危机，尽管劳动分工（学科）仍然要继续，学科要接着排名座次，而不同知识与技术间的融合越来越显示出迫切需要。它表征为一种在不同层次上竞争状态下的"创新焦虑",或者也可以说是"竞争焦虑"。在现实中它的本质是为了"创新"吗?可能不尽然。在当下的普遍危机中,社会呼唤新的知识生产模式,但原有的力量、旧的力量(从学科设置、学术刊物类别到劳动的社会使用)却仍然在之前的轨道上,甚至更向后看,难以产生结构性的变化。一拨人满意于现有的模式和状态,另外一拨人,特别是有思考的年轻人已经有各种不满,但在当下,改变虽然十分迫切似乎却仍然遥遥无期。可能的路径在哪里?之前的"雪山模式"能持续产生作用吗?教育者在其中又能够起到什么样的作用?(很显然原有的模式在面对社会现实和需要时已然是颓败之势)他山之石仍然能起到"他山之石"的作用吗?如果封闭了开放和交流的学习心态——它似乎是一种趋势和存在着某种自满自得的心态。雪山的突起是地壳运动的结果,它仍然需要某种外力的作用。而这一外力,既存在于对变化的世界的敏感,也在于如何能够融贯各种知识和使用各类工具,更在于对知识的好奇和问题的持续追问之中。

在这种状态下,对于教育者而言,如何激发学生的(专业)自发性、对某些问题或领域的兴趣就成为一个重要议题。城市与建筑的问题,是总体社会问题中的局部、是总体知识与技术中的一部分构成,它最终仍然与理解人的存在状态、如何通过专业知识与技术介入社会实践相关,同时也与自身"追求"什么样的生活方式相关。因此在日常的学习中,它需要超越阅读城市与建筑,从更广的层面来观看和思辨(专业的)社会化进程与问题,再而进入实践领域。缺乏这一视角、可能和努力,专业也就陷入一种"贫困",缺乏介入社会的主动性,进而成为某种受动的工具。当然,作为社会分工的一部分,城市与建筑专业仍然还得回到具体的空间实践,但经由这一转折和抽离,它多带有一点点改变的可能,在一个并不太令人乐观的世界中。

2023.12.31

写着"多种经济成分共生繁荣共同发展"的安顺小商品市场门楼

◆ 惊奇安顺城

（一）

到安顺参加西南聚落研讨会。这是第一次到安顺。会议发言安排很密集，讲者从不同角度展开和阐述，我学习了许多。会上我做了《西南的地理区划、廊道与聚落形态》的报告，希望能够从关联的角度，从吴良镛先生提出的"融贯的综合研究"角度，从大一点的视野观看和研究西南聚落。会议后半程从安顺学院转移到一个布依族村子高荡村。村子里大多数房子还是白色石头墙和石片屋面。后来尽管下起小雨，大家还是兴致勃勃。年轻的学生们在山顶上的亭子里做汇报，是有趣的议程，也看到他们/她们研究当中明显的数量化趋势。前后两天密集的会议使我有点疲惫，次日没有一起去参观黄果树瀑布，只在安顺城里随意行走（没有查地图也没有了解城市"景点"），偶尔和这样那样的人闲聊，却惊奇地发现这个城市迷人一面。

旅馆外的一片地据说原来是很有名的安顺小商品批发市场，连浙江义乌的商人们都来参观学习过，后因开发搬迁了，但现场还留有点痕迹，刚来的当天傍晚已经注意到，只是天色已暗不能拍照。入口处立了一个门楼，十分有趣的是，门楼上大大的字不是写着如"万事亨通"或是直接的"小商品市场"，而是"多种经济成分共生繁荣共同发展"。这在全国会是孤例吗？不敢这么说，但至少是有特点有意味的门楼。小商品批发市场搬迁，其实就是迁入到不远处几栋现代高楼底层。听当地人讲，规模和活力已大不如前，但在里面逛了一圈，还是觉得商品种类繁多，人数也不少。原有小商品市场的状况和气息还能看得到吗？被收拾的、现代化的这一部分虽然样子还在却不太有趣，稍微往前走，影子却没有完全消散。

沿街有一两层的老房子（大多比较老旧），门面里密集堆积着商品，有一些摆到了街面上来。一些农民挑着担子卖蔬菜或瓜果，有些就直接在路边摆开摊位，三轮摩托车载着货来来往往，鸣叫声时长时短，戴着红领巾的孩子们就在街道上跑来跑去，坑洼的街道上有着丰富的、不同尺度的细节，充满着生活的场景和气息。走在这样的街道里，有一种真实感。

穿出街巷后的车水马龙城市，街边是手机店、房产代理、肠旺粉店、臭豆腐店，街道对面有密集的高层住宅、商场和闪烁变化的电子屏广告。没有走多远一转弯圆通寺突然就显现出来，寺庙的中轴线正对着后山（西秀山）上的白塔，大雄宝殿庄严巍峨。僧人们在庙里活动，孩子们在前面的场地上追逐嬉戏，渴了就跑到寺里喝水。后查资料得知圆通寺始建于元代，明朝曾遭遇大火焚毁，后经过多次维修和扩建。圆通寺是安顺城里最老的名字之一。但更令人惊讶的是，走几步就发现天主教堂竟然在佛寺旁边。相比起来，天主教堂安静了许多，里面有一位中年教徒在收拾整理。坐在教堂里长木靠凳歇息时和这位虔诚的教徒闲聊，了解到教堂由法国传教士主持修建，始建于清同治年间，新近做了翻新。问说寺庙就在旁边，相互之间

充满生活气息的街巷

安顺武庙

有影响吗？回答是因为要和圆通寺的和尚们一起参加学习，相互之间还有些来往。佛寺和天主教堂并置的情况，让我想起了文化多元和包容的福建泉州。回来后查阅资料，知道天主堂占用的是原布政司所在地（见后文的《普定卫城图》），遗憾的是没有到教堂的后部看看。教堂平面是巴西利卡形制，但后端却有一个中国式的楼阁式塔。站在教堂前面不能看到后端的塔，没有想到要转出去看看。

出教堂后已经走得有点累，接近中午天气也渐热。在没有目标的情况下，同行的Q老师建议到"贵州省蜡染博物馆"——很引人想象的博物馆名，兴许还可以买几件图案原始却五彩斑斓的蜡染吧？于是接着前行，却惊异地发现原来是安顺武庙！这个时候我开始觉得这个城市很不简单。之前新旧小商品市场、街巷里的熙熙攘攘是一种当代情形，可是圆通寺、天主教堂、武庙是历史的遗迹，没有相当的地理位置、城市身份和文化积淀，难以有这样状态的建筑（群）。武庙门口立着一个牌子，写着"全国重点文物保护单位"，可惜当日不开（博物馆周一不开门）。

于是准备打道回府回旅馆退房了。坐上出租车和司机闲聊，赞叹武庙的精美。他却说，为什么不去文庙看看呢？没有迟疑立刻请司机调转车头奔向安顺文庙（其实距离并不远，只是因为不熟悉地方情况）。和武庙就在城市街头不同，文庙藏在相对安静的空间里。庙前是一大块空地，前后两条街道连入这块空地，由狭窄热闹入开阔安静，是空间节奏的变化。站在空地上可见文庙前院的景致，已经是一幅画了。文庙的空间布局没有大不同，但依着缓坡地形逐渐向上，大成殿在最高的一台。从入口第一进院子情况上看，文庙有一部分修复，但总体保存得很好很值得看。随即改签了车票，想着在文庙和其他地方再转转，这是安顺城市的文化魅力对我们的挽留了。院子里只有少数的几名游客，清爽安静，阳光温煦，树枝的阴影随风摇曳。文庙不仅是一个历史的标本，它还是当代艺术文化的活动场所和展览所。门口有一幅题为"纸上行舟"的海报，是安顺市的端午诗会和诗歌、书法展。也就是说，它还活着，而且以恰当的样子体面地活着。在两侧展室还有些画，从不同的侧面描绘了安顺的历史文化。后来看到许多人说"镂空龙柱"是文庙的珍宝，它当然是工匠的巧思与高超技艺的结果；但真正宝贵的是经历漫长的六百多年，安顺文庙仍然保持有较为完整的空间格局和没有受到过度"修复"的破坏，它还在被当地的人们继续使用着。安顺文庙也是全国重点文物保护单位。

在文庙里盘桓许久，出来已经是下午一点多。就在不远处的"儒林街"（优雅的名字）上的摊点简单吃了碗"辣鸡面"，香辣可口。回旅馆退房后还有点时间，查阅放在前台的地图，决定去找东林禅寺。出租车把我们带到一个不能再开的地点，需要人自己走过去。下车后看到路标上写着"图书路"，又是一个比起只会用阿拉伯数字表示路名的要高明许多。接着穿过一条充满生活气息的长长巷子，似乎是要前去觐见禅寺的需要——需要经历人间的百态才能抵达空灵明见。就在巷子的尽头，隔着河东林禅寺在明丽的阳光下显现出来，绿色琉璃瓦、红色的墙和玫瑰色的三角梅构成了远观优美的画面。为什么说

安顺文庙

安顺文庙内院

远观优美？因为近距离看就发现禅寺改造了许多，虽保留原有的一些石墙段，基本却是用现代钢筋混凝土结构完成传统形式的建筑，就连四大金刚也浓墨重彩涂装过，也就是失去了一些原真和意趣。或者说，旧有的部分抹去太多，新的部分缺少对旧的认识和传承。转了一会儿很快就出来了，回过头来站着往寺里面看。东林禅寺门口黑色木匾额上的四个金字"微笑圆融"，是经历人生百态后的终点和真义吗？

（二）

回重庆后安顺的经验和惊奇一直在脑中，想起许多年前游历四川自贡有相近感觉——在不长的时间不大的空间里看到许多历史时期保留下来的重要建筑和场景，看到街道里鲜活的日常。翻读资料中知道城里还有崇真寺、基督教堂、清真寺等，许多文字也称赞着贵西平坝里的安顺城。《滇行纪胜》中录："安顺府城围九里，环市宫室皆壮丽宏敞。人家以白石为墙壁，石片为瓦。估人云集，远胜贵阳。"找到万历三十六年（1608年）《黔记》中的《普定卫城图》。这是一张有意思的图，左上角标识"安顺府附"，说明当时明王朝的考虑，安顺的主要功用仍然是卫城，地区的军事意义大于民政的意义。图中城有四门，皆有瓮城，城外有壕，出城门东有东关、南有南关、西有普定站，均有关墙或站墙，北有校场。城内有河贯穿全城但主要分布在东北角。

图中城内唯一形象化表达的是城南塔山上的白塔，白塔下标注有"圆通寺"。塔山又叫西秀山或白虎山，与东边的青龙山形成"左青龙右白虎"的格局。城的东北标注有"儒学"，应是现安顺文庙所在，城中靠近鼓楼处标注有"关王庙"，也

安顺东林禅寺

应就是现安顺武庙所在。此时城中官道还不很完善,只有东西方向两条道路拉通,其他的主要街道是从西门到南门的顺城街,以及北门到儒学、关王庙等的街道,但穿城的河上有多座桥梁,说明还有一些小街。比较特别的是,由北门到南门图上并无主要干道。在后来的许多文字记录中,东西干道与南北干道交接之处,一个大十字的交叉点,是图上标识的鼓楼所在。或者说,除了高高耸起的白塔,连接四门道路交叉点的鼓楼成为许多文字记载中人们感知安顺城的最重要标志。戴明贤先生在《石城浮世绘》中讲:"石城政治文化中心,是城中央的大十字钟鼓楼。三层飞檐,塔形,宝顶,一层比一层大,底下是几丈高的石门洞。"他谈到小时候从钟鼓楼过,石头墙上总是贴满了各式各样的布告,城门洞上悬挂着被斩下来的脑袋;钟鼓楼有东西南北四个门洞,但真正重要的是东西方向的门洞,东边通贵阳,西边通云南,南北只通安顺城的乡镇。但北门是徐霞客进入安顺的城门,他在《徐霞客游记》中记有:"普定城垣峻整,街衢宏阔;南半里,有桥;又南半里,有层楼跨街,市集甚盛。"根据游记中描述的距离、《普定卫城图》以及当下地图综合对照,一种猜测是徐霞客谈到的"层楼跨街"很可能就是钟鼓楼所在。

《徐霞客游记》《滇行纪胜》中对安顺城是文字的描述,《普定卫城图》是经验化和抽象化的地图。能够看到历史时期更加感性和真切的安顺城吗? 19世纪末20世纪初越来越多的传教士、外交官、调查研究者、旅行者等进入西南,留下来一批图绘、影像资料和文字,如日本人鸟居龙藏、伊东忠太,澳大利亚人乔治·莫里循,美国人托马斯·张伯伦一行人、西德尼·甘博,

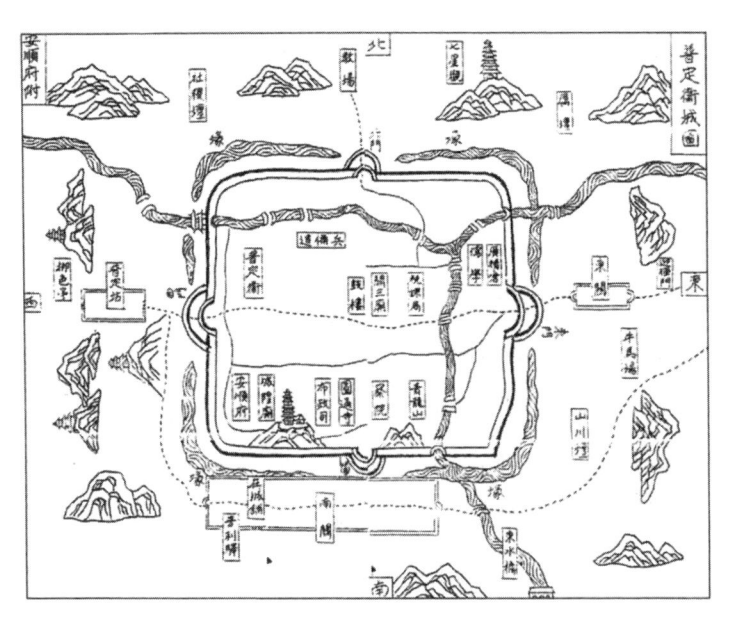

普定卫城图

安顺城的钟鼓楼（民国时期）
（1939年《揽胜画报》西南专辑）

德国人恩斯特·鲍希曼等。伊东忠太途经安顺时有记："府城方圆8里许，街市繁华，路面宽阔，宅第极尽轮奂之美，还能看见英法两国教会在此所建教堂……城内建筑，值得一看者当推圆通寺。据称此寺创于元代，观其布局，依序排列为二天门、天王殿、大雄宝殿、观音阁。大雄宝殿前面，左右两边有庑廊相对。寺院的最后面有一小山，上矗一塔刹，八角七层。"1925年，法国巴黎外方传教会（Missions etrangeres de Paris）出版了1846—1925年间法国传教士在贵州拍摄或收集的照片，其中有两张十分珍贵的安顺城鸟瞰照片。一张应是站在城南的西秀山上向北拍，可见主街从南向北延伸，街道上立有牌坊，画面的中后方钟鼓楼突出和耸立，钟鼓楼的略偏西处就是武庙。顺带一说，在前文提及的多个建筑群中，只有武庙是正南北朝向布局。圆通寺朝北，天主教堂朝北略偏西，文庙朝西南，东林禅寺也是朝西南。往画面的右手高处，深色树林环抱的一组建筑群就是文庙。向北远处可见城墙环围，更远处是群山平缓，山形疏朗秀丽。另一张应是站在钟鼓楼上向东拍，可见东街上人熙熙攘攘，有各样的大遮阳伞，街上立着多座牌坊，街道向东延伸地形逐渐高起到东门，东门上有城门楼；城外的山高低起伏、耸立峻美，特别是右手边的山如日本浮世绘中的概念山体。近景中左手突出的高大门楼，围着木栅栏内有石狮，应是武庙前的门楼。两张珍贵的照片展示了19世纪末20世纪初安顺城的总体景致。

（三）

钱理群先生给戴明贤先生《石城安顺》做的序言中称安顺

法国传教士拍摄的安顺城（站在西秀山上向北拍）

法国传教士拍摄的安顺城（站在钟鼓楼上向东拍）

是一座"边地小城"。他谈道,"作者对世俗生活背后的普通百姓的生命存在形态、精神面貌、命运……的关注,及其内在的诗意的发掘,处处流露出对生息于故土之上的乡村父老的深切理解,以及相濡以沫的悲悯情怀"。是的,一座城市终究还是关于人的城市,关于人"活在"状态的城市。但这种状态,作为边地小城,往往不由得自己决定。钱理群先生谈到明代的边地治理和屯兵如何改变着安顺,谈到清末到民国抗战时期的安顺城,如何被外来者、被下江人影响而变化,"开拓了夜郎之国古朴之民的视野,改变了他们和外部世界的关系与想象"。他谈到历史变革的广度和深度,要看它对边远地区的蔓延和渗透的程度。从这个角度,从元代开始的安顺圆通寺、文庙、关王庙(武庙)、后来的天主堂、东林禅寺等,就是文化从一些中心向边缘、边地扩散和渗透的表征。它们改变了地方了吗?从一个角度,它们的确如钱理群先生所言,开阔了视野,改变了与外部的关系;从另外的一个角度,它们却仅仅是一种外来物,钱先生在另外的一处谈道,这个边地小城有着"永远不变的散淡、潇洒的日常生活""看惯宠辱哀荣的气定神闲的风姿",有着一种"坚韧的生命力量"。而对于我而言,在安顺街头巷尾的四处游荡中,在回来后阅读的文字和影像里,恰恰是被这两种相互矛盾冲突又共融一体的城市气态吸引着,惊异着,回溯着去寻找它曾经的样子。

2023.8.18

(原文刊发在《人类居住》2023年第3期)

远距离与近探索

2005年7月的一天,我随吴良镛先生参加在北京召开的第22届国际科技史大会。杨振宁先生做了大会报告《爱因斯坦的机遇与眼光》。杨振宁谈道,更自由的眼光使爱因斯坦抓住了时代的机遇。他说:"爱因斯坦没有错失重点是因为他对于时空有更自由的眼光。要有自由的眼光(free perception),必须能够同时近观和远看同一课题。远距离眼光……保持了一定距离在任何研究工作中的必要性。可是只有远距离眼光还不够,必须与近距离的探索相结合。正是这种能自由调节、评价与比较远近观察的结果的能力形成了自由的眼光。"他也谈道:"孤持(apartness)、距离、自由眼光是相互联系的特征,是所有科学、艺术与文学创造活动中的一个必要因素。"[1] 平常工作中和吴良镛先生的交谈中,吴先生多次引用陈澹然的"不谋万世者,不足以谋一时;不谋全局者,不足以谋一域",张謇的"一个人办一县事,要有一省的眼光;办一省事,要有一国的眼光;办一国事,要有世界的眼光"。杨、吴两位先生都提倡一个基本的方法,也就是需要在整体与局部之间,在总体的时空与具体的实践之间来回观察、思考和实践,在不可能处发现可能。科学研究需要基于旧有的整体,却又需要突破其必然的限制,

---

[1] 杨振宁先生的演讲稿为英文,中文稿刊发在《科学文化评论》第2卷第4期。

在限制中、在孤持中来回思考，探寻可能的突破。

重庆是四川盆地中的一个聚居地，自古不易与外界联系沟通。古语"蜀出相，巴出将"道出了两地间的差别。重庆成为长江上游的地区中心，与历史过程中国政治经济中心迁移有紧密关系。秦汉隋唐时期川中蜀地越秦岭与长安沟通，巴地则偏于一隅；宋元后政治经济中心由西向东移，恭州在南宋淳熙年间升重庆府。鸦片战争后，大陆型的政治经济格局发生转变，新文明形态由沿海冲击而来。上海在1842年根据《五口通商章程》开埠，近半个世纪后（1891年），重庆开埠——地区间不均衡发展不是自今日始，而远在177年前。抗战时期国民政府西迁，立重庆为临时抗战首都，重庆成为远东地区反法西斯战争的中心。大量下江人、大型工业企业、银行、学校涌入重庆，在极短时间里暂时改变重庆的状态——这是这座城市极特殊的一段历史时期。但这只是历史一瞬。随着战后复员，重庆回到了它常规的状况，它还是深在内陆的一座城市。中华人民共和国成立后在相对孤立的国际形势下，城市担负起工业建设的任务，也是建设民族国家的任务，重庆于是从之前的地区商业中心城市转变为工业城市。20世纪六七十年代重庆承接了一部分来自东部的工业企业，促进了它的工业化进程。三峡国家工程的启动，西部大开发的国家政策等提升重庆在区域格局中的重要作用，1997年重庆成为直辖市，2010年成为"国家中心城市"，但重庆仍然是深在内陆的一个城市。1925年，巴县议长李奎安提出创办重庆大学。其中三条理由分别是：一是因闭塞，民众思想进步慢，以至于与交通便利的其他省交往中往往发生歧异和纠纷,要经由大学提高学术,以化除对于事情理解上的严重差异;二是重庆为商业巨埠,需要人才;三是"吾川因交通关系,风气闭塞。自昔常有蜀不易治之叹。盖由于人民思想褊狭,目光短浅,遂致内讧不休,几难自解",通过大学可启发思想。[1]1929年重庆大学成立,校训是"研究学术,造就人才。佑启乡邦,振导社会"。90多年来,在不均衡发展的格局中超越整体的限制又在地方创造性实践,始终是重庆面临的问题。开放、沟通、交流始终是必要的途径。

2010年冬我开始策划和主持《歌乐山下·嘉陵江畔》双周学术论坛,希望能够在一个相对封闭的环境中促进开放、思辨和存量优化——这一想法来自对卢作孚经营民生公司和北碚小镇实践的借鉴。向来只有发达地区凭借支配性的优势(经济、政策、人才、长期积累等的优势)"吃掉"相对落后地区的企业或事业,但卢作孚的创造性实践能够将事业从深在内陆的重庆发展到长江中游的宜昌、汉口、下游的上海,甚至在抗战后计划国际航线,能够与当时国营的支配性的招商局竞争与合作。卢作孚的精神与实践仍然具有当代的深刻价值。当时提出"论坛选题主要围绕'全球化格局中的中国城市化'及相关领域的学术前沿。目的一方面在于沟通学科间交流,促进学科交叉,产生学科间碰撞以及推进学科内部的讨论;另一方面为相关的研究者提供学术传播和互动的平台。更为重要的是,希望通过这一活动,推进师生间更为广泛的学术交流,不仅在学术成果、

---

[1] 李奎安. 创兴重庆大学意见书[J]. 渝声季刊,1925(6):30-31.

方法与理念，更在学术的态度和理想"。

　　双周论坛总共持续了 100 多期，参与的讲者有来自学院内的教授，学校内其他学院、学部的教授，重庆市内的政策研究者、资深的实践者，国内院校的教授，以及国外知名院校的专家学者等。每一期演讲我都邀请了与讲者研究方向相关的两位（或者以上）评论人参与讲述和讨论。罗列曾经的讲座没有什么意义，但一百多期各种不同角度的讲座留给了听者多维的视野和思辨的可能；它们也留下了一段记忆。我常常还记得讲者与评论者、听众间激烈而热情的互动，对一些问题的持续追问。我们很需要从更大的范围、更远的距离来审视自身，我们十分需要"自由的眼光"；我们需要在辨识过程中、在近距离的实践中探索——实在不是为了完成各种"指标"。双周论坛中各种不同空间范围、不同领域方向讲者的讲述和讨论共同提供了一种可能的指向。

2021.4.6

　　（策划和主持《双周论坛》期间，我任重庆大学青年科协副主席、重庆大学建筑城规学院青年学术委员会主任。工作过程中得到学校科协靳萍老师、学院赵万民院长的各方面支持，在此表示感谢。原文刊发在《大学科普》2019 年第 3 期。）

乡村建造通讯两束

（一）

两位好！

很高兴在元宵节开始这次讨论。元宵节是传统节日（我记得少时到了傍晚和父母或者朋友一起逛斑斓灯市，猜灯谜，放鞭炮。四处熙熙攘攘，红灯四照，真有新一年的氛围），在今天已经剩下一个空壳和符号（我现在在一盏黄灯照亮着白色墙壁的屋子里写作，四周一片寂静）。生土建筑也是如此。要想恢复生土建筑的现代使用，需要系统性的转换，把生土的生产、建造和评估等纳入现代建造体系（看上去是同一个材料，本义上已经有着根本性的不同），否则仍然只是一个符号，一个情感依托的符号。

先回应前面提到关于城乡变化的问题，关于"可能决策者才是这个时代的艺术家"的感慨。乡村变化的根本原因不在乡村本身，而在变动的城乡关系之间。我的理解是，乡村是小农社会的空间载体（尽管这个历史久远的小农社会在最近一百年间略有现代化），城市是"有中国特色社会主义"的空间载体。大城市要进入经济全球化，要现代化，却有着高度的风险（资本积累危机的爆发等）。每次城市危机的出现都会向中国内部的其他空间，也就是农村的空间转嫁。20 世纪 30 年代的情况就是这样，具体不在这里详述,可以见我的文章《歧路:20世纪20—30年代部分农村研究文献的简要回顾》。中华人民共和国成立后的还可见温铁军的《八次危机》。2008年以后,因美国次贷危机带来的全球经济萧条,以出口拉动的模式受阻,进而转向内需生产。由是《中华人民共和国城市规划法》改《中华人民共和国城乡规划法》,城市规划改城乡规划。乡村的生产被提上紧要议程(最近更加急迫)。只是要把小农空间转变为现代资本积累的空间,是个系统性和结构性的改造过程,有着众多需要讨论的问题。我的基本看法是,希望在县镇乡(只是在越加两极化的世界里,它们还有多少可能的希望也是需要再议的),不在基层农村,具体可以见我的《兼容二元:中国县镇乡发展的基本判断与路径选择》。乡村还有一个巨大的问题在于,由于土地产权的差别,要解放农村(劳动力在一定程度上已经解放),土地也需要解放。集体土地产权如果入市,这将会带来些难以预测的问题。

接着对相关问题的回应:

对于第一个问题:材料上,夯土在乡村容易获得,那夯土的技术是否是外来的,土质有什么讲究,在邛崃有什么地理上的独特性?

XL的回复体现了他试图把材料使用科学化的过程。这似乎是绝大数现代建筑师面临传统材料的普遍做法。特别是他要把夯土作为承重材料来使用(尽管从发来的资料上看墙体并不高,顶部做了混凝土压顶),也需要一定的信心。

我自己在使用夯土的过程中,没有特别考虑要把它当作承重材料,而是情感材料。但同样要对夯土的属性进行实验(因为不熟悉),在现场用各种不同的配比研究它的坚固性和美学效果。

组织形式上，进入乡村考虑建造的同时，想到当地人可以从建造中学到什么，带走什么？那么工人如何学习？他们是怎么组织的？

XL 培训当地工人的方式，很不容易。如果当地有夯筑的传统，如何利用现代技术改造或提升传统技术就是个有意义的方向。当年埃及的哈桑·法赛就是干的这个事情。

我的观点是，不宜从头开始。介入一个地方社会，宜尽可能利用现有的体系，包括建造体系。上乘的做法是用当下的成熟做法（经由改造）完成想要的目的。要组织工人，在农村的建造中，往往建筑师并不容易处理（也不是他熟悉的领域。我曾经提出由地方建委组织农村的包工头进行现代建筑的培训，这可能是一种方式）。

结合二者他提出：在熟人社会建造依靠相互帮助的前提下，农民学会了技术之后，夯土建筑是否是低成本或无成本的？

XL 对于这一点的回复我很同意。如果不使用既有的建造体系，其代价或者成本往往是高昂的。夯土也是这样。

其中还涉及投资属性的基本问题。我常常在媒体上看到一些"网红建筑"，也看到它们存在的一些问题。如果是私人投资，特别在农村地区，往往不需要特别审批，不需要节能审查等等。没有一些规范的限制，可能就有更大的创作空间。如果是公共投资，那就必须符合国家的各种烦琐规范。这些看不见的手对于具体建筑实践有着深远的影响，却往往缺乏足够的讨论。

先谈这么多。

祝两位元宵节愉快！

（二）

两位好！

建筑设计是整体社会发展状况的局部。或者说，任何局部都映射着整体的状况。这样说有点颓气，这样的论述总体上可能有一定道理，却不能说明整体为何和如何朝着某个方向的运动，这个局部（及其形态）如何能够推进或者阻碍整体的发展（艺术也是如此）。或者说，缺乏了主体性的视角。

"如果技术更新，是否有可能帮助生土材料纳入现代建造体系（例如建筑3D打印）？"是一个有意思的问题。它的本质是如何让传统再生。某一种事物的存在是在某一时间和某一空间与某一事件的结合。它只存在一次。再平凡的事物也存在过一次。某种传统的形成，是事件在一定的时空中不断重复的结果。之所以能够重复又重复（经由局部的微调达到一种普遍的美），是符合了彼时在观念、社会和物质实践的共同构成的体系。在此时要用彼时，往往是一种留恋（又有谁不留恋呢？），但却往往转化为粗劣的模仿。我在福建闽南地区几次看到在农村的新住房（方盒子）上叠了一层老式房屋的瓦面屋顶（优美的起翘），虽然是一种拼贴，却多少表现了人们对过去的留恋，同时也体现了没有能力创造新时期建筑的疲软。在当代，人们常常贬低市场化的行为。回应如何纳入现代建造体系的这个问题，一个可能的方式，还是在市场——但马上说，这个"现代建造体系"不仅仅是市场，还得需要官方法规的认可。所以更准确地说，在于市场与政府的共同作用。这不是没有先例，生土材料的应用，在国外的一些地方，也已经市场化（如澳大利亚）。要和其他材料竞争，除了它本身的独特性优势以外，整个生产流程（技术流程＋管理流程＋法规流程）都要成为现代的，否则就举步维艰。比如，节能一项往往就很难通过，造价也难以纳入既有的体系估算概算。这不只是技术的问题，如提出的3D打印的问题。在建造体系中，往往是技术问题最容易解决，而社会性的议题和进程更为棘手，也需要长期的过程才能得以推进。

对于"当材料不匹配当下生产力和社会结构的情况下，只能作为某种情感依托？"——我的答案就是明确的"是"。它并不是什么坏事，只要做得专业和得体，只要是本着追溯这份"情感依托"而去。我想徐浪做这个房子，就是有着这样的情感依托和专业的努力。只是他想要多点东西，多点社会性的考虑（在多大程度上能够起作用是例外的议题）。

对于"即使这些材料就地取材，促进当地持续发展，是否仍然无法超越现代化召唤，在乡村当代建造中'在地化'表述，如何逾越单一现代性？"——"在地化"不是"外来的在地化"，它本质上应该是内生的（但立刻就涉及内生的空间尺度问题，是中国的内生、上海或四川的内生、邛崃的内生还是其下一个村的内生问题）。如何超越单一的现代性的根本在于某一空间的主体性存在和实践中的创造（最小的空间尺度单位是人）。传统农村的消失有许多原因，城乡经济关系变化的原因、历史过程各种因素共构的变化等，其中的一点，是农村原有主体性的消失，那些承载着传统农村文化主体和群体的消失。今天的乡村建造（不是振兴），往往是外来者"农村想象的在地化"（这个外来者不仅仅是建筑师，而是城镇中掌握权力、资本、知识与技术的群体），和本地并无太大关系。有一点是需要强调的，乡村不能是过去想象的复制（现在往往是披着过去想象的外衣），它需要现代化。我们需要的是（或者也可以说，乡村的人们需要的是）现代化的乡村。

这就涉及后来提出的两个问题。乡村的道路在哪里？我们可以做什么？这些都是大问题。一种可能的、也是微观的，有思考有创造性实践，去介入农村的建造。或者说，某一个个体，通过自身的观察和思辨，介入农村具体事务的实践。（在这里需要说一下，农村不必然是"弱势群体"。）另外的一种，却在于建立农村的主体。这是一个长期的社会进程。需要调整总体的社会结构，赋予农村（更准确地说，在县镇乡一级，不在基层农村）更多的权力（财政、人事、审批等）。但当下存在的问题在于，这一结构还没有建立，资本的力量已经（要）进入。市场化是需要的，却也需要管控和引导。一个很具体也很现实的问题，就是农村集体建设用地的市场化。如果之前没有做好相关的管控（当然，如何管控又是另外的一个难缠的议题），特别对于农村公共物品、公共景观的保护，对于农村经济利益的一定保护，一窝蜂的大小资本下乡可能带来的就是农村景观和农村社会的大破坏。

先谈这么多，和两位讨论。

祝健康和愉悦！

◈ 建筑公共性的愉悦

愉悦是生活的目的，是生命过程的需要。

（一）巨变年代中的"建筑在"

"建筑在"是我杜撰的一个词。它在表明建筑本身状态的同时，背后隐藏着活泼或者机械重复着经由建筑生产和使用过程中"建筑者"和使用者的状态。它是一种相互关联、紧密互动的共同状态。其中立刻浮现一个尖锐问题和深层困境，"建筑本身的状态"能够和"建筑者"、使用者的状态分离吗？能够和人的状态分离吗？它们不是一个总体事物在不同局部的表现吗？它们之间的关系如何？如何定义建筑本身的状态？有这样一种状态吗？这种状态会被建筑的视觉形象所覆盖或遮蔽或扭曲吗？还是它就存在于建筑的生产和使用中，包括从平凡的日常到喧嚣异常的网络传播过程当中？它是各种蒸腾着的热切目的、肥厚欲望的结晶，还就只是坚硬墙体构成的无表情容器，可以调节温度度数的机器，包裹（Hold）着职、住需要的各种来来回回、大大小小的活动？"建筑者"关心建筑的总体状态吗，抑或只是把它当作供应品或者商品来生产（以完成被安排的任务或者谋求高额利润）？或者，只把它视觉形式上"最美"的一瞬定格（他自认为的，或者他遇到的它"最美的一瞬"），在网络端传播以求谋得这个或者那个？有着各种各样的使用者，他们能体会、理解、需要理解建筑的状态吗？他们会维护用心的建筑者的创造还只是随意处置，任其脏乱和混乱？换一个角度，建筑者用心安置（Fixed）下来的建筑状态应该怎样随着各种不同的使用者需要的变化而变化呢？建筑者本身就是个由各种不同人构成的多义词，有这样的可能吗？更进一步说，建筑的状态能够促进人们之间交往和相互理解，能够激发他们在某些时刻的感悟，甚至是内心的触动吗（提出这样的问题，实在已经是一种苛刻的要求了）？技术的快速迭代更新和建筑、建筑者，与使用者之间有什么样的关系？"建筑在"为何而在？建筑、建筑者、使用者三者之间的关系如何共构了某种变化着的状态？

作为社会分工之一的规划师、建筑师，他们首先是社会的人，同时也是建筑者的一部分和城市空间、建筑的使用者。他们是整个大生产机制、机器中的一个链条。他们向外如何认知一个巨变的社会？（他们需要主动认知吗？还只是安全地、舒适地、气壮地驻在圈画出来的领地里？）向内如何处理自己、城市空间、建筑和使用者之间的关系？他需要灵魂出窍般地反观自己吗？内与外并非没有关联。恰恰相反，感知、理解和批判性认识变化中的世界是具体实践中创新的来源，才使人不至于仅仅成为工具。作为社会分工的一部分，成为工具是一种必要和必然；但作为人，大概还要超越工具，对于工具应用的社会性及限度有所反思。或者说，他不仅要在工具的尖锐性上用功，更必须对这把工具在整个工具群的位置、作用、社会效应等有辨识，对整体工具群的运动目的、作用有批判性思考。他当然要养家要存活，但他不应只作为工具而存在。他的思辨性和自发性是"建筑在"的一种必要。

人有适应变化的限度。巨变过程使人焦虑，显现在日常生活中的各种事件和细节当中，成为一种状态。巨变年代的"建筑在"，需要在过去、现在与未来之间寻找可能道路。它需要打破表面繁荣却异常沉闷的帷幕，打破坚硬的惯性，从更大的时空范围来检讨自己。它需要知晓历史，却不能山寨历史，销售历史，也不能沉浸历史，尽管钩住历史往往在巨变的年代中给人一种安定感和身份感，如在狂怒的汪洋大海找到一个立足岛屿。尽可能去认识完整的历史是观看自身的一种必要，但着迷于沉重的过去往往难以迈开有创新的勇敢步伐。"建筑在"的目的在于让人意识到自己的存在，体面地、愉悦地活着，同时，如果按照本雅明的说法，不恐惧。它很显然只是一个乌托邦，但值得为之践行。

（二）建筑的公共性与愉悦

建筑天生具有公共性。或者说，建筑处于公私之间的边界，它同时具有两种属性——对于人而言都是必然的需要。公与私并不具有绝然的、完全清晰的边界，和人群的构成及其关系边界相关。某一群体内部的"公"对于外部群体即是"私"，而"人群"的范畴在不断变化。在更深的层级，公和私相互嵌套，在公之中有私，在私的群体中形成公，展现出复杂、有趣和困扰的状态。把私插入公，或者公介入私，都是经常发生的"僭越"。比如，在风景优美的公地上出现了私人的房产，或者，如乔治·奥威尔曾经谈到的诸多状况。在一栋有"公共属性"的大房子里，对于所有使用者而言它都是一个谜和迷宫，一个有"特殊的私"，按照某种社会层级关系堆叠构成的"公共"大房子，很可能即便是隔壁的房间也从来没有能够开过门，看过里面的状况，更别说遥远的隔层的、顶层或底层的房屋。在一"私有"的公寓里（用"公寓"来表示由私居的集合，是一件有意味、值得探问的事），承载有各种强烈意图的图像、声音、影像、文字等通过电视或手机粗暴地、肆无忌惮地介入到私人的空间里，拉裂了、裂化了家庭内的交流——一屋子人坐在一起，各看各的手机，各联系各的人是常有的现象。公私边界的变化、游移状态，也就决定了作为边界构成的建筑，它的公共属性和私有属性的游移状态，它的状态。名词意义上的"公共建筑"，是指具体功能（如某些行政功能或者文化活动功能等）为公众服务的建筑（事实上仍然定义模糊），却往往有着僵硬和严格的空间管制边界；它是在既定时间内公众有直接目的行动发生的建筑（普遍趋势下它对人群行为和往来的监察管控越来越严格），却并不代表着"建筑的公共性"。它只是分工社会中执行社会性、形成社会功能性运作需要的产物。"公共建筑"在根本意义上不具有建筑的公共性是可能的状态。

什么是建筑的公共性？建筑的公共性是"建筑在"的核心构成。建筑的公共性在维护私的权益基础上最大程度提供建筑可能的公共化和共享，它努力促进人与人之间、人与自然之间的交往，促进人自我意识的偶现，在高度分工的社会中，为各种人群提供偶遇、邂逅、交谈、交往的可能——或者说，在一个高度分割和分隔的世界中，提供打破坚硬隔离的可能。它还可能内嵌有对于当下社会性问题的思辨，对于社会公平正义、环境危机的思考；以及在根本层次上对于人存在状态的反观，进而内化在物质实践过程中（如何把理念与物质生产相结合，是关系复杂的、博弈的过程；但如果缺乏社会性思考，这一过程就只是工具性行动）。它同时也认识到人对于空间尺度感知的有限性，从这一意义上，它拒绝超大尺度空间。它高度承认和维持私的权益，尊重私的权益，但它抵抗公共资源、公共风景、公共空间等的私有化。它同时也抵抗具有强烈意图的建筑奇观化和视觉表演——或者说，在形式与内容、交换价值与使用价值之间，它倡导后者，但并非不考虑前者，而是拒绝前者对后者的支配状态。它不意味着形式僵硬地追随功能，它理解功能与形式之间的复杂、多义关系，理解可能的创造性存在对于两者关系的深刻认知之中；但它是从社会性关系，从促进人与人、与自然之间的交往出发，而非形式本身出发——形式是社会性关系考量基础上的创造性结果和表征而非出发点。这是一个根本性差别。

建筑的公共性很显然不仅是建筑的物质状态。物质状态是社会行为发生的实体支持和基础，它的社会性使用、它内嵌的和倡导的对于存在世界的观念，共同构成建筑的公共性。也就是说，物质的、社会的和精神的（价值理念）交互作用的辩证关系，共同作用和构成建筑的公共性——它是一种整体状态，而非建筑的物质状态。从这一点上讲，作为专业者的规划师、建筑师，作为在局部工作的专业人，有所参与却不能控制建筑的公共性，因此它无法仅限定在本身狭隘的专业领域中来讨论；作为专业者的他参与生产、他在生产过程中起到消极或积极的影响（什么是消极、什么是积极仍然是可以讨论的议题），但当投入使用后，作为生产链一环的他已经和自己曾经参与生产的这个物剥离，这个物即是社会性的产物，新生的它，新生的物接着要进入到连绵不断的社会性过程当中，回过头来作用于个体人、作用于社会人群（包括各种专业人）。"作者死了"（和文本的生产不同，建筑的"作者"是数量众多的作者共同撰写，是充满合作与冲突的"写作"），"作品"也就交由管理者和使用者去处理、使用和解释，或者从另外的一个维度看，建筑的公共性一端连接着政治、经济、社会共构的宏观问题，一端连接着建筑在具体使用时的细腻经验和感受。它经由微观层面的实践和操作，试图在宏观与微观之间为人的意识存在和自发性提供可能的空间——是多种可能性中的一种。然而一个物质形态上公共部分开放的建筑，在使用过程中通过各种大小的密集的规定、规章、法律等来严格限定人的活动内容、轨迹等，来强力规训人的行为，是建筑公共性的一种普遍状态。如何生产出新的建筑公共性于是成为重要议题，它关系着日常生活的质量，关系着人的存在状态。

　　人既希望独处也渴望交往，同时在独处和交往的过程中获得愉悦。愉悦是生活的目的，是生命过程的需要。独处相对可以自我控制，而交往是社会性的活动，进而积极的、相对自由的交往是愉悦的必要。建筑的公共性是总体社会公共性的重要构成，是人在日常生活中获得愉悦的一种必要途径。

空想者
空间的危机与愉悦

石柱中益乡便民服务中心与农贸市场

（三）建筑实践

1. 空间的多义性和风景

空间具有多义性。一个被指定特定目的的建筑，并不必然只能有这种功用，这意味着围绕着它所需的功能，还可以有其他价值用途，特别是生产建筑的公共性，为人的各类活动提供可能。从这个意义上，这一特定目的的建筑在满足它自身用途的同时，通过为人群提供公共活动空间而得到某种意义上的提升。

基于这一考虑，石柱中益乡便民服务中心与农贸市场试图通过提供功能并不十分明确的"模糊性"大空间，容纳各种不同的乡村活动；它既可以是特定场期的市场，也可以是非市场时期村民干晾谷子的场地。在特定时期，它已经成为乡村婚礼的场所。它还可以有各种活动的想象和使用。同时，建筑通过屋顶的可达、可活动、可观风景来实现它的公共性。

2. 连接的价值和意义

连接创造新的可能。连接不仅是一处与另外一处的沟通，一人与另外一人的联系，或者一群人与另外一群人的往来，它其实经由关联，消除原来不能连接的困境，并经由连接产生出某种可能的新东西。创造总是存在于异质性要素之间的关联、冲突和交融之中。同时，在一个被各种分隔的世界中，连接的极端重要性使其本身成为一个重要节点。

石柱中益场镇的蜜蜂桥连接了被河流阻隔的两岸人群和各种活动，人们不再需要绕一大圈才能到达彼此。作为节点的步

蜜蜂桥

行桥，同时也成为孩子们在课后嬉戏、游玩、奔跑的地方，成为大人们停留、闲聊和聚会的场地，感受一种闲适的愉悦。夜幕降临，湛蓝色的夜空下亮起灯的步行桥成为场镇中神奇的一景，启发着孩子们的想象力。

3. 看风景和成为风景的建筑

风景就是一种资源。美丽的风景是一种稀缺资源。享受风景是人生愉悦的一种路径，是人与自然连接，进而转换为人与人连接的一种方式。自古以来，看不同的风景引起各种情思，或思人或思乡，引发诗意进而留下各种文字。从这一意义上讲，它就是人自我意识偶现的一种表现。卞之琳在《断章》中说："你站在桥上看风景，看风景人在楼上看你。明月装饰了你的窗子，你装饰了别人的梦。"看和被看是一组互动关系。在风景中的建筑本身也应是美丽风景的一部分，而不应煞风景。

柏芷山上的"观己台"建造在山中的一个高处，有如帕特农神庙建筑在隆起的卫城上。它在跌落的山地间为人们提供一个"坐看云起时"、静看夕阳暗的平台。平台的意义不是平台本身，而是在特定环境中一种人与自然，人与人之间的连接介质。常有人在这个风景眼处大展双臂，面向连绵大山高声吼叫，释放情感。或者，在山间金黄明灭之时，孤独静坐或两人携手看日落。它已经成为风景中的风景。

（原载于《重庆母城建筑口述丛书3》）

柏芷山上的"观己台"

◆ 造物者的乐趣与困境

在细微处观察，在日常生活的观察中思辨和超越定见。警惕专业的片面性，在探求总体性的状况下创造性实践。在感性与理性之间、在广大与精深之间、在外在与内在之间、在理想与现实之间建立某种积极的平衡，去享受困境中的乐趣。

（一）少年只能遥想

1990年我离开福建漳州到重庆读书，学习中深觉学海无涯。学习中不同知识的交融，吴良镛先生讲的"融贯的综合研究"，能够使人更整体地思考存在的世界。专业领域的精深与向外的交叉和融贯，就像是一个硬币的两个方面，往往只有更宽的视野，才能够在具体某一方向有所推进。

2003年初我到清华大学建筑与城市研究所，跟着吴良镛先生从事博士后研究工作。中国博士后的设置是20世纪80年代中期李政道先生向邓小平提出的建议，目的是使刚毕业不久的博士，有一个相对良好的科研环境，有一定的学科交叉，促进科学研究的推进。在清华时吴先生给了我比较宽松自由的研究环境，使我可以在城市历史、人文地理、政治经济学、空间研究等领域有所涉及。

我经常和学生说，一个人的知识结构应该像摁钉一样，有一个宽的面，搭配一个尖的头，才能有受力面将钉子摁进物体当中。如果只有尖的顶，很难推进去（尤其是，方向本身也是个问题）；宽面给的是用力面，用来理解社会、更广泛地了解各种相关知识；尖的部分就是专业构成，是具体应用的部分。宽广的知识面和深的专业实践，融贯的综合研究与认识和处理真实问题，两者相辅相成。2007年以来和学生们一起，每个月举办一次读书会。读书会上同学讲说各自阅读的书，大家一起研讨和分析，涉及哲学、社会学、文学批评、艺术理论、城市研究、建筑理论、政治经济学、历史、人文地理等。大家在讨论中共同学习和成长。

离开漳州已经30年，少年只能遥想。从学校里的求学到主动去认知存在的世界，我对自己的期待，是去认识真实问题，在认识的基础上创造性实践；在抽象与具体之间、理论与实践之间、感性与理性之间、广大与精深之间、外在与内在之间、理想与现实之间建立某种积极的平衡。

（二）细微处观察与超越定见

建筑不单是一个技术逻辑的生成过程，而是各种不同因素共同构成的复杂矩阵影响着事物发展。首先是人自身对于这个世界、这个城市的认知。城市是我们日常生活的场所，是认知世界的重要空间载体，进而也影响着我们对于世界、对于我们自身的认知。

我写过一篇《一公里城市》的文章，记录的是几年间在从家到学校往来的街道上看到的变化、感受和思考。"一公里"（是个概数，对一些人来讲可能是几公里、几十公里）是从工作到生活的轨线。对于大多数人而言,每天的生活就是这一条线。初看起来是一条时空的线,但时空线背后是由各种规矩、规定决定的。比如我是老师,我就必须按时来上课。这些规矩规定了每个人的时空轨迹,而绝大多数人都在时空里面,很难突破这种既有的、被限定的轨迹。

我还写过一篇《在其中与不在其中》的文章。一公里城市的日常生活就是"在其中",作为一个人,在城市里的生活会变成一种日常状态,对这种日常状态不够警惕,人的思想就会固化,变成只"在其中"。但当我们还可以"不在其中",以一种俯视的视角来看,就能看出在这一公里的日常生活环境里,人的状态与新的可能。也就是说,一方面你必须"在其中",这任何人都躲不开的,但这并不是全部,你还要"灵魂出窍"般地看看自己的状态,寻找新的可能。

在读书会中,我们经常谈到如何警惕"定见"、消除"定见"。日复一日的日常生活往往使人麻木,人只"在其中",从而形成惯有的成见或偏见,进而成为一种"定见"。如何能够摆脱成见是人生的关键,要不断地突破已经形成的"定见",开拓观察生活的视界。

"一公里城市"是我日常生活的样本,也是我接触世界的方式之一。在来回之间发现空间不断地发生着变化,比如门面变得越来越窄,但是进深却越来越深。对现象的感知就是一种经验,而对于感受的看法、思考和分析则取决于知识构成、人生的经历。日常现象的观察在某种程度上讲是"在其中",如何超越这"一公里城市"的现象观察,抽身反观这一公里城市里这样或那样的问题，就是"不在其中"。需要把"在其中"与"不在其中"结合起来，把具体和抽象、经验与思辨结合起来。

"人"的状态与专业

对城市的感知可以被归纳成一些普遍性的要素。但每一个个体对事物的认知是不同的，有差异的。比如街道尺度的变化、水的变化、迎面吹来的风的变化以及温度都会对人的认知产生影响。比如与某个人在某个茶馆或咖啡馆有过一次深入的交谈，虽然很可能这个茶馆或小咖啡馆很不起眼，但对在这里共处深谈过的人来说，这个不起眼的空间是在这座城市里对于他们而言重要的地方。这是普遍性与个体差别的关系。

也就是说，需要从普遍性和个体性的不同角度看待事物。作为一个现代建筑师，众多造物者中的一类，在具体工作中往往应对的是普遍性、抽象性的内容。但如果考虑各种不同的个体，他们的具体需要，就会产生不同的思考方向和实践方向。专业知识会加深一个人对某个具体方面的理解，但如果不警惕，专业将限制他对其他方面的认知和思考，将使他缺乏总体性的认知。对于建筑师来说，在具体工作中的实践应该是从"人"的状态为出发点，而不仅是一种专业人的角度去观察。

（三）感性与理性

建筑师是狭义层面的造物者，除了做好自己专业的事情，应对"公共"的意义、形态及其生产有所思考。

我曾带孩子去过悉尼歌剧院以及挪威的国家歌剧院。在参观挪威的国家歌剧院时，孩子对我说："我觉得这里比悉尼歌剧院好"。我对他说，这种对比的感受很有意思。两个剧院的设计来自不同的时代需求，悉尼歌剧院是贝壳的形状，是以形取胜。挪威国家歌剧院呢，建筑师追求的不仅是建筑造型对人产生的吸引力，更多的是社会公共性思考，让歌剧院成为一个可供人交流的公共空间（不仅仅是"歌剧"的功能本身），这也是公共建筑之为"公共"的地方。

设计的形成是感性和理性的结合。建筑师需要在变化的过程中作出决定，就像写书法一般，不是每一幅书法都可以写出自己想要的感觉。建筑师也会出现这样的状态，不是每一次设计都能成为自己满意的作品。其中有着理性和感性共构的交互关系。

举个例子。柯布西耶设计朗香教堂，到现场后不久，通过对于环境的感知、任务的理解等，应有的教堂状态很快在脑海中呈现，设计方案很快就出来了。他认为这样的方案是这块场地应该拥有的状态，不需要通过一步一步的理性解析、剖析得来。当然逻辑推演是一种设计方法，但一块场地上的建筑设计通常不是纯理性可以解决的。但通过理性的解剖、解析后罗列在人们的面前，对一般人是有效的（比如 BIG 事务所的一些工作方法）。我不认为哪一种好或者哪一种坏，这只是两种工作方式（而且往往是交叠共用的方法），和建筑师本人的状态、素养有关，也和他面对的对象有关。

感性当中有理性，理性当中有感性，一个人的思想是充满矛盾的，人的一生也是如此，这是感性与理性不断交叠的一个过程。现在的建筑师往往更多受到理性支配，如何能够使建筑更加温润、能够给人更感性的经验是需要努力的方向。

空想者
空间的危机与愉悦

（四）建筑语言与建筑师的乐趣

当形成一种固定语言的时候，一方面是建筑师可能成功了，另一方面是建筑"死"了，就像丧失了生命力一样。虽然被社会所认可，但创造力也会随之消退或消失。建筑语言的使用是建筑师理解世界的外在显现。

正如文学作品一样，比如周作人跟鲁迅的文字，周作人写"雨天吃茶"的状态，写"入厕读书"，文字平和冲淡，是一种日常生活的感受和领悟；鲁迅的文字则比较犀利，与鲁迅文风相近的还有如张承志的文字，都有一种战斗的精神。周作人、林语堂是另外一派，这是一种状态的显现，人的性格会影响体现出来的文字，就如同是生命的延伸。

建筑过程中，应该对不同物质的表情进行探索，比如对材料的认知，混凝土、钢、玻璃等各种不同的材料之间的组合，这方面总体上在中国建筑教育里是比较薄弱的。早期的张永和、王澍、刘家坤等建筑师，都是从材料属性的认知开始。在过程当中，需要去摸索这些材料组合的不同情况，就像文字的组合一样，文字人们都认识，可是当把字挪到不同的位置，其中传达的情绪就会发生变化。而建筑师手里能用的"字"，就是材料，组合成的空间以及空间传达的意味都在其中。

去探索未知的建筑形式，发现建筑中不同的物质、不同的材料，去感知它们多元化的丰富表情，是建筑师之为建筑师的一种乐趣。

(五) 每个人的困境

每个人有每个人的困境，永远都是这样。孩子也是一样，虽然你会面对他的焦虑，可是最后他的焦虑只有他自己来解决。孩子要从小学升到初中，要找一个好的学校，父母肯定会很焦虑，可是我觉得最后还是要孩子自己去面对。又比如说，地区的不均衡发展是一个现实，而且是一个强制性的力量。在计划经济时期，人才和资金的分配是计划性的，毕业生必须听从国家的分配，所以那个时候是一种相对的均衡。在 40 年发展过程当中，东部地区有大量的人才、丰厚的办学经费以及观念的开放、相对灵活的机制，经由时间的沉淀，就逐渐体现出东西部的区别来。这些处于西部的人难道不会焦虑吗？（尽管处于东部的人也有他不一样的困境与焦虑）东部地区很多的院校在知识结构、教学类型上出现了新的变化，西部大部分的地区基本上还是旧式的知识结构等。作为个体，面对这样的结构性问题，几乎无能为力。

齐美尔在《货币哲学》里谈道，过去的 100 年间可以看出，整个社会机制越来越庞大，知识的积累越来越多，物质越来越丰富。外在世界在不断地扩大，人却被切割得越来越小，你成为一个某方面的"专业人"，专业再往下又被切成更细的碎片。外界越来越丰富，个体却越来越萎缩，这就是当代社会城市的一种状况。马克思曾经谈道：我们每个人贡献我们的生命，去建造一个异化的世界。这个世界由我们的生命和劳动时间所转换成，可是这个世界却回过头来挤压我们，使得我们成为社会分工中的一个部分，我们只是一个社会分工，而不是一个完整的人。这些事情在所有专业领域里面都存在，无论是建筑师规划师，还是媒体工作者或者导演，或者其他的职业，一样都会面对同样的问题。外部世界越来越庞大，你必须受制于外部世界的法则。法国哲学家列斐伏尔谈到需要"努力超越这种社会异化"。一方面你必然是这样的社会角色；另一方面你怎么才能够挣脱出来，有一定的思辨意识，这是现在的一个难点。

（六）差异性的价值

我对孩子说，要意识到学校教育是一种同化的教育，要有自身的差异性，才能更深刻地理解存在的世界。要把书本里的知识与现实结合一块。学生学了很多抽象的知识，却往往不正视现实的世界和现实的问题，不能把抽象与具体关联在一起。然后就是对不同文化的经验、感知和思考。就如一个人要身体健康成长，要吃各种不同的东西，心智上的发展也是一样的。要试图去理解各种不同类型的文化，读各种不同类型的书，心智的发展才会比较完善，能体会到思考的乐趣。

教育要让孩子养成独立思考的习惯，现在主要的方式是灌输知识。培养独立思考的能力与习惯是一个很长的过程。人生是场长跑，用力在独立思考的教育一开始好像落后了，可是到后面总会有发力的时候；就如在森林中，要去敏感感知周围的变化和找出一条可能的路，而不是在既有的路上走寻常的路。这才是孩子的未来。

2020.1.17

（原文刊发布在"建筑档案"公众号）

矶崎新展研讨会现场

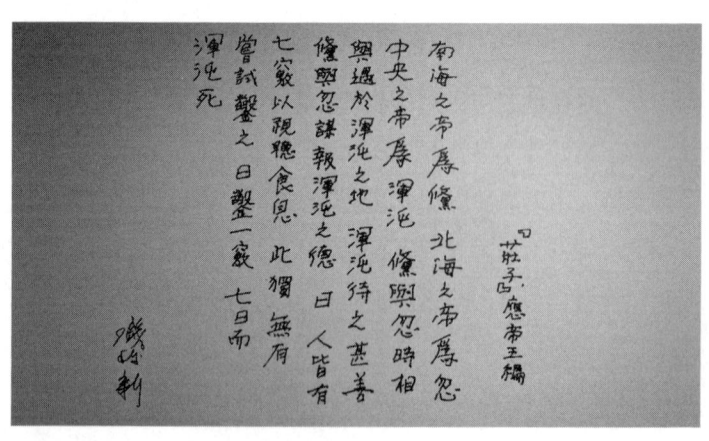

矶崎新抄写《庄子·应帝王》

成都观矶崎新展：掠影与思考

（一）

13号到成都观矶崎新展。一大早动车从重庆出发，重庆到成都只要一个小时多一点。从成都东站到城市西边的展场，在雨天缓慢横穿城市，以至于错过朱涛的开场白。

（以下为避免烦琐，略去教授、老师、老总、主任等称谓。）

13号早上有5位讲者，朱涛主持。胡倩通过许多照片讲和矶崎新一起工作的状况；谢小凡讲矶崎新设计中央美院美术馆建设过程等；樊建川讲矶崎新设计的日本侵华罪行博物馆；刘克成讲在西安陪矶崎新去参观过程中的故事，并阐述矶崎新国家大剧院方案的构思；他说各位聚在一起讲述，是对矶崎新的一种缅怀；王蕾讲贝聿铭展的安排（稍微有点意外，和矶崎新关系的勾连并不太紧密）。

下午开展，人群聚集涌动。次日早上没有安排，去四川省博物馆参观。馆中有不少内容值得看，但设施和管理都还有改进的地方。从建筑师的角度，中庭顶部的钢结构处理值得注意。用材纤细、形式巧妙，体现当时建筑师或结构工程师的思考。现实生活中有许多这样优秀的案例，但它们往往并不受重视，消失在时间的过程中。

14号下午在玉林颂有另外一场研讨，胡倩主持。朱涛讲述展览的考虑和安排；汤桦讲《致敬 Isozaki 桑的时刻》，回顾从读书开始受到矶崎新的影响，到工作后矶崎新到南油文化广场等。汤桦的讲座线索清晰、页面清爽，且很应题和应景，最后用一种"颂"的形式，向矶崎新致敬，用"一切坚固的东西都烟消云散"作为结尾，回应矶崎新的"废墟"概念——也许还有其他。王辉讲《矶崎新：回到大写的 A》，回顾 10 年来每年一次的 ANY 杂志，资料详尽精彩，但要在很有限的时间里把 10 年里的杂志概要讲一遍，显得有点困难。其中的大写建筑和小写建筑的讨论回应了这场研讨的主题，也引发后面的一些讨论。李巨川讲《矶崎新，最后一个建筑师》，和汤桦的讲述类似，从大学受矶崎新的影响谈起，谈到建筑师对于解构主义的误解等，内容饱满和有思考。刘家琨最后做扼要讲述，也回应了大写建筑和小写建筑的问题。最后几位讲者一起上台回应了听众问题，以及进一步阐述观点等。西南设计院的钱方和刘艺一直在场。14 号下午的讲述各位讲者都使用了 PPT，整体比 13 号早上的要精彩。

听了讲者发言，看了展览，简要谈一点想法。

展览标题《矶崎新：一个世界公民眼中的中国》——"世界公民"这一词也许值得更进一步讨论。有更大的视域，有世界眼光和成为一个"世界公民"是不同的概念。在一个纷繁复杂的世界里，什么是"世界公民"十分需要深入讨论。日本的一些建筑师，包括从较早的伊东忠太，到丹下健三、矶崎新以及伊东丰雄等，相对而言有较宽广的视野，这是他们普遍的特质，进而经由个人批判性思考转化为具体的实践。没有大的视域，在当下的状况里，大概也不太容易做好事情。

矶崎新有"弑父情结"。涉及两个层面，一个是作为"父亲"的丹下健三，一个是作为"父亲"的现代主义。石井和紘曾经在一篇文章中有过较为深入的讨论。丹下健三和矶崎新，某种程度上是阿波罗神和狄俄倪索斯，是光亮与黑暗、秩序与乱序、正统与失统、乐观与悲观、严肃与幽默、正常与反常、连续与断裂等一组关系的对应性存在。将矶崎新放置在两者间辩证的对立与统一关系上，可能才更能理解矶崎新语言、文字和建筑中的诸多状态。在石井和紘的文章里，讲到一件事。矶崎新撰写了一篇小说，《城市破坏作业公司》。里面谈到现在的城市已经罪恶深重无可救药，为了解救城市，只有执行丹下健三在1960年提出的城市计划案，为了达到这个目标，作者成立一个"城市拆解作业公司"，开始大规模拆除城市等等，是一篇意味深长的小说。

情欲张力的作用。在展览的现场中，有一个不为人注意的展品。这就是矶崎新的"A氏住宅"——它大概率是矶崎新为他自己（ARATA）设计的一个概念住宅。这是一个男女生殖器形式组合的一个建筑。男的部分可以运动、膨胀和缩小。"梦露曲线"当然也是他喜好的曲线。这一点也许在大型建筑中没有直接体现，但"缝""洞口"等是可见的手法和表达。这方面还值得深入讨论，不仅仅是他在青少年时期遭遇的城市"废墟"——相对而言，也许情欲张力有更深层的力量。

回应一点建筑的大小写问题。也许还需要对建筑师的"词与物"做辨析。建筑物，特别是大型的建筑物是复杂的社会实

展览角落里的 A 氏住宅模型

践过程，不是观念的直接体现。建筑师很可能言行不一，或者用简单的词语（为了获得某种清晰的传达），来归纳建筑的复杂性，其中的关系实在值得讨论。建筑师的所说和所做间的关系需要再辨析。这也是一种"间"。

最后，谢谢朱涛老师和红印艺术中心的邀请，有这次很有意义的参展，会见了一些老朋友，也认识了新朋友。14号晚上和在成都工作的一些同学们聚餐，感慨光阴如白驹过隙。

（二）

之前谈到矶崎新的"弑父情结"，石井和纮在一篇文章里讲矶崎新在与"父亲"丹下健三的对抗性关系中存在，其中使用了矶崎新于1962年（31岁）写的《城市破坏作业公司》短篇小说。我是通过石井和纮的文字知道有这么一篇小说，之前没有直接阅读，但对它一直有点着迷，这几天在2023年出版的《致空间》中找到原文，标题是《城市破坏业KK》——没有能够理解标题中KK的意思，日文中是"公司"的意思吗？为什么译者留着这个问题呢？是不能直接用《城市破坏业公司》为题出版吗？

文中讲，他的朋友S是个有艺术气质的杀手，但现在却成"城市破坏业"公司的创始人，转行了。矶崎新对S的"转型"觉得有点遗憾，认为S应该首先"把那些对城市规划和城市设计不敢有所作为的胆小的日本建筑杂志的编辑片甲不留地全部'抹去'"，那么城市设计还有可能有施展的空间——也就是说，矶崎新对守旧的编辑有点怒气，认为专业媒体控制了城市规划的发展,控制了话语权,成了巨大的阻力;认为革新专业媒体是创新的必要。

杀手S"没有赖特的附庸风雅,也没有勒·柯布西耶的故弄玄虚",他只是精确地高效实践,是"为数不多的在这一复杂的途径中玩味'空'的概念的人"。但S遇到了前所未有的竞争和职业的瓶颈。S认为,在"杀手"行业中,城市才是杀手中的"杀手",隐姓埋名又不负任何责任。S认为,"当务之急是破坏这缺乏人性的城市"。城市已经腐烂却被华丽地装饰起来,散发着杀气腾腾的能量,是"濒临毁灭的巨大怪物,实施着罪大恶极的……人间大屠杀"。

矶崎新列出了S创立城市破坏公司的宗旨和内容,里面提出要对城市进行物理性破坏、功能性破坏和图像性的破坏。矶崎新说,S和大多数人是完全不同的两类人,他绝对不会从那些生产出来的"美丽作品"中感到诗意。

矶崎新问,能否对现代城市进行物理破坏?他以十七年前的东京和广岛为例,它们更甚于"废墟",但如今"如不死鸟般重生"了,因此"作为物理性实体的城市,最初并不存在"。矶崎新说,"城市是被抽象化了的观念,只是市民基于相互间的契约和实用性而构筑出来的虚像";他说S对于城市的理解过于简单,"城市正是通过市民基于自卫而建立的复杂的反馈机构加以维系的"——正是通过这些反馈机构微妙的相互作用,各种破坏才得以修复——也正是这里,表达了矶崎新对城市本质的理解。

接着矶崎新反讽地批判了现代城市规划。他说,如果实施这些被官方认可的城市规划，那城市一定会陷入高度的混乱，"这些法定规划遭到拒绝不是因为其革新性，而是因其不切实际且落俗套……不得不说这是破坏城市的最好手段"。同时，"日本法定城市规划方案的制定者从未想过规划能得到认真落实，因此他们三下五除二就将其法制化了"。

借用S的论断，谈到无论是丹下健三的"东京湾海上城市"还是另外的"富士山迁都计划"，都非常精彩——精彩地破坏和毁灭东京。S把东京湾上的城市轴比喻为大象的鼻子，而富士山脚下的新都比喻为恐龙的第二个大脑，最终"不管是大象鼻子还是两个大脑，采用任何一种规划，东京都将成为一座废都"。

矶崎新和S有激烈争论。矶崎新认为规划师或建筑师提出的物理模式方案，其最终的结果（物质的实体）必然是毁灭，"只有充分理解这种毁灭，才能刺激这座城市焕发活力"。S批评矶崎新，不在于提出方案，而更在于行动。矶崎新却认为，S急于实施"城市破坏计划"，只是为了满足作为艺术家的设想。他说，现实中充满了各种空虚和空洞的口号，以及各种政治操盘，使得城市被牢牢困住——从这个角度，"考虑'破坏'这一方法确实存在其现实性"。

矶崎新进一步辨析了S和他的区别。他说，S只是个"杀手"，对于城市他更大程度上只在抽象端工作，通过概念理解城市；而他是规划师、建筑师，他需要从事具体的物质实践——但也因为这样，越深入工作他就"越发觉得实施的不可能性"。而S也因为创立了这个破坏公司，城市破坏工作也就使他 "明白了具体规划的不可行性"。他们相互指责,"他认为我胆小,我说他不知天高地厚"。

最后,矶崎新说,"他的名字叫SIN,我的名字,正如我的署名,叫ARATA"——SIN在英文中是"罪恶",而SIN和ARATA都是矶崎新名字中"新"的读音。石井和紘说,"S并非别人,而正是矶崎本人自己"。这样的表达并不太准确。从矶崎新构造的这一隐喻中,或者可以说,矶崎新乌托邦的一面也就是矶崎SIN,S和矶崎新是一体两面。这是一出自我的双簧戏,矶崎新(现实的)与矶崎Sin(乌托邦的)联合体要在破坏现有的城市中,破坏现有的城市规划模式中,在围困的和受压迫的氛围中,呼唤在僵硬的困顿中去撕开一个血口,去探求一条新路。

在石井和紘的文章里,有个细节和这个译稿还有点不同。石井和紘归纳说,"S在一幕又一幕的交通事故和火灾景象的刺激下丧失了自信心,因为抛弃了职业,他确信都市本身……早已变成了一个狂暴的杀人凶犯,那么怎样才能干掉这个叫做'城市'的东西呢?"石井和紘最后谈到S和矶崎新意见分裂,"他称S为托洛茨基分子,S把矶崎新称作斯大林主义者"。这些文字在《致空间》中不见了、消失了)。石井和紘最后说,"这篇论文似在告诉读者:矶崎以一种消极的,甚至是开玩笑的态度来评价他参与城市规划设计过程中所采用的,丹下领导下的巨型结构处理方式"。

《城市破坏业KK》被收录进《致空间》后增加了一个"附记"。矶崎新谈道,这篇文章本来是为1962年11月《新建筑》杂志撰写的卷首文，但编辑部认为它不严肃或者有危险，因此最后把它埋在卷末铺天盖地的广告页里。矶崎新说，经过这些年，文章中提出的问题，似乎在当下更具有现实性，因此，"在将我个人对这种状况的记录集结成书之际，不仅可从广告页中将它发掘出来，还能让它重返卷首，我觉得这个选择很不错。"——对的，《城市破坏业KK》是《致空间》的卷首文章，它是出场的告白。矶崎新把它重新翻找起来，给了它重要的位置。这篇文字是在特定时期矶崎新"反骨"的重要表征，它是建筑师矶崎新撰写的隐喻小说，是一部矶崎新个人的宣言。

2024.7.15—2024.7.20

公园的北侧有一个湖，湖边有些鸭子和芦苇

芬兰的真正现代化始于第二次世界大战后，
在 1968 年也受到法国"五月风暴"的影响

从北到南

（一）

离开前夜的最后一分钟还在忙着工作上的事情。抵达重庆国际机场时间合适，换票后没有多久就登机了。这是第一次从重庆直接飞海外。宽很期待乘坐芬兰航空的航班，航程中的服务。总共飞了9个小时。机上看了《迷失Z城》(*The Lost City of Z*)，有点感动。主人翁为了一个执着的目标，三次深入亚马孙密林，尽管已经获得英国皇家地理学会的最高荣誉，仍然要寻找出他认为存在的消失之城。他的大儿子从最开始不理解父亲为何抛家弃子，到鼓动父亲再次组织探险，最后与父亲一起消失在密林中，留给母亲一个永远期待、永远等待的苦。这是一个根据真人故事改编的电影。

下午2点多抵达。机场建筑没有什么特色，疏散通道设计不尽合理。坐城铁到火车总站，步行到旅店。空气清新，阳光明媚，微风轻抚，温度宜人。安顿下来后，到城里走了走。说是城里，其实距离也很近。这是一个步行可达的城。旅店不远处有一个自然公园，阿尔瓦·阿尔托的赫尔辛基宫就面对着这个公园。公园的北侧有一个湖，湖边有些鸭子和芦苇。

观史蒂芬·霍尔设计的当代艺术馆

阳光透过白色的天棚洒下长长的坡道

(二)

早上大雨，温度骤降。只好待在酒店里读书写作。酒店大堂很不错，长条状的宽敞，摆放了许多休闲椅、脚蹬、长木桌子等，很是惬意。靠近中午时分雨渐小，随后步行出门。路经一个高耸教堂，门口的雕塑是一只北极熊。走进去看结果是芬兰国家博物馆，是由教堂改造出来的。馆内除了展示历史悠久的芬兰的各种遗迹、物品，还有一个临展，讲芬兰现代化的历程。我对这个展很感兴趣。芬兰建国于1917年，和大多数后发的国家一样，经历了现代化的苦难。芬兰的真正现代化始于第二次世界大战后，在1968年也受到法国"五月风暴"的影响。对于许多后发国家，20世纪的历史从总体上看，也许并无太大的区别。这是一个艰难的转变过程，也是社会的动荡过程。

下午参观史蒂芬·霍尔的当代艺术馆。外观很一般，但进入后深受启发。从铜制转门进去后是两个建筑体量间高大的厅堂，阳光透过白色的天棚洒下长长的坡道。人们围绕着这个异形的中庭来来回回。霍尔的建筑有种抽象的形体美，对于光线，特别是柔和光线的喜欢。坡道和旋转楼梯组合起来的形体，有一种特别的意趣。在其中的图书馆小坐翻书，看到霍尔1977年在华盛顿大学硕士毕业答辩照片，其中答辩委员有库尔哈斯等。馆中的当代艺术品，并无太大意思。

出来以后孩子说要到Supercell游戏公司。他玩的许多游戏都是这个公司出品的。到公司门口，恰好遇到在此工作的一位职员，刚刚从美国到芬兰，他带着我们简单参观了公司，还送了孩子一件T恤和一些游戏贴纸。

(三)

上午在酒店大堂阅读贡布里奇的《世界小史》(*A Little History of the World*)。大家的文字简要清晰，娓娓道来。接近中午时分出来，到对面公园。开始略有小雨，随后不久就停了，温煦的阳光中吹着微冷的风。路经芬兰国家音乐厅，进去简单转转。我并不喜欢越来越"现代"、功能化和表皮化的建筑。用料现代、满足功能，局部有重点装饰，得体而满足基本功能，但却很难说有特点。音乐厅就是这样的建筑。

出来后找西贝柳斯公园，却找错地方，找到了西贝柳斯学院。周围有一个国家自然历史博物馆，是老房子改造后的自然历史博物馆。建筑应是巴洛克时期修建的，室内楼梯和平台扭曲旋转，挺有表现力。随后向南，向海边。途经旅游网站上介绍的一个木表皮的教堂。教堂主厅面积很小，内部简洁；教堂外部由椭圆状木外表（主厅）与混凝土（辅助房间）共同构成。这个小教堂在此处，在城市广场的一角，也是城市一景了。

最后终于走到海边，看到一个类似小教堂外表，用木条做的外表的公共桑拿房兼咖啡厅，在此处小歇。稍有特点的建筑，都是表皮与功能的脱离吗？功能是使用价值，是实际用途。使用价值的视觉化即是外观。过去的一些做法是局部的装饰，或者直接就是形式体现功能（尽管其中仍然有建筑师个体的艺术形式展现）；但今天越来越典型的做法是功能与形式的脱离，用外罩（形式），用与实际功能不相干的形式，套住使用功能，套住功能。这是一种简便而廉价的做法。这是未来建筑的方向吗？

（四）

出门还是小雨，时而阵雨。向北走，途经一家古董店，因为是周末，只能 window shopping。稍微前行，就是芬兰奥林匹克运动场。几块场地连在一起，很是紧凑，和中国大部分的大规模运动场馆的远距离布局很不相同。看到旅游手册上说，运动场的高塔也是地方的景观之一。整个运动场区没有太大特色，倒是一个薄膜的室内足球场稍有意趣。

一路步行前往西贝柳斯公园。公园似乎已经成为地方的一个热门景点，周围停着几辆大巴车，许多游客。我喜欢的是公园与海边的氛围，羡慕此地的人们有一个很宜人的生活场所。一路步行观看城市的经验是，这个城市并不壮观却很平和。自然和人工很好地结合在了一起。四处都是公园、慢行道、小湖泊。从建筑师的角度出发，一些公寓型的房屋过于简单了，但是，又有哪一个城市不是这样的呢？

途经阿尔托大学的商业学院，抵达岩石教堂。但因内有活动，要过一段时间才开放，遂放弃，打算改天再来。晚餐在一个类似大食代的地方就餐。

（五）

近中午前往阿尔托的芬兰宫。大门虽然开了，公共区域也可以参观，但导览要下午两点才开放。我听错了，以为两点以后都有，但只是两点。后来返回再来时就错过了。这是一个典型的现代主义建筑。阿尔托很重视细节，体现在流线、柱子、扶手等处。这也是一个十分讲究使用功能的建筑，在重点地方

新时期的图书馆，也许就是一个公共空间

岩石教堂玻璃大屋顶房子内部，圆墙大部分是岩石砌筑

稍有装饰。

出来不久雨越下越大。只好到市中心的商店中转悠。老百货公司里的一些商品十分昂贵。在城市中转悠，途经赫尔辛基大学图书馆。砖做外墙，内部公共空间基本是椭圆形状构成，或外墙洞口形态，或中庭形态。读者大多围绕着公共空间阅读或写作。常规的空间即是书库或工作室、办公室。这是当代建筑的一种形态布局吗？突出公共空间，把公共空间作为形态表达的重点。印象深刻的一点是，这个图书馆四处可达，几乎可以去任何地方。只有在门口有电子的门禁，以防盗书而已。我想这也许就是公共图书馆应该有的状态——它的前提在于至少大部分都是以读书为目的。在图书馆中，看到大部分人都在使用笔记本电脑，也由此想到，新时期的图书馆，也许就是一个公共空间，一个舒适的公共空间，接连上互联网的虚拟图书馆。这是一个变化的时代。

与宽和琳聊天中，我说，我大学读书期间的各种大公司品牌，今年似乎已经大部分消失了，如摩托罗拉、诺基亚、东芝、爱华等，代之是些崭新的互联网公司。又在财经网站上看到一则报道，在硅谷一位资深 IT 经理找不到工作了，原因就是在于他"资深"。在这个快速变化的时代，有经验已经成为一种包袱而不是长处了。理查·桑内特在《新资本主义文化》中曾经讨论到这样尴尬的场景，也是艰难的场景。

图书馆不远处就是赫尔辛基老教堂，是东正教的教堂形式，内部的座椅布局很特别，应该不是很好用。光线处理完全靠侧光，缺乏如圣索菲亚大教堂的光感和神秘。稍微往前走，就是这个城市的码头了，一些游轮停靠在码头处。到斯德哥尔摩的游轮就是从此处出发。

又转回到了岩石教堂。房子规模不大，但挺有特色。很扁的混凝土梁如雨伞的龙骨一样支撑起了玻璃大屋顶。房子内部的圆墙大部分是大岩石砌筑，声学效果应不错。

（六）

早上早餐后还是到大厅一侧阅读和写作。10点左右回到房间，收拾整理，随后退房。办理离店手续十分简单，服务员只询问了几句，前后不到两分钟。一路步行去中心车站，很享受最后一刻的温煦阳光和微凉清风。在中心车站自助购票后，恰好赶上火车。这里的票并无特定时间，购完票根据发车情况可以随时上车，也无人检票，全靠自觉。从赫尔辛基到斯德哥尔摩航程不到一个小时，飞机上满座。办理登机手续时自助机上有一个选项，说这个航班满载，你是否自愿放弃该次航班，改坐其他航班。我想既然抵达了航站楼，应该没有人愿意放弃航班吧。

在斯德哥尔摩航站楼，因为瑞典虽然属于欧盟，但并不是在欧元区内，所以想着换一点瑞典克朗。但排队的人太多，只好作罢。这是一次"身无分文"的旅行。从机场到市区有四十多公里，坐火车过去三个人花了四百多克朗。找到住的公寓后外出简单转转，在城边看北部的老城，看老城前乱糟糟的交通和管线建设。老城静止的面容和其前的混乱交通，各种为流动性设置的基础设施，形成了鲜明的对比。在回来的转角商店买了点蔬菜鸡蛋等,晚餐在公寓里简单解决了。

(七)

早上查了到斯德哥尔摩公共图书馆的路线。本来计划乘地铁过去,但到地铁站一看,一个人的单程票要43克朗,实在太昂贵。只有两三公里的路程,于是决定步行过去。穿过皇宫所在的岛,到处都是游客,和赫尔辛基很是不同。资料上说,瑞典是极少数没有参与"二战"的国家,唯一的一次战争是近一百年前和挪威之战。瑞典人口约1000万,主要分布在国土的南部和东南部。前行途中给宽买了一瓶可乐和一根香肠,花了四十多克朗。查了资料,斯德哥尔摩的物价指数在全球的510个城市中排在第28位。

斯德哥尔摩公共图书馆1928年由古尔纳·阿斯普朗德(Gunnar Asplund)设计完成。大门口斜坡道两边的墙上分别用英文和瑞典文写着这一信息。这也是建筑师的巨大荣誉吧。房子很显然是现代建筑的,却透着古典的气息。平面十分规矩,对称布局。中间的主室环形书架中放满了密密麻麻的书籍。我和宽说,在这里,你会感觉到自己的渺小;在这里,面对无数的作者,可是自己在一生当中又能够写上几本书呢?

回来路上途经的商店、街道感觉和大多数的商业街区没有太大的差别,商品也很普通。只看到一家商店,根据维京人的历史和日常生活,做了一些很有特色的船只、盔甲、T恤、铁制的小物件等。在靠近公寓的转角处有一家非洲物品商店。买了一个近一米长的鳄鱼木雕,很喜欢,只是担心能否带上飞机,

斯德哥尔摩公共图书馆于 1928 年由古尔纳·阿斯普朗德设计完成

房子很显然是现代建筑,却透着古典的气息

毕竟还有好几程。

（八）

早上还是如往常在屋里阅读写作。接近中午时分才出发。先到摄影博物馆。里面的展览没有什么值得说的，只有一个记录非洲孩子饥饿的影像展有点印象。这个世界还是一个差异巨大的世界。博物馆顶层是一个咖啡厅，透过大面积的玻璃窗，可以看到对岸的儿童游乐场。只是环着海，要过去得走四边形的三边。船票车票都很贵，只好步行。宽说先去儿童游乐场边上的瓦萨沉船博物馆。过去路上有一段还走错了，多走了一些路。

瓦萨军舰建造于 1626—1628 年，是为强大瑞典海军而建。但由于设计的失误，没有足够的"压舱石"，建造完后开出去一海里左右就侧翻沉没。一直到 1961 年才打捞上来。由于新建完之后便沉没在海底，它是研究 17 世纪初瑞典甚至是北欧地区各种状况的极好的标本。我看到墙上的资料说，建造这艘船，需要一千棵树，国家便下令禁止私人砍伐大树，违令三次便处死。也看到底楼工作间里工作人员在一块一块地拼接还没有恢复的船块。出来后夕阳西下，照在博物馆身上，很是暖和明丽。

（九）

步行多日，今天想着稍微放松一点。就在街区周围散步闲逛，没有目标地转悠。所住的其实是一个不算太大的街区，在老城的南部。步行路线是随机的乱转，只有一个不很明确的目标，就是去找找抵达斯德哥尔摩时的一家披萨店。行走路上路

瓦萨沉船博物馆

瓦萨沉船博物馆室内的微缩模型展览

经几个公园，在街区里步行宁静，和旅游区形成了鲜明的对比。我很心仪的是他们公与私之间相对明确的分别。私人环境里安静平和，街区里的公园、游乐场简单、实用。出了街区，大道上、广场里人群涌动，很有活力。街区和公园里比较自然，大道、广场里是人工的环境。但总体来讲，感觉斯德哥尔摩的城市物质环境比起赫尔辛基要差一些。最后终于找到披萨店，但因为是周五，虽然只是靠近六点，但是店门口已经开始收摊了，只好作罢。路上看到在傍晚时一些机动车道被人们"占领"，成为闲坐聊天的地方。

回家晚饭后和宽散步走到公民广场，有很多人静坐示威，一种平和的抵抗方式。许多口号中有一个"no nations"。民族国家基本是第一次世界大战后世界范围出现的状况；随着20世纪七八十年代新自由主义的兴起，民族国家的边界，或者说经济边界有所放松，但是，随着2008年世界范围经济危机的到来，民族主义目前正在愈演愈烈地出现。

（十）

沿着海岸走是这几天里很愉悦的步行经验。斯德哥尔摩车太多，而宜人的步行路线却不多。随即走到斯德哥尔摩市政厅。可能因为它和诺贝尔、诺贝尔奖有些关系，吸引了很多游客。下午四点，有导游导览市政厅，从中间的蓝厅到议会大厅再到金色大厅。在讲解员的解说词中，感觉建筑师的角色在其中起到很重要的作用。她总是说，当时建筑师觉得如何如何，于是这个建筑便这样那样了。在中国，很大程度上不是这样。

斯德哥尔摩城市一景

哥本哈根中心车站

议会大厅给我印象比较深刻。101位议员，51位男性，50位女性，共9个政党，在这个大厅里议事。面向主席位的左手是观众席，右手是记者席。讲解员说，这里谈的没有什么秘密，都是向大众公开的。她还讲道，这个长房子的屋顶形式，是向维京人的致敬。金色大厅是金片和玻璃马赛克共同构成的图案。比较有意思的是，大厅的一侧高墙上绘制了象征斯德哥尔摩的女神，在她左侧的图案是东部的国家的象征与符号，右侧则是西部国家的，如埃菲尔铁塔等。

晚上看伦敦世界田径运动会，看到博尔特的黯然离场。

（十一）

今天下午要前往哥本哈根。出门前很为前几日购买的鳄鱼木雕发愁。木雕近一米长，重五六千克。一路带着不很现实。前思后想，只好请店主帮忙邮寄回去。因为是周日，商店12点才开门。我看到大多数商店标识的周日营业时间都是12点到下午4点。店主说，要周一到邮政部门问一下才知道邮费，再联系落实。

从哥本哈根机场到城里距离很近，一会儿就到了。在中心车站下，步行到旅店。中心车站是钢架结构和砖石组合的建筑。光线从高大的屋顶上，透过玻璃天窗和深色的钢架照射下来。安顿下来后就向内城走，结果就遇到了圆塔——一个地方的天文塔。沿着不断上升的圆形坡道攀爬上去，在顶层的平台上鸟瞰夕阳下的哥本哈根城，感觉它比斯德哥尔摩宁静优美。也看到远处的BIG事务所设计的垃圾焚烧场——烟囱还在冒烟，只

Part4 日常空间实践

圆塔（天文塔）室内光影

是不是竞赛中事务所展示的"烟圈"样子。我也想到，BIG事务所在做上海世博会丹麦馆时，是不是受到圆塔经验的启发呢？另外，这也是一个自行车很普遍的城市。四处设置有自行车停车场，自行车的数量远比其他城市多。

晚上看到博尔特在田径运动会所有项目结束后绕场一周，向观众致敬告别。全场掌声不断，这是一位运动员的最高荣誉。博尔特（Bolt）在英文中是闪电之意。

（十二）

旅店的早餐不便宜，一人需要110丹麦马克。在周围的超市购买了面包、香蕉等，三个人的早餐加起来不到100马克。这整一天，就是在城里随机转悠，没有特别的目的地。先到了卢森堡公园，看人们在草地上晒太阳、聊天或者聚会；看孩子们在游乐场里跑来跑去。随后到了老城西北角的城堡。这是一处极美的地方，高低起伏变化的景观虽然是经由人工建造而成，却极自然和优美。人们在这里跑步、闲坐，或者发呆也可以，只是看着远处的大海。成片的翠绿色草地高起来又潜伏下去，四周围城壕里的水幽绿清澈，在清风的吹拂中倒映着高筑的城。城堡不远处就是"海的女儿"雕塑，很多的游客。可惜游客错过了城堡的美丽。之后向北走，去看几个新的建筑。注意到了一些建筑外墙细微的处理方式。接近傍晚时走回旅店，在周围的一个广场停歇，看到年轻人在玩滑板，小孩子在喷泉间跳来跳去。广场中间还有两个被圈起来的篮球场，几群不同年龄的孩子各自围着篮筐投掷篮球。广场的对角有观看用的台阶座席。

在顶层的平台上鸟瞰夕阳下的哥本哈根城

四周围城壕里的水幽绿清澈,在清风的吹拂中倒映着高筑的城

城堡不远处就是"海的女儿"雕塑

广场上四周的海报上写着"Celebrate the Copenhagen Pride"

一个能够使不同年龄的市民使用的公共广场是大都市公共活动的重要空间。

(十三)

早上照例在旅店阅读写作。接近中午向城南,路经一个博物馆。周二是该博物馆的免费日,人很多。馆内展品极为丰富。一层展览古希腊、古罗马以及地中海地区的雕塑等。可以看到埃及、希腊和罗马之间的一些关联,也可以十分明显地看到罗马强盛时期与衰败时期雕塑间的差别。二楼、三楼展示法国19世纪以来的绘画,包括雷诺阿、高更、塞尚、梵高等。我有点惊讶在"遥远"的北欧丹麦小国,藏有如此丰富的、数量巨大的西欧文物和体现法国现代转型的绘画艺术品。博物馆顶层是一个平台,可以俯瞰四周。游览博物馆最是费力,进入博物馆大概在十二点,出来已经近三点了,又饥又累,就近找了一家汉堡王解决了午餐。

哥本哈根市政厅在博物馆不远处。市政厅规模巨大,进去简单转悠后,宽说,市政厅都一样。大概他得到了和斯德哥尔摩市政厅比较的经验了。有一个聚会的室内大厅,还有议员开会用的大房间。门口是市政广场。市政广场上正在彩排晚上的演出,女歌手歌声浑厚响亮。约着说晚一点来看音乐会。

下午就在大街上转来转去。逛商城,看广场上的艺人做沙雕小狗,听身着印第安土著服装的艺人唱歌;到一家中国餐馆晚餐,三人要了一份炒面和一份汤面。傍晚时分到市政广场。人群涌动,歌声来回在广场上回荡。听了一会儿,没有坚持听完。

晚上接近十一点的时候，听到广场方向放烟花的声音，想着也许应该多待上一阵子，看看异域的节日庆贺。广场上四周的海报上写着"Celebrate the Copenhagen Pride"（为哥本哈根自豪）。

（十四）

早上购买了24小时的车票。坐M1到南端终点站，去看BIG事务所设计的"8字楼"。此区应是哥本哈根的新发展区，四处都是工地，但并不显得杂乱。8字楼构思很巧妙，内有长斜坡通道与长直跑楼梯贯穿整座建筑。走在坡道上，公寓楼颇有点像街道的感觉；每家门口有一个小院子，各自种花种草，或者堆放物品。建筑一端的两个大斜面上种满了花草。我虽然欣赏BIG事务所的构思，清晰的解说（也许过于清晰了），但是不很喜欢这样的建筑。它是一种理性思维的结果，推演和计算的结果，缺少了一点经典现代主义时期的艺术感。细节的处理是构造的必要，不再是建筑师艺术构想的塑形。楼的一端，也就是大斜面的一端，面向着一条运河，运河再过去就是野草树枝疯长的田野，白云低低地压在这一望无际的田野上，阳光忽明忽暗。我喜欢这样的场景和景观，让人感觉自由和宁静。向北走去，看另外的一个街区，其中还有BIG事务所的一个作品。但我心仪的却是这一区里楼与楼之间的公共绿地，景观处理的自然化。几日来一个粗粗的感觉是，这里的新建筑讲究外表皮的处理，或通过外表形体的微错（如窗户间的错位、阳台的错位或者交错等），或直接通过使用不同的材料，如穿孔金属板、彩色玻璃板等。也喜欢倾斜的建筑造型，以获得观看平台。

8字楼构思很巧妙,内有长斜坡通道与长直跑楼梯贯穿整座建筑

走在坡道上,公寓楼颇有点像街道的感觉

回来路上转去看丹麦国家剧场，据说这个剧场花费了5亿美元。但建筑并没有什么特色，大屋檐有一处还在漏水。宽就围着这漏水处戏玩。夕阳西下，看到对岸的城市光影弥漫的模样。宽一路跟着我们走，和我们一起看，每天至少都走了25000步。我很感谢他，也和琳说，如果不是一路上有各种公共游乐设施，可能他也耐不住了。

（十五）

今天下午的航班到阿姆斯特丹。早上在旅馆里阅读写作到十一点半，退房，存行李后到附近的公园闲坐休息，看孩子们练习丢飞碟又走了，再来一拨孩子玩棒球游戏。一些人就是躺着晒太阳，一些人围着聊天。云层很低，一会儿是太阳一会儿又是阴影。下午4点出发到哥本哈根机场，一切都是自助处理，取登机牌、寄送行李。过安检也不检查证件，似乎有点过于简单了。

阿姆斯特丹机场有点像一个大超市。从机场到中心车站后出来转车花了些时间，因为公交、地铁、城铁、火车都在这里交会，稍微有点复杂。抵达旅店后惊奇地发现这是我2006年住过的青年旅馆。当时带着十几位研究生，与法国的几所院校交流，在阿姆斯特丹住的就是这个旅馆。房间十分简单，有两张架子床，床单等都得自己动手罩上，也没有洗浴用品。但较好的是，一层有公共房间，里面的茶和咖啡是免费的。

（十六）

因为购买了两天的车票，早上坐车到中心车站，再坐渡轮到对岸,看电影学院的一个流线型的楼。楼在中心车站对面,与侧边的高楼一起,形成一个突出的景观。昨天看到,觉得有扎哈的风格。琳查资料说,这是维也纳建筑师的作品。进去看后,没有留下很深刻的印象。形体的流动、倾斜、扭曲等似乎已经变成当下建筑设计的一个趋势——可是,是好的趋势吗?用"好"来提问是很模糊的开始,但是建筑仍然本身是为使用存在,建筑形式上的夸张、变化,外皮材料的过度表现,是未来建筑的发展方向吗?建筑的负一层有电影发展简史展,讲从最开始如何把静态图转变为三维感受,进而到最后的数码时代,还很有趣味。隔壁的高楼主要是办公使用,但顶层可以观看阿姆斯特丹,以及设置了一个秋千,既让人觉得危险而兴奋,又是吸引目光所在。

接近傍晚时分在城里转悠,感觉到这是一座高密度的城。道路被很好地划分给不同的使用者,土地被高效地利用起来。在临着运河的地方,由于土地受限,他们便在运河上用趸船营造出了儿童游戏场,宽很高兴地在"船"上玩起了跷跷板、攀爬桥等设施。

(十七)

早餐后在附近的公园里走了走,天气很凉,很快也就回到旅馆。接近中午时分出去,决定遇到什么车就坐什么车,随即12路有轨电车来了。于是坐上车一直到它的西北端,看到阿姆斯特丹边缘区的新建筑。一个旅馆应是装配式的建筑——这一类的建筑往往首先取决于装配单元的设计精美,其次是装配单

从阿姆斯特丹中心车站看对岸

车站大厅正中间有一架钢琴,侧边写着"Play Me"

元的组合细节（组合的方式已经被较严格限定）。中午就在车站广场简单吃午餐，背包里的苹果、面包和热茶就是午餐。遂坐同一路车又到另外的一端，也应该是新发展区。车站大厅正中间有一架钢琴，侧边写着"Play Me"，宽坐下来弹了几首。空旷的大厅中于是流动着钢琴声。从这一区的各种建筑中也可以看到不同时期建筑的倾向。

下午三点半转到皮阿诺设计的自然科学博物馆。远观外观类似一个绿色的大船头，甲板上坐满了休息、观看的人群和游戏的孩子。门票不便宜。进去后发现内部空间很简单，但各种与科学知识相关的互动设施很吸引孩子。宽在二层、三层里的各种设施间玩来戏去，我们就跟着他走来走去，偶尔也跟着"互动"一下，拾得儿童和少年的心情。科学博物馆5点半就关门，我去和前台沟通了一下，他们说可以把我的名字放在 guest list（客人名单）中，明天还可以再来。闭馆后到大屋顶上坐了坐，看看对面的城。

（十八）

接近中午说到梵高博物馆。距离旅馆只有很近一段路。步行前去结果发现整个博物馆群的广场上摆满了各种临时摊点，有二手摊、小绘画、衣服、手表、皮包等等，也有各种各样的快餐。还有中式餐点，不过几个饺子要6欧元。梵高博物馆门口排满了人。宽喜欢这个广场，有各种运动游戏设施，他在玩滑板区两端跑来跑去，跑上又滑下。我就坐在长靠凳上，看对面的几个青年人打篮球。

到皮阿诺设计的自然科学博物馆

阿姆斯特丹典型城市一景

晚点还是到科学博物馆。宽很喜欢这个楼里的各种有趣的设施，做水坝、建拱桥、拉环泡泡等；看链式反应，一个小小的力量怎么经过链式作用，把"火箭"发射上天了。五点半闭馆后出来，在昨天去过的超市里买了盒排骨等，在海边简单吃了。这一行基本没有用现金，但是在阿姆斯特丹的超市里，常常是信用卡不能用。这是比较奇怪的现象。而另外的一些店，却写着只用卡而不接受现金。晚上走回来绕了些路，看到阿姆斯特丹证券交易所，惊讶于它巨大的规模——相比于当地的其他建筑。阿姆斯特丹的兴起与证券、股票交易有着紧密的关系。"信用"越来越是金融世界中的"定海神针"。

（十九）

早上提早出门到鹿特丹。看了一些资料，说阿姆斯特丹一直与鹿特丹之间有竞争。第二次世界大战期间，鹿特丹几乎被轰炸完，第二次世界大战后开始了重建，它曾是欧洲最大的港口之一。乘坐 Tntercity，从阿姆斯特丹到鹿特丹不到一个小时，抵达时才十一点半，有些时候这个时间还没有出门咧。鹿特丹的中心车站比阿姆斯特丹要清楚和有设计感。大厅中有一架钢琴，宽弹了一会儿。在来来往往的人群里，在巨大的、高旷的空间里弹钢琴和听到钢琴声，都是很特别的感受。往 NAI 展馆方向走时，经过一个人声鼎沸的广场，有许多年轻人聚集在一起，音乐震耳欲聋。问了一下，说是各大学迎接大一新生，然后分小队带新生了解鹿特丹的城市。之后的参观中，多次遇到了各支了解城市的队伍。但星期一是 NAI 展馆和周边的博物馆

鹿特丹车站

方块屋

荷兰国家博物馆一角

的闭馆日，也就只好在门厅中看看了。

也去城西看了方块屋和 MVRDV 建筑设计事务所做的市场楼。方块屋是在 20 世纪 80 年代建设的，构想很好，但实际的使用不很方便。连锁旅馆 Stayok 在这里有一个点，可能很吸引年轻人。大菜市场里有许多美食，我们在这里享用了烤鱼、蛤蜊等。接近傍晚时返回阿姆斯特丹，路上享受田野景观和云彩。和宽说，这几日看云才能理解伦勃朗风景画中的云彩，云彩边缘的晕光。从阿姆斯特丹中心车站走回旅馆时遇到 LHS 先生，一位荷兰知名的收藏家；谈历史，谈地中海，谈了许久，快十二点才回到屋中。

（二十）

早上说去梵高博物馆。前去时人还是太多，遂转去国家博物馆。国家博物馆藏品丰富，主要展示了荷兰 16 世纪以来的藏品，包括一部分荷兰东印度公司等的商贸物品和从殖民地取得的物品。伦勃朗的《夜巡》大概是镇馆之宝，许多人围坐在画的周围细细观看。但博物馆的流线设计得不是很好，很容易迷路。我看到更新改造前的博物馆照片，感觉原来的中庭更有气度，现在的过于简单，缺乏中心感。在馆里盘桓了近三个小时已经十分饥饿，馆内的简餐却又很昂贵，只好出馆就餐再回来接着看。最后出馆已经五点半，宽在博物馆广场玩，我们就只是坐着休息，看他跑来跑去，看人群打球，看鸽子四处踱步。午餐时三人碰杯，说假期就要结束了，要有一个"new beginning"。

（二一）

下午 6 点多的航班从阿姆斯特丹飞回赫尔辛基，再转航班至香港，最后飞回重庆。早餐后到公园后散步，后回来整理行李，退房时已经接近中午。在附近的商店逛街购物，经过阿姆斯特丹档案馆，进去看了关于阿姆斯特丹城市发展的简要历程展览，购买了一本 *A Millennium of Amsterdam: Spatial History of a Marvellous City*。四点多抵达阿姆斯特丹机场，行李直接托运至重庆。

旅行是日常生活中的变奏。

伦勃朗的《夜巡》是镇馆之宝，许多人围坐在画的周围细细观看

空间之间

（一）

从重庆飞北京飞巴黎。快到重庆江北机场的时候，和 Q 说，当年是初生牛犊不怕虎，代表 JSY 参加重庆机场方案的国际竞标。机场功能复杂、流线繁杂、空间巨大，如何在各种功能的高效性和人的舒适性之间保持平衡，是很难做到的事情。国内的机场近二十几年来修建了不少，巨大而空洞的多，有趣有意味的少。加上日益严格的安检程序，几乎每个机场安检口都是长长的蛇形人群在缓慢移动，"严禁携带火柴、打火机等"的声音反复播放，使得再好空间也不能有好的体验。重庆机场是这样，北京的机场也是这样。但北京的机场更加巨大和空旷，也可能是夜间航班原因，稀稀落落的旅客散布在看不到边的航站楼里，不太亮的灯挂在天棚上，和白淡的广告背光一起照着困倦的旅客。

飞到巴黎时是早上 6 点。机场外漆黑一片中有点点的黄光。过关程序很简单，不需要填写申报单。从到达区到过关区经过一条长的通道，通道壁上是米黄色粗颗粒的喷涂，加上底光照射，有山洞岩体的感觉。所有旅客拥挤地站在传送带上，另一边铺着绿色马赛克的人行步道却完全没有人走。也看到通风管道被处理成有艺术性效果吊顶的一部分。现代建筑通风、电力

转乘大厅是高耸的无梁楼盖建筑，像一把把巨型的混凝土雨伞

从旅馆窗户看巴黎城市轮廓

等设备越来越复杂，占据越来越多的顶部空间。戴高乐机场通风管道的处理，把功能和艺术形式很好地结合在了一起。

出了机场要转火车进城。转乘大厅是高耸的无梁楼盖建筑，很是奇特，像一把把巨型的混凝土雨伞。从T1到T3的转乘车上，贴着一张大大的海报，是用奢侈品手包、项链、戒指、口红等图案拼贴出来的猴子头像，欢迎着来自中国的旅客，也提醒着猴年的到来。

（二）

昨日从蒙马特地区向南走到卢浮宫。沿线一带应该是巴黎比较中心的区域，除了卢浮宫，还分布着奥赛美术馆、蓬皮杜中心、几个广场，也是轴线的交汇处。想着带孩子去科技馆，也再看看屈米的规划和波赞巴克的房子，今日到了东区的拉维莱特公园。拉维莱特公园的国际竞标是20世纪80年代现代建筑史上一件重要的事情。20世纪70年代以后，新的设计思潮出现，批判平庸的现代主义、机械理性带来的各种状况。那个时候，涌现出一大批具有反叛意识的学者、规划师和建筑师。拉维莱特公园的国际竞标的结果，可以说是这一批建筑师的胜利，也是这一阶段设计思潮最主要的纪念物。

除了互动的内容，特别是测试燃料重量与喷射高度的水火箭外，孩子对科技馆内的展览没有很大的兴趣。倒是室外的长龙滑梯引起他巨大的热情。爬上去，尖叫着滑下来，再气喘吁吁地奔跑着回来，接着爬上去，一遍又一遍地来回。许多孩子也在这里玩，一样地尖叫和奔跑来回。科技馆外摆放着一艘长

拉维莱特公园和巴黎音乐厅

另一个角度

面包棍子般且黝黑的潜艇，引起孩子特别的好奇和想象。潜艇舱中摆布、填塞着无数密密麻麻的管线、阀门，留给人的空间极是狭窄和局促。和拉维莱特这个巴黎最大的公园比较，潜艇里的空间代表着人类另一种存在的形态。

（三）

大清早查阅了巴黎现代建筑的一些情况。巴黎是个现代建筑的实验场。各种不同阶段、不同主张的建筑掺杂其中，在奥斯曼建构的城市母体中，形成了巴黎的多样性和一致性。在住的地方不远处，就有一个卢斯的作品。孩子说趁有点太阳到卢森堡公园（来的这几天都是阴天或小雨）。冬日里的卢森堡公园显得空旷，高大的树阵被修剪得整整齐齐，许多人穿着短袖短裤在跑步，似乎并不觉得冷。公园中间的一潭圆形水面和四周的沙地，是人们汇聚的中心。鸽子、麻雀、水鸟在周围飞来飞去觅食，老人、孩子们也乐于丢抛面包屑，和这些飞鸟们相互应和。我上次来卢森堡公园已经是十年前了，大略还记得去公园路上的一个书店，和公园茂盛的浓绿（那时是夏天）。

从卢森堡公园出来，转乘几次地铁后才找到柯布西耶在西区的房子。在房屋里慢走细看，我和Q说，柯布西耶真像金庸武侠小说中的"萧峰"，功力深厚又心思细腻。进屋后左手边的工作区，底楼现改为了售票、接待的地方，二楼是通高两层的画室，通过坡道和三楼的图书室连接。三楼的屋顶安排有天窗，阅读的时候可以有自然光投射下来，小册子上说，这是一个可以看其他地方却不被看的领域。工作区和生活的房间，在

沿着塞纳河步行

柯布西耶的建筑

室内一角

二层有平台连接。生活区的一层是厨房，二层是餐厅，餐厅和厨房间通过送餐的滑轮联系。餐厅有点出乎意料的大，因为三楼只有一间卧室。柯布西耶很重视颜色的搭配，红色、绿色、蓝色、黄色等都是他喜欢在墙面上或平台上使用的色彩。室内外空间的过渡、各种小平台在合适位置的出挑，一些如窗户的尺寸、划分等体现了他对细节的重视。之后参观的巴黎建筑博物馆中有马赛公寓一个单元的1：1足尺模型，许多细节也体现出他的细致和用功。

（四）

步行大概是观察城市最好的方式。今天从住处先走到蓬皮杜中心，路上经过一个正在修建的大型综合体，占地面积庞大，地下连接城市地铁，上面两层是城市商业，和国内的商场没有太大不同。在查阅的巴黎现代建筑目录中，这个建筑也是其中推荐参观的一个。但我对于这类巨型建筑并没有什么太大的兴趣。它们往往是消费主义的导向和缺乏趣味，也因为它的超级巨大，又要满足现代功能的需求，往往"建筑基础设施"也就极为复杂。房子还没有建设完，我看到了梁底下相互缠绕、密密麻麻的各种管线，一只圆形摄像头从管线中挣脱出来，像一只大眼球四处窥探。不远处有一个农贸市场，各种鱼、虾、肉类、水果、面包等琳琅满目，人们随意在这个摊点到那个摊点间走动问询购买。我倒是喜欢这样的状况。

蓬皮杜中心游客排成了好几折的长龙。只好作罢。我们接着沿塞纳河向西南行走。天空中云层很厚，但阳光终于还是出来了。沿着塞纳河的这条机动车道，不知是不是因为规定周末不可以通车，成为步行的区域。人们在这里跑步，散步，有玩滑板的，有来回轮滑的，也有只是站在河边欣赏美景的。我们仨坐在路边的一个斜坡平台上，看着来来往往的人们，让冬日短暂的阳光照在身上，让冬日塞纳河边微冷的清风拂过脸上。孩子总是孩子，就是简单的一个斜坡，他也很高兴地冲上来跳下去又接着冲上来，乐此不疲。

晚上和F有约，在索邦广场周围的一个咖啡屋，F说，索邦大学很多有名的学者常常聚在这里。我们聊了许多，也谈到教育的两重困难。一是怎么把城市规划、建筑学、景观学等和社会的状况连接起来，二是学科内部又如何能够更加专业化。没有从社会状况中提出问题，也就缺乏解决问题的依据。今晚是除夕夜，是个特别的除夕夜，猴年很快就到来。

（五）

大年初一，Q说去13区看看，说不定有舞龙舞狮。这些庆祝活动在中国大陆逐渐消失，只能在世界其他的华人区可以找到。我大约还记得儿时"建漳一千三百周年"的盛典，全市张灯结彩，人们兴高采烈地游行，大街上有各种花车，舞龙舞狮一对接着一对；也还记得元宵节曾经和父亲去挂满了五光十色花灯的公园里猜谜。

但还是先到不是很远的尼迈耶设计的法国共产党总部参观。据说这个房子因为法国共产党经济拮据，已经出租一部分出去了。沿着谷歌地图的路线规划走了过去，一转弯，远远就

尼迈耶设计的法国共产党总部大楼

看到半个白色的穹顶显露在冬天零零落落的树丫和四周的房屋里。房子简洁抽象。主楼的玻璃幕墙叠合着空中的流云和室内的点点白光，在变幻不定的阳光底下显露出迷人的光亮。倾斜的建筑屋顶和地面连成了一体，简洁的白色雨棚暗示着几乎不可见的入口。整个建筑是被架空抬高起来的，和地面有几十公分的距离。室内只能在底层参观，很可惜不可以上楼。穹顶的大会议室和内部的装饰叶片形成了令人感受特别的空间。和柯布西耶一样，尼迈耶也很重视顶光的处理。在这个倾斜墙面的穹顶会议室和地面的交接处，有一带玻璃顶，光线从上部照射下来，既有光影的效果，也有逻辑的美感。我不喜欢的地方是它的山墙上贴用面砖，用清水混凝土应好很多。

到了13区感觉到了中国氛围，两边的灯杆上高挂着红灯笼，普通话、广东话，也许还有其他地方的方言在这里通行无阻。面条、河粉、炒饭、春卷、榴莲饼等是这里常见的食品。最后终于遇到两支舞狮的队伍，锣鼓震耳，狮子上蹿下跳，形态可掬。下午还是进入了蓬皮杜中心。19世纪中后期到20世纪初是西欧社会灵光一现的时期，人们质疑工业化和城市化下人类的存在状态、广泛探讨与思想、艺术等相关领域的方法和路径。蓬皮杜中心最有价值的可能就是第一展馆中马蒂斯、毕加索等这一时期艺术家充满启发性的探索。

（六）

经过连续几天的长距离步行，今天已经有点疲倦。几次步行巴黎的经验是，在不太显眼的大门后常常藏有丰富的内容。

2006年来时，无意中闯入 Gumet 博物馆，十分惊讶里面关于亚洲历史的各种藏品。各种类型的、大大小小的博物馆或者占据巴黎城的险要位置或者散落在不知名的角落。人们循着导游指南、兴趣爱好或者就是日常的需求到博物馆中各取所需。巴黎还有很多的书店和二手书店，经验里里面常常是人群涌动，人们在这一柜书和那一柜书之间"游荡"。当然，巴黎还有很多路边咖啡店，要上一杯咖啡，围着小小的方桌或者圆桌，就可以聊上大半天。

喝完一小杯淡咖啡后，在索邦大学的周围闲逛，便遇着了俊朗而高耸的先贤祠。是个典型的十字形平面，在中间拱顶下垂落了"福柯摆"。沿着后端的两个旋转楼梯，可以下到墓室。许多名人被埋葬在这里，包括伏尔泰、卢梭、雨果、大仲马、左拉、居里夫妇等。我在想，决定谁能够进入先贤祠可是一个棘手的问题。它大概不太可能摆脱政治的影响，但对于人类的贡献，在文学、哲学、自然科学等领域的贡献，可能才可以作为唯一的标准。孩子在参观时对着一些墓室鞠躬，我虽然故意奚落他有点假惺惺，却很欣赏他尊敬先贤的举动。走出先贤祠，首先入目的是远远的街道尽端的埃菲尔铁塔。先贤祠落在大学区，是很好的激励和鼓舞：他们对于人类的贡献，对于国家的贡献是一种榜样。

（七）

巴黎大学城在巴黎城的南边，是为各国留学生设置的生活区。大学城里有三四十栋建筑，各种形态、样式都有。具有强烈装饰风格、带尖屋顶的建筑与色彩浓烈或者结构外露的现代建筑排列在一起，围绕着一片有松树、小路的斜坡绿地。我们看到了柬埔寨馆，门口两边蹲坐了面孔有点狰狞的猴子，因为今年是猴年，Q 和 K 还和它们合了影。

柯布西耶在那里先后设计了两座房子。瑞士留学生馆和巴西留学生馆都是柯布西耶的作品。瑞士留学生馆 20 世纪 20 年代末开始筹建，据说开始是准备对在巴黎开业的瑞士建筑师公开招标，但最后直接把业务给了柯布西耶。发的参观单子上说，柯布西耶一度还很踌躇，因为还没有从联合国日内瓦总部竞标事件的阴影中走出来。但终于柯布西耶承接了这一项目。在 20 世纪 30 年代能够修成这样的房子，即便在今天看来，还是很前卫和充满设计的启发。我看到另外的一份资料说，修成后评价参差不一，有很严厉的评论说它是"一栋丑陋得足以让瑞士颜面扫地的宿舍楼"，还有人说它是"布尔什维主义的特洛伊木马"。很意味深长的是，柯布西耶的回答是"我就是特洛伊木马"。巴西留学生馆修建在 20 世纪 50 年代，是科斯塔和柯布西耶合作的结果，但过程也比较曲折。据说科斯塔因为欣赏瑞士留学生馆，便把自己做的方案寄给了柯布西耶，但三年后，他完全不认得一点柯布西耶修改后方案中自己方案的影子。他虽然同意了柯布西耶修改的方案，但拒绝承担责任。

两栋建筑都很典型地体现了柯布西耶"新建筑五点"的观点：底层架空、灵活立面、灵活平面、屋顶花园、横向长窗。相对来讲，瑞士留学生馆更简洁，形态逻辑是功能逻辑的结果。巴西留学生馆则增加了一些装饰性的元素，试图体现南美的一点特征。瑞士留学生馆的休息厅也更加完整，大面积色彩斑斓和线条粗犷的壁画艺术具有强烈感染力。我们去的时候，有老师在教七八个中学生模样的人画画。在我们四处参观的时候，孩子也在休息厅里画了两幅画，只不过是涂鸦他自己喜欢的武士画像。

（八）

今天飞雅典。12点的飞机，但因为对机场不熟悉，9点多就退房了，坐地铁到NORD站转RER B到戴高乐机场1号航站楼站，再转楼内的摆渡车到航站楼。戴高乐机场是混凝土建筑的杰出代表，一下摆渡车建筑的抽象形态和技术的艺术展现就迎面而来。室内的一些地方也完全是清水混凝土的。不高的天棚有浇筑时模板留下来的印记。机场乘机流线简单又特别。从摆渡车站上二楼值机换登机牌、托运行李后，从很有弹性的自动扶梯（倾斜的类塑料地面，不是楼梯的踏步）上三楼，扶梯口有工作人员扫描机票。三楼再根据不同的登机口走不同通道，长长的通道，这时开始分流。到了登机口前厅，再进行安检。这样，避免了国内航站楼大量人群聚集在一起可能的各种危险以及安检的缓慢。在机场等候时阅读柯布西耶的《精确性》（*Precisions*），内容是关于他的十次演讲。很有意思的是，第一讲的题目就是 To free oneself entirely of academic thinking（从学院派思维中完全解放出来）。

到雅典后 Q 建议坐公共汽车而不是地铁，这样可以观看市容。最初的一个印象是，现代雅典城市建设和中国的一些城市

屈米设计的卫城博物馆,房子架在还没有挖掘完的古代遗址上

卫城博物馆室外一景

卫城博物馆室内一景

相去不远，形态上也有些类似。晚上在周围走走，不是很友好的散步环境。机动车支配了城市的建设。这一点上和在巴黎的体验很是不同。酒店前台的小伙子很热情地介绍雅典的景点，我们问询了罢工的情况。他讲明天会有农民开着拖拉机到宪法广场，到议会大厦前抗议，只要不靠抗议者和警察太近，就没有问题。在酒店不远处的一个餐厅吃晚餐，偌大的空间里就只有我们三个。吃烤鸡块、龙虾面、牛肉，喝清水和一小盅葡萄酒，简单而惬意。

（九）

第一站想着当然是去雅典卫城。从住处到雅典卫城大约两公里，走着过去观看道路两边的城市环境和建筑。也许不是城市的旧区，沿线的房子大多看上去是20世纪五六十年代以来修建的，四到六层楼的多。通常每一层楼都有短则几十公分，长则近一米的挑板，不是阳台，而是用于遮蔽地中海的阳光和放置各种花草植物。这里的植物的确要比巴黎的茂盛许多，虽然高大的树木不多，各种灌木、绿化郁郁葱葱。很特别的一点是，到处都是柑子树，橘红的柑子星星点点挂在树枝上，落在草地上。孩子很好奇为什么没有人摘捡。我给孩子摘了一个，他迫不及待地剥开尝试，结果五官挤到了一起。果子酸极了。

先到了屈米设计的卫城博物馆。绕着房子走了一圈。这个房子是时间和形态"堆叠"的逻辑结果。房屋架在还没有挖掘完的古代遗址上，入口一层地面许多地方是玻璃地面，可以看到下方的古代遗址。二层主要是古希腊时期的各种雕塑，被放置在大大小小的台子上；三层是餐厅和博物馆的购物区；四层很有意思，依着帕特农神庙的形制，立了8×17根的亚光不锈钢柱子，把帕特农神庙上的浮雕片段等，按照原来的相互位置摆放在这里。而窗外远远的就是巍然高耸的山体和帕特农神庙。说它是"堆叠"，还有一层是建筑形态上的，每一层的形态都不同。负一层是架空的柱子，入口处一层全部是格栅状混凝土外墙板，二层、三层是波状的金属压型钢板外饰面，最上一层为了观赏四周景观则是全玻璃了。

看着窗外的卫城，在博物馆的三层吃午餐。但令人惊讶的是雅典卫城下午三点就关闭了。我们只好在卫城山脚下游荡，爬到西北面的一个小山丘，向北鸟瞰密密的雅典城，而东面远远的高处就是卫城的山门。凉风轻拂，在这里坐了许久。

（十）

8：30的航班，早早就起来了。预约了出租车，四周还是一片漆黑时离开旅馆。一路和司机聊天。他已经69岁了，开车四十几年，英语就是在开车过程中自学的。有5个孩子，2个女儿和3个儿子。女儿已经结婚生子，三个儿子都失业在家，也没有结婚。家庭的经济几乎靠他支撑。我们谈到雅典的罢工和经济状况。他说，雅典的经济一年比一年糟糕，一些大公司迁出了雅典，就业状况更加糟糕；小商店一个接一个倒闭。19~28岁的青壮年失业率达到67%，每天有不下三千人到教堂或市政救济机构领取餐食。我问那周边的农村地区怎么样呢？他说，农村要好很多，从土地里可以得到日常生活的大部分东

雅典卫城一景

从雅典卫城上看卫城博物馆和雅典

西,而城里一切都需要钱。记得我曾经在一次研讨会中发言,题目叫"从希腊到希腊",大概意思讲的是,西欧文明的发源地是希腊,而今天整个以西欧北美为主的资本主义或者说新自由主义遇到了各种问题,集中体现在希腊这个国家。在一个日趋全球紧密互联的世界中,雅典怎样才能够保持相对的经济独立,或者实现更好的经济发展,可真是一个棘手的问题。完全靠提高税收、降低福利只会引起越来越多的罢工和资本的逃逸。

抵达慕尼黑,转乘S8进城。一路上最初的感觉是田野被收拾整理得很干净,是自然的人工生产和再造。下午步行进城简单逛了逛,也有类似的感受,这是仔细计算、控制和建设的城市。因为气温很低,加上今天早早就起床,人已十分疲倦,很快就回旅馆休息。

(十一)

早上享受旅馆丰盛的早餐,不大的餐桌上琳琅满目,两玻璃壶黄橙的橘汁,一篮子面包,一篮子小盒子装的黄油、蜂蜜、香蕉、苹果等,再加煎蛋和煎肉片,大概是这一旅程中最好的早餐了。

坐U3到奥林匹克站,出来就是宝马Welt、宝马博物馆和慕尼黑奥运场馆,在这里盘桓了一整天时间。宝马Welt是蓝天组的设计,在四周的地景中很突出。有大面积金属钢板、穿孔板和玻璃共同构成的、形体扭曲的大体量建筑。内部空间巨大,宝马、MiniCooper和劳斯莱斯分布在不同的展区;二层的流动长廊串通整个建筑,连接到室外,穿过城市机动车道的上空,

大面积金属钢板、穿孔板和玻璃共同构成的、形体扭曲的大体量建筑

慕尼黑奥运场馆屋顶由透光类玻璃片构成,固定在拉结的钢索上

连接到宝马博物馆；三层是奢华的商务俱乐部。大空间中套了一个二层高的、试驾的环形道。站在厅中，整个空间感觉是复杂、流动、穿套和奢华的。

　　宝马博物馆和办公楼是教科书上的案例。博物馆中印象深刻的是展区和流线的处理。透光墙体把展区分成一个个单元，楼层的单元与单元之间通过斜坡长廊联系。透光墙体内藏有Led灯，根据需要展示不同效果。展品的叙事很显然是经过精心设计和控制的，从1917年宝马为军队生产发动机开始，转摩托车的生产再转小汽车的生产，各种不同年份的经典车型、发动机、汽车与空气动力学研究、参加F1赛事的车等精彩纷呈。我喜欢最后圆形环道展厅上写的一些短句，只有开放思维不断地创新，才是路径。

　　慕尼黑奥运场馆的主要建筑是拉结结构，屋顶是由透光的类玻璃片构成，固定在拉结的钢索上，玻璃片与玻璃片之间是弹性的导水槽，最低点处直接自由落水，落在地面上专门处理的一个凹陷的排水口。游泳馆内在拉结的钢索下加了膜。但我最喜欢的还不是这几个计算精确的大房子，而是整个奥运公园的地景。小山坡高低起伏，两个大水塘倒映着四周的风景，鹅、鸭子在水面上自由地来回游走。冬天里的树掉光了叶子，只留下密密细细的树丫伸向天空。我们沿着水塘边走了一阵子，虽然寒冷，却很清爽和愉悦。我猜想，这大概是最自然的现代奥运会场地了吧。现在的奥运会场地越来越大，失去了尺度，也越来越人工化。

从里昂城区沿着西边河流的河岸慢行，远远就看见山上的教堂和因山就势的房子

◆ 现代建筑迷恋

现代建筑有一种美。这种美不仅体现在材料、形式和光影上，也体现在空间上。它具有转型时期探索的特点，即在旧制度、旧规章、顽固机构约束下的新开拓——这是一个不断抵抗和斗争的过程，不是教科书中顺理成章的、凯旋式的记述和歌颂。这里的现代建筑更指的是早期现代建筑，但"早期"一词其实语焉不明，因为不同地区有着不同的发生时段。但就其发源和发展，20世纪上半叶到70年代左右是繁盛期，西欧是主要的建成分布区。之后现代主义快速堕入资本积累陷阱，沦陷为庸俗的现代主义和单调乏味的大规模复制。现代建筑的灵光消失了，只遗留有少量样本镌刻着历史曾经的光亮。

（一）高卢罗马文明博物馆（Musee de la Civilisationgallo-romaine）

高卢罗马文明博物馆在里昂的山顶高地。里昂城的山水格局很特别。夹在两条西南走向河流之间的狭长平坦地段，是主要的城市建成区，平地西侧立刻就是高高隆起的山体。山下的建成区布局横平竖直，山上是另外的一种状况，房屋随着陡峭的山体布置。平地和山体之间没有过渡，一条围绕着山的蜿蜒曲折河流是两者间的分割线。从城区沿着西边河流的河岸慢行，远远就看见山上的教堂和因山就势的房子。过了桥往山的纵深

巨大半圆形剧场的石砌遗址横亘在山体高处

沿着剧场踏步拾级而上,累了坐在台阶上远眺城市,想象这里遥远历史的样子

里走，有一种不同的感觉。开玩笑讲"半个里昂小重庆"，垂直等高线的步行小路是通往高卢罗马文明博物馆的要道。但在山地上行走，如果只低头前行，忘记回过头看看路上风景，那是一种遗憾。

　　说是博物馆，其实它首先是一处宏大的古罗马遗址。两个巨大半圆形剧场的石砌遗址横亘在山体高处，沿着剧场拾级而上，累了就坐在台阶上远眺城市，想象着这里遥远历史的样子。场地里立了一个金属牌用两种语言讲博物馆和遗址之间的关系，图很清楚，但在现实场景里几乎意识不到博物馆的存在，除了看到远处土石堆里的两个如单筒望远镜的大窗。和剖面图结合，立刻就能感受到建筑师的意图：尊重遗址，把新建的博物馆隐藏起来，但又不失去自身的存在。

　　博物馆的入口很低调，从城市主干道低一层的小平台进入。或者说，这个博物馆没有现世要求的突出的、张扬的"形象"，不论是从城市一边看，还是从遗址一面看。进入博物馆随即见到一个"优雅的邀请"，有自然顶光的旋转楼梯邀请参观者向下走踏入历史的时空。走近，惊讶于旋转楼梯顶上圆台形洞口形式、结构和光影的美妙结合，意识和感受到了创造者的考虑。下到展览楼层，旋转楼梯下方放着建筑的模型，展示着建筑师、结构工程师清晰的理念。10片白色类似m形混凝土框架是主结构（本身随需要有略微变化），灰色部分是楼板，黄色部分是穿在m形框架中间两侧的参观斜坡通道，蓝色的两个梯台状物是观看遗址的窗口。

　　展区内容丰富，有大量罗马时期的石雕像、手稿、珠宝、

有自然顶光的旋转楼梯邀请参观者向下走踏入历史的时空

在旋转楼梯下方放着建筑的模型,展示着建筑师、结构工程师清晰的理念

博物馆与古罗马遗址的关系模型
(来源:Gallo-Roman Museum of Lyon | Architectuul)

精美的马赛克和日常生活的物件等,楼层之间在展区局部有洞口贯通(为了拉开足够的距离,从上层向下看马赛克地面),同时又因坡道的开放处理,整体上也是贯通的,构成了一个光影上和视觉上连绵的、流动的空间。展区里建筑是不加伪饰的清水混凝土,展品用白色背板衬托出来,效果清晰又细腻。坡道使用暖色灯光,用高低不同的白墙和展区分隔开,上下坡道之间有自然光泻入。或者说,展区里相对暗,可以根据需要布置展览灯光;通行的部分亮起来,引导着参观者前行。

随坡道前行来到观察窗。这是一处放大的空间,左侧放着可以暂坐休息的沙发;右侧是遗址的复建模型、说明图纸和播放动画的屏幕;正中间是向外突出的、可以驻足观看的窗口,参观者可以在历史和现实之间想象着来回切换,比对着模型和远处的遗址现场。两个半圆形剧场规模的巨大和构造的复杂令人惊愕,准确地说,一个是没有顶盖的剧场(Amphitheatre),一个是有顶盖的剧院(Odeon)。

出博物馆天色渐暗,但暗中有它极光亮的灿烂。站在博物馆的屋顶平台上(它是一处开放的公共空间),再次看古罗马时期的半圆形剧场遗址,在晚风中看天边的夕阳和彩霞变幻,是和来时初见不同的另外一种感觉——是一种林徽因说的"建筑意"吗?是她说的"这些美的存在……都能引起特异的感觉,在'诗意'和'画意'之外,还使他感觉到一种'建筑意'的愉快"吗?

晚间回旅馆后查了点资料。高卢罗马文明博物馆是建筑师伯纳德·泽尔福斯(Bernard Zehrfuss)在20世纪70年代初的设计,

建筑整体上贯通，构成了一个光影上和视觉上连绵的空间

展区里建筑是不加伪饰的清水混凝土，展品用白色背板衬托出来，效果清晰又细腻

坡道施以暖色灯光，用高低不同的白墙和展区分隔开

正中间是向外突出的、可以驻足观看的窗口，参观者可以在历史和现实之间想象着来回切换，比对着模型和远处的遗址现场

站在博物馆屋顶平台上看日暮和古罗马遗址

他也是巴黎的联合国教科文组织总部、拉德芳斯国家与工业技术中心（CNIT）的主要建筑师，看到他当时设计博物馆的一些草图和模型。

一些资料说，高卢罗马文明博物馆是一个先锋建筑（avant-garde architecture），是一个"地下的混凝土教堂"，它的美是内在的（whose beauty is inside）。泽尔福斯希望实现他"向无形致敬"的理念——将建筑融入一个预先建立的空间，创造和谐与奇特的共存。"从罗马圆形剧场和Odeon剧场望去，只有两条方形隧道——就像两只眼睛——让人联想到山坡绿地中潜藏着什么东西。"资料里介绍这里能容纳一万名观众，每当一年一度的、持续一个月的音乐会在这里举行时，这里就热闹非凡，吸引了国际知名艺术家和大批音乐爱好者。资料里还说，"在没有音乐会的季节，露天剧场则是一个安静沉思的地方。人们坐在台阶上看书，孩子们在踢球，人们在这里漫步和想象"。这是一种美好的状况，历史不是标本，它成为日常生活的一部分，而泽尔福斯设计的这个"看不见的博物馆"的存在，增强了这种时空交融的感受。

（二）拉图雷特修道院（Convent of La Tourette）

从里昂城里去拉图雷特修道院不很方便，转公共交通加步行的时间比较长。于是约了出租车前往。司机不会英文，路途中间用翻译器简单沟通。他说本来走高速公路，但因周围农民抗议政府闸断了路，因此选另外的路走。但这不影响心情。清晨里乡间风景迷人，远处朝阳从浓厚云层里挣扎着渗透出来，

伯纳德·泽尔福斯（中间抽着烟斗的站立者，坐着的右二是柯布西耶吧？在讨论联合国教科文组织总部方案。图片来源：Bernard Zehrfuss | Architectuul）

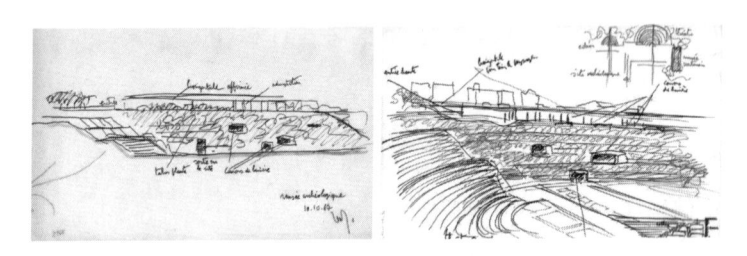

泽尔福斯设计博物馆时的构思草图 [来源：Gallo-Roman Museum of Lyon | Architectuul；更多信息可见 Cité de l'architecture & du patrimoine – Bernard Zehrfuss. La poétique de la structure (citedelarchitecture.fr)]

涂画了一道水平展开的、弥漫的金黄色光亮，红色屋顶的农房四周围绕着高高低低的深色的树，星星点点落在起伏的绿色山丘上。

第一眼看到修道院是高耸钟楼、长长的滴水口、大面积混凝土墙面和几个大小不同的、斜置的圆台采光筒。或者说，这个角度的修道院更像是一个现代雕塑，而不是建筑。山间清晨的空气清新和寒冷，收紧外套后先绕着建筑四周看。建筑的入口简单而有意味。一米多深两米多高的混凝土门框界定了边界，通过一个微微下斜的混凝土"桥"（平台）连入主楼；似乎进入这个没有门的"门"就进入了另外的一个世界，似乎通过这个"桥"就到达了彼岸。

修道院是回字形平面，或者更准确地说，是凹字形平面加一竖条。凹字的三边主体是修士居住的小房间，竖条是集体修道的教堂大屋。内院中有诵经室、圣器室等。垂直高度上，二层以上才是修士的房间——据说要和现世保持一定距离才能看得更加清楚；二层下是教室、食堂，接地的最下一层是厨房。大概是由于修道院的西面拍照容易（有比较开阔的场地和站立点），所以它成为媒体上出现最多的角度。但这个立面的确体现了建筑师将功能与形式结合后的现代构成，犹如一幅抽象的现代主义画作。虚与实、密与疏、水平与垂直、面和点、重复与变化、进入与拒绝在这里构成了形式组合的音乐。

再转过去，往下方的坡地走，才能看到建筑的全貌。东侧封闭、敦实的教堂和北面体量裂开，并和它的开放和变化形成强烈对比。背后的深色树林和摇曳的树枝衬托着灰白色的建筑，

这个角度的修道院更像是一个现代雕塑，而不是建筑

凸显着它的厚重。但最突出的仍然是东南角的钟楼，似乎在召唤着远方的人群。

终于穿过混凝土门框来到入口处三个白色圆形房子的接待处，却被告知有修习活动不能进入。工作人员找了一张中文的介绍文字，算是提供了信息，说可以在外围的公共区域看。很遗憾但也只能如此。单子的封面分别是委托方和建筑师的两段话。委托方皮埃尔·贝洛修士说，"我们求诸勒·柯布西耶。为什么？当然是为了修道院这新生的美，但更是为了这种美的内涵。有必要证明祈祷和宗教生活本身与传统程式化的形式并不关联，宗教生活与最具现代性的建筑之间也能够建立起某种和谐"。柯布西耶则说，"我来到此地，和往常一样随身带着我的速写本，我绘出道路，绘出四方远景，标出太阳方位，我'嗅识'地形。我择地而建，因（建筑的）位置本身的不确定。我选择的位置时候不是犯了罪，就是立下了功劳。选择是头一件要做的事，要选择建筑定位的性质，继而选择在既定条件下所要的（建筑）构成的性质"。也就是说，柯布西耶十分重视建筑和场地（一个多要素综合构成的名词）之间的关系，它是建筑第一存在的要素。

修道院主体量内走廊开着十分窄而细长的洞口，似乎要和现实世界隔离，它努力要构造一个向内的世界。修道院的内院联系着走廊、诵经室和圣器室。倾斜地面的十字走廊把大院切成大小不一的四个小院，建筑不和院子有开放的连接，院子只做虚体存在，地面直接是起伏的小山丘地形。诵经室有个高耸的锥形顶，朝南的顶窗和一道细且狭长的朝东采光窗。圣器室

西立面上端的体量开了极小的洞口，下方是深陷的平台和浓厚的阴影

外表的坚硬和内在的细腻多彩形成强烈对比

顶上突出的采光筒,在教堂的大墙面前显得特别醒目。但这样讲没有太大意思。从几个角度拍内院,都感觉是抽象的现代画。长的水平和斜向线条、蒙德里安窗和变节奏的竖条窗、大面积的实墙和院子的虚空、带有颗粒感的白色墙面和留有模板痕迹的混凝土外墙,加上光影的投射,构造着立体的现代主义画作。它不能一眼看穿,随着人的移动和眼光的转移,重新绘制着差异的景象;它在不同的尺度都有可读的内容,它在"野"中有着不琐碎和得体的细致。

在修道院周围转了许久,天终于放晴,从灰暗转为青蓝。建筑也在阳光的照射下更加立体和表情丰富。我忍不住再拍了一遍,特别是西立面和南立面。西立面的直跑楼梯部分是有意思的构成,上端的体量开了极小的洞口,下方是深陷的平台和浓厚的阴影。走上前轻敲,一位穿白色袍子的年老修士开门,摇头示意不可进。南立面要退到小山坡上才可以拍全。二、三层修士房间的粗糙外表、阳台里浓厚的阴影和一楼的白色墙面形成强烈对比。也可以讲,外表的坚硬和内在的细腻多彩形成强烈对比。此时的阳光把周围树枝的长长阴影投到了建筑身上,给修道院叠上了新的维度和感受,建筑成为自然的一个画板。而教堂部分长长的落水口,为自己在灰白色的混凝土墙面上绘下一条浓厚的阴影。

离去的步伐轻松愉快,因为内心有所得。步行到山下的小镇,一路阳光温和,风景美丽。山下小镇是鲜活的人间,山上的修道院似乎要摆脱这一世俗,要向内修习,它要悟道人间的恒理——但认识这一恒理的一个必要路径,不是暂时摆脱抽象,回到现实的世界中吗？从这一角度，贝洛修士讲的"宗教生活与最具现代性的建筑之间也能够建立起某种和谐"是一种远见。他向当下看和向前看，而不滞于传统的形式。从这一角度，柯布西耶代表了向前看的一个现代鼓手，他反对任何学院派的八股化和僵化，召唤创造力的迸发，他说："打破'学院'，我恳请你们！没有程式，没有技巧，没有窍门……我希望，他们对任何事情都是开放的（而非像个杂货铺的老板那样在自己的专业上故步自封）。"（《勒·柯布西耶全集》第二版引言）他的一生是战斗的一生。他在 1960 年 10 月 19 日拉图雷特修道院揭幕致辞中讲，"因为我们曾有那么多敌人，总是迫不及待地阻拦前进的方向"。（指对完全不同形式的拉图雷特修道院的反对。）从这一角度，拉图雷特修道院是柯布西耶晚年仍然不断抵抗和斗争的代表作。它不仅是一个建筑，还是一种象征，对当下而言，更是一种纪念、劝导和十分必要的激励。

（三）塞纳河畔伊夫里市镇中心片区（LesCentre-Ville D'Ivry-Sur-Seine）

Les Arenes de Picasso 几年前已经去过。这次在巴黎只有短暂时间，想着再去一处社会住宅看看，一大早乘坐地铁 7 号线到伊夫里站。这里有让·雷诺迪（Jean Renaudie）和勒妮·盖尔霍斯特（Renée Gailhoustet）规划与设计的几处社会住宅。市镇中心片区社会住宅有多组构成，包括让娜－哈谢特（Jeanne-Hachette）建筑群（似乎因其特别的形态，也被称为 Les Étoiles d'Ivry 星形社会住宅）、达尼埃尔－卡萨诺瓦（Danielle-Casanova）、

下到道路的另一侧看让娜 – 哈谢特建筑群

从另外的一侧看星形住宅群，连廊跨过了城市主干道

让－巴蒂斯特－克莱芒（Jean-Baptiste-Clément）和斯宾诺沙（Spinoza）等。

虽然早已在建筑媒体上看到过"星形"社会住宅的照片，但出地铁站后的第一眼就被打动。层层叠叠的带有锐角的体量堆叠而上，就如一座人造山丘；室外楼梯连接着各层平台和走道，退出来的各家阳台上种着花草小树；混凝土的外表已经斑驳，有些墙上画满各种涂鸦，在生机中有点破败感；在这里，难以找到一种常规的秩序感觉。这是建筑师的游戏吗？可能是，但更可能不止于此。

在室外楼梯和走道上上下下走，直到别人家的门口不能走再退回，"别人家"这个词完全准确。这里不是纯粹的"社会住宅"，它还是工作、娱乐与教育的场所。从身边的窗户看进去，屋里就是工作椅子和小会议长桌，还有牙医诊所等。回到地面层找进入内部的入口，发现里面的走廊四通八达；底层有许多公共设施（如休息坐凳、活动平台、阅读室等），建筑师通过红、黄、蓝的颜色搭配处理和调节着公共空间的氛围。

注意到哈谢特星形住宅对面的伏尔泰（Voltaire）住宅群，是因为它形态的特别以及和星形住宅的某种显见关联，后来查资料得知也是由雷诺迪和盖尔霍斯特设计。锐角和堆叠出挑虽然数量上减少了，但构成的方法和建筑形态有连续性。不同的是，伏尔泰住宅群没有室外的楼梯和通道，也增加了材质上的变化；群体围合了一个小广场，广场一角有个社区服务中心，人们聚在那里聊天和做事。一层落地的混凝土柱很特别，有强烈的雕塑感和识别性。

空想者
空间的危机与愉悦

／402

锐角和堆叠出挑虽然数量上减少了，但构成的方法和建筑形态与星形住宅有连续性

一层落地的混凝土柱很特别,有强烈的雕塑感和识别性

空想者
空间的危机与愉悦

回到哈谢特星形社会住宅，在里面四通八达的开放空间通道转看——难以清晰分辨和界定哪里是室内空间，哪里是室外的部分。上下楼层相互穿套，斜坡、扶梯和楼梯连接着室内和室外；行走中空间在完全向天空开放、两三层高和压低的一层之间来回变化，在室外的天光、高侧光和室内的灯光共构的不同氛围里来回变化；同时哈谢特星形社会住宅和周围的几个社会住宅群连接和交织在一起。这是一个高度 mix 的空间，功能的混合、空间的混合、高度的混合杂糅在一起。因此它难以被界定，具有弹性变化和不确定性。不能说它是一个商业空间，但在主通道两侧有许多社区服务型小商业，包括农贸超市、面包店、理发店、杂物店、办公室等，人群来来往往，不能说很热闹，却是社区里的日常状况。哈谢特星形社会住宅群和周围的社会住宅一起构成了一个具体而微的小城市，鼓励着生活在其中的人群交流和互动。

在这个微缩城市的一个小工作室门口看片区的规划和导览图时，一位路过的老妇人走过来说，我一大早在厨房里就看到你们在这里上下地拍照。我连忙回应讲这里很特别，和其他地方很不同。问她在这里居住多久？她说年轻的时候就住进来，至今快 50 年了，一直住在这里。问她作为一个老居民对这里有什么感觉？她想了想说：I love this place。

离开前还去了斯宾诺莎楼，这是盖尔霍斯特的成名作之一，践行了柯布西耶提出的底层架空理念，但形式上不同，多一些变化和空间的韵律，也有某种机械美学的感受。底层由半椭圆、圆形或半圆形的墙片、柱段构成，连续放置和穿插放置的混凝土弧形墙片和柱子构成强烈的空间连续感和节奏感，在阳光的照射下，投下斑驳美妙的影子。

建筑形式不是社会住宅首要考虑的内容，但却是外来者感知地方状况的支配要素之一。英国的《建筑评论》上有篇文章讲，哈谢特星形社会住宅"是一个难以捉摸的谜语式建筑，是一座由层层叠叠的梯田花园和大树组成的野蛮主义金字塔"。不仅是哈谢特星形社会住宅如此，而是这一片区共构的混杂、不确定和多样状态。这是形式上的普遍感受。

建筑师雷诺迪坚持用锐角进行创作，认为需要超越常规化的模式。他说，"建筑允许人将自身投射其上，允许人们在其边缘栖息，或者让建筑的一个角落提供逃离（社会规训）的空间"。他有自己的设计方法论，认为经由1968年"五月风暴"后，用平方米来衡量社会进步的做法已经不复存在，建筑师应该从量化转向定性的价值评判，要通过建筑群的复杂性构成来抵抗普遍的大规模复制，"每个元素只有在结构中的组合才有意义，而结构本身则集成到元素的深处"。

作为塞纳河畔伊夫里市镇中心片区的总建筑师，盖尔霍斯特常年住在其中，英国皇家学院建筑奖评审委员会说"盖尔霍斯特的作品具有强烈的社会责任感，将慷慨、美丽、生态和包容性融为一体"。在回顾同时期法国的社会住宅状况后，《建筑评论》说，雷诺迪和盖尔霍斯特的方案似乎将一个遥不可及的当代幻想变成了现实——或者说，这是一个乌托邦的实践。

混凝土弧形墙片和柱子构成了强烈的空间连续感和节奏感,在阳光的照射下,投下斑驳美妙的影子

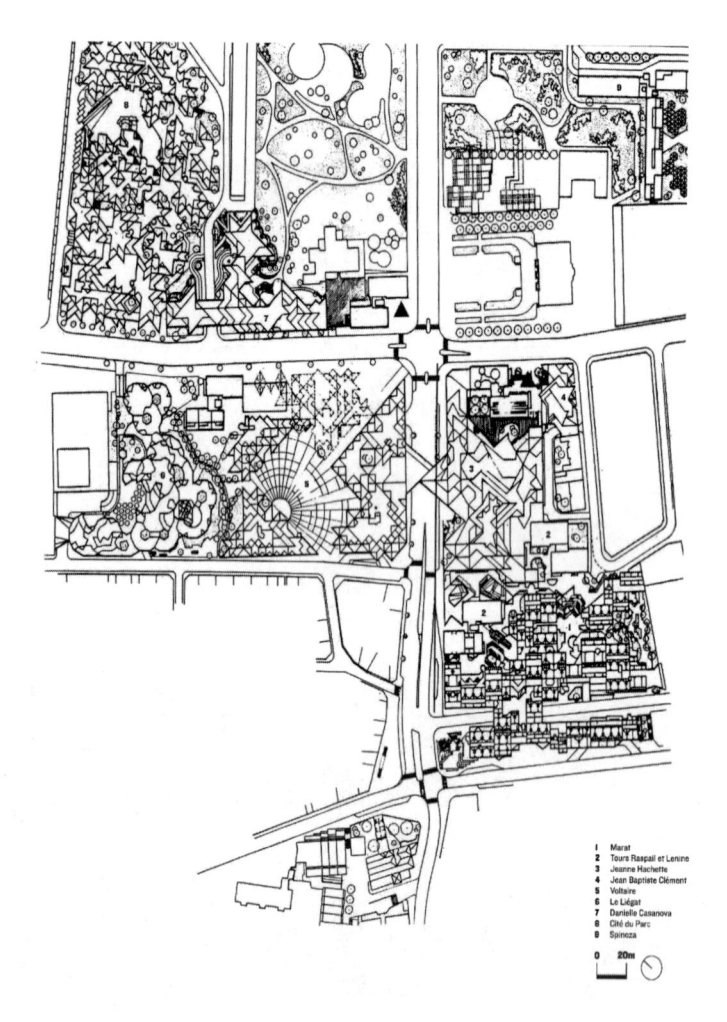

塞纳河畔伊夫里市镇中心片区的复杂共构的混杂、不确定和多样状态
（图片来源: Collection FRAC Centre-Val de Loire / Donation Renée Gailhoustet）

雷诺迪坚持用锐角进行创作，认为需要超越常规化的模式
（图片来源：Archives Municipales d'Ivry-sur-Seine）

盖尔霍斯特常年住在她设计的斯宾诺莎楼里
（图片来源：Ordre des Architectes）

（四）现代建筑迷恋

迷恋现代建筑，是迷恋它的材料、形式、光影和空间吗？毫无疑问是的，它有着特定时期的美和独特品质，有着和其他任何历史时期不同的状态。但它的材料、形式、光影和空间只是表征，一种内在的抵抗、斗争和想象力、创造力爆发的表征，一种抵抗教条主义、庸俗现实主义的表征，一种构想人类的个体和群体存在的理想状态的表征。在旅途中迷恋现代建筑，它的根本，是迷恋这种理想主义的乌托邦和创造性的实践，在一个日渐困顿的世界中，寻找前人的抵抗和努力，在他/她们闪发着灵光的实践中寻得直面现实和前进的力量。

Spatial Thinker
The Crisis and Joy of Space

代后记

非正规写作的乐趣

空想者
空间的危机与愉悦

（一）

理发在古代是很慎重的事情。头发受之父母，古时对犯事的人的一种刑罚是削去头发。记得儿时"理发"还有另外一俗称"剪头"，就记起丰子恺先生的漫画"剪冬青联想"。画中一幅是园丁拿着剪子把枝丫裁得像一列赳赳士兵；一幅是"园丁"扛着闪亮大剪刀把突出的"多余"部分裁剪掉，真的剪了头，按最低高度把多样学生（或人）平成一样，"整整齐齐"。图上有先生的题注：

一排冬青树，参差剧可怜，低者才及胸，
高者过人肩，月夜微风吹，倩影何翩翩。
怪哉园中叟，持剪来裁修，玲珑自然姿，
变作矮墙头，枝折叶破碎，白血处处流。

这里的"园中叟"不是单个教员，确切是指教育甚或社会体系。图中道理明白，现实就是按照剪子"咔嚓、咔嚓"交叉重复的操作运行，无表情地把"参差剧可怜""倩影何翩翩"变成"白血处处流"。整齐一致、顺从老实、数量化编号，用四川话说是"不要出幺蛾子"，才便于统一管理和清算。"无差别修剪"是一种现代社会生产机制。

丰子恺先生想说的，大概是劳动分工（及其专科化教育）对人的异化，把鲜活多样的人"规矩"成一个样，"规矩"成冷酷的机器。劳动分工是一种存在的现实，但不是没有别的可能。丰先生画里纵深，有多重情境，在不同层里有许多把剪子，汇成洋洋大观的世间情景。里面的玄机在于，不同层里有些剪子很严厉，下手的位置很低，有些剪子给的位置高一点，有些剪子却只是假装着在剪——世界终究不是一个死板机器，可能的策略就在其中。剪子运动不受自身控制，不同时期社会的需要（或说社会危机）使得剪子位置时高时低。所以一件很有趣的事情是，尽管交叉剪从来没有停止过，从稍微长一点的时间看，队列参差不齐、高高低低却是常态。从另一个角度看，人不是僵死的人，只会顺从站着不会躲闪、换列，甚至退列或反击。对人而言，某种灵活策略是偏离利害关系做些有趣之事——生活里要有些"多余"的部分。

近代较有趣和完整的人之一是梁启超先生。他打趣说如果用化学分析"梁启超"这件东西，把里面的元素"趣味"抽出来，那就什么都没有剩下。他说，"凡人必常常生活于趣味之中，生活才有价值。若哭丧着脸挨过几十年，那么生命便成沙漠，要来何用？"梁启超给孩子们的文字中，常用到的词义就是"趣味"。他给梁思庄的信中说："至于做人带几分孩子气，原是好的。你看爹爹有时还'有童心'呢。"他很担心梁思成去学了建筑专科后人生变得太单调而陷入苦闷，他说对于这件事"常常有一种异兆的感觉"。他讲自己，

"我是学问、趣味方面极多的人……我每历若干时候,趣味转过新的方面,便觉得像换了新生命,如朝旭升天,如新荷出水,我自觉这种生活是极可爱的,极有价值的……"

一个有趣之事是,梁启超和鲁迅先生都以当时社会娱乐和消遣的"打牌赌钱"来讲"趣味"。梁先生说:"我并不是因为赌钱不道德才排斥赌钱,因为赌钱的本质会闹到没趣,闹到没趣便破坏了我的趣味主义,所以排斥赌钱。"而鲁迅先生却看到打牌里的一种"精神":"嗜好读书,该如爱打牌的一样,天天打,夜夜打,连续的去打,有时被公安局捉去了,放出来之后还是打。诸君要知道真打牌的人的目的不在赢钱,而在有趣……我想,凡嗜好读书的,能够手不释卷的原因也就是这样。他在每一叶每一叶里,都得着深厚的趣味。自然,也可以扩大精神,增加智识的,但这些倒都不计及,一计及,便等于在意赢钱的博徒了,这在博徒之中,也算是下品。"梁先生讲一种趣味的结果影响他追求另外一种趣味,鲁迅先生却是讲高阶的赌徒不在于输赢,沉浸在摸牌打牌无穷变化的趣味里——知识的追求不在于知识的本身,那已经是下品,根本仍然在于趣味,在于在生活中找到某种喜欢和坚持。鲁迅先生接着说,不是要人不顾自己工作,只跑到乐意的事情里,"这样的时候还没有到来,也许终于不会到",他谈到应在有余暇之时有广泛兴趣来避免以自己所学为中心的固执顽固——那样某种意义上就是拿着剪子剪自己脑袋而不自觉。一种揣测,因为偏离功利之处,因为是"多余"的内容，有趣味之事大抵是锋利剪子难剪到的地方。

"无差别修剪"是一种现代社会生产机制的论断到当代发生变化。前几天看齐泽克和《人类简史》作者赫拉利的一场辩论。齐泽克说，这一念头在某种人那里从来没有停止过，以这样或那样的，以公开或隐藏的方式实验着推进着，随着基因重组技术、脑机连接、信息技术、人工智能等的发展，人类社会正进入"后人类"阶段。据说"后人类"阶段里的剪刀巨大又精巧，隐蔽又严密地严厉控制一切，它可以从基因到思想到肉体到行为随意剪裁人类，生产出它想要的结果，比如前述的低智、顺从和无比强壮的怪胎。齐泽克用人类的"大灾难"这个词表述，他说，当下的状态类似第一次世界大战前的状态。

但这些"宏大"事情对于常人来讲很遥远，刷手机看被推送的五花八门信息是日常消遣。我没有例外，手机成了一个摇晃着挂在体外的器官。刷手机看到有不少人宣称2023年是人工智能元年，原因是出现的热搜ChatGPT，科技狂人马斯克试用后说"好到吓人"（scary good），它像智人一样回答各种古怪、荒诞的问题，可以寻找代码的漏洞（bug），据说可以在"诱导"的情况下给出毁灭人类的计划书，甚至可以谈哲学问题，可以写小说和诗歌。看到这里，我开始有点信心动摇，"芳心乱跳"，想着哪一天禁不住诱惑可能会试着用它来"写作"——也就是说，把自己附体到人工智能上。这里我指的是写一些"多余的文字"，自己可以得到些

"趣味"的文字。日常生活里"多余的写作"是躲闪霍霍剪子的一个动作，在弯曲构造的文字空间里反观诸事，寻一点生活的痕迹和内心安稳——事实上它只徒增了焦虑，然而也只有在焦虑中才能看到平静。一个绕口的关于未来的问题是，在反观里看到自己已经被削得七零八落的样子，会接着裁剪自己以至于认不出自己吗？或者问，这一天会远吗？

（二）

"多余的写作"是"非正规写作"。"非正规"如"远东"一词，是被制造出来的词汇，带有"中心与边缘""正统与非正统"的关系性意涵。在某种程度上，它们是一种相互对抗也是辩证的存在关系。在日常的城市空间中，"非正规"经济、"非正规"就业等不入国民经济增长的统计范围，却有它鲜活的一面、烟火气的一面。对于个体而言，如何在"正规""正统"的普遍状态中有点"非正规"的行动和实践——比如"空想"和"多余的写作"，是日复一日的日常生活空间中获得"趣味"和某种自身存在意识的需要，去抵抗一种巨大的且常常未被意识到的"贫瘠化"。[1]

（第一部分发布在"建筑档案"公众号，2022.12.31）

---

[1] 本书中部分内容发布在公众号"空想者 Spatial Thinker"。

什么是词的符号与隐喻？语词的符号与隐喻描述和表示发生在一起，在存列、列举化石起来，当下世界并不是几百年和化石记忆所能囊括的故事的表——在符号机中手作为一种日常和最通情达理，进而的词的隐喻者，如何在符号机中并不存在隐喻？不懈地变化和逐对变化（作为机符号的一种表述，但是网络脉络加速了这一变化，成为人的在理解，而个人有自己片段内的物性情境和生存本意，不是按在其中脉搏和韵脚，一个多异记忆组，无论是关系无了了大的理解和计算。我们在知识活——这一疑寒在暂行动的符号下的衣领词中与符号并生》，按属现代符号并如何被透视化了的符号序列，如何陶隆着存在和厚重的。什么是新生符号中的？被精神死之？和各自间的怎么人的世界中获得本知，个陶艺和自然是基本是提建世和随意和运动的世界中获得本和，个陶艺和自然是基本是提建世和随意和到达着神死亲己经着进入一段沙人的流浪奖，因为存取的和回路的和正在手上），其正的隐喻发生于个人的问题，不是和它他们最后都能让某人不起接中的翻路和行动——他告诉们图对音的大的和语者像不知难，也为有牛发生了一个"回词"、"沉回"和意义，再和更抽得其神们起的隐喻说。

如知其中发展的的，这本小书是日常生活中的游戏，道谢和写作，是用对内在图像的事物。我在《一亿光速推手》的"致谢"。

再次,"感谢牛津大学的每一位与佳和嘉胜这套书稿相遇的人。
我来牛津做嘉宾访问一段时光,是研于无形和源于
座谈——在这里重复致谢文字,及本小书和诸多知识的相
获得性有点儿冗余。它们所展呈现重要作序出席我的支持,
感谢英国剑桥张寨枝在及发将书中的沟通,用心知行细,使佳书
中的文字能够呈现出来。
在反复重读数从2007年以来在老师期间参加每月一次连
书会的同学们。多年间涉及各方生态图像、地质、生灵、无间
如点的碰撞,那光的原始照片成一柜清逸着惟的梦莫名团
意境。感谢人类和体体的长期支持,谢谢我和家、和你们
在一起总是充满和谐充实。